7-24-08

Roberto:

Espero que encuentres algunas
vivencias tuyas reflejadas en
esta novela.

Un abrazo

Pandy

PERMISO
de SALIDA

ESCENAS DE UN ÉXODO

NOVELA

EDUARDO F. PELÁEZ

Trafford
PUBLISHING™

Ilustración de portada:
Carmen de Yurre Peláez, Se Prohibe Vivir
Acrílico sobre tela, 20" x 16"

Diseño gráfico de la portada:
Walfredo Ignacio Sabriá

Order this book online at www.trafford.com/07-2046
or email orders@trafford.com

Most Trafford titles are also available at major online book retailers.

Note for Librarians: A cataloguing record for this book is available from Library
and Archives Canada at www.collectionscanada.ca/amicus/index-e.html

Printed in Victoria, BC, Canada.

ISBN: 978-1-4251-4760-0

*We at Trafford believe that it is the responsibility of us all, as both individuals
and corporations, to make choices that are environmentally and socially sound.
You, in turn, are supporting this responsible conduct each time you purchase a
Trafford book, or make use of our publishing services. To find out how you are
helping, please visit www.trafford.com/responsiblepublishing.html*

*Our mission is to efficiently provide the world's finest, most comprehensive
book publishing service, enabling every author to experience success.
To find out how to publish your book, your way, and have it available
worldwide, visit us online at www.trafford.com/10510*

www.trafford.com

North America & international
toll-free: 1 888 232 4444 (USA & Canada)
phone: 250 383 6864 ♦ fax: 250 383 6804
email: info@trafford.com

The United Kingdom & Europe
phone: +44 (0)1865 722 113 ♦ local rate: 0845 230 9601
facsimile: +44 (0)1865 722 868 ♦ email: info.uk@trafford.com

10 9 8 7 6 5 4 3

A mi esposa Carmen:

Sin tu ayuda y estímulo

esta novela nunca se hubiera escrito.

Deseo presentar en esta Eucaristía a todos aquellos cubanos y santiagueros que no encuentran sentido en sus vidas; que no han podido optar y desarrollar un proyecto de vida por causa de un camino de despersonalización que es fruto del paternalismo. Le presento además a un número creciente de cubanos que han confundido la Patria con un partido; la Nación con el proceso histórico que hemos vivido en las últimas décadas, y la cultura con una ideología. Son cubanos que, al rechazar todo de una vez sin discernir, se sienten desarraigados, rechazan lo de aquí de Cuba y sobrevaloran todo lo extranjero. Algunos consideran éstas como una de las causas más profundas del exilio interno y externo. [...]

Hay otra realidad que debo presentarle: La nación vive aquí y vive en la diáspora. El cubano sufre, vive y espera aquí, y también sufre, vive y espera allá afuera. Somos un único pueblo que, navegando a trancos sobre todos los mares, seguimos buscando la unidad que no será nunca fruto de la uniformidad sino de un alma común y compartida a partir de la diversidad.

—Monseñor Pedro Meurice
Arzobispo de Santiago de Cuba
Bienvenida al Papa Juan Pablo II
24 de enero de 1998

ÍNDICE

PRÓLOGO DEL AUTOR

En el año 1959 mis amigos y yo éramos jóvenes. Para nosotros la salida de Batista de Cuba era mucho más importante que la bajada de los rebeldes de la sierra. Lo sucedido en Cuba a partir de ese año ha sido recogido a plenitud por los libros de historia de ambos lados del espectro. Esta novela es una historia de amor donde se narran las vivencias de gente sencilla que experimentó una revolución sin haberla pedido y tuvo que optar por abandonar el país y luchar contra el desarraigo en la búsqueda infructuosa de su identidad.

No hay duda de que cada cubano de mi generación tiene una historia interesante que contar —los que se quedaron, los que guardaron prisión y los que marcharon al exilio. A todos ellos y a mis tres hijos: Alicia, Eduardo y Pablo, les dejo esta historia para que sirva de legado a las generaciones venideras. A los que ya nunca podrán regresar —a mis padres Godito y Cheché, y a mis amigos desaparecidos prematuramente: Vivian, Mario, René, Pepe, Adolfo y Aida— está dedicada esta novela.

CLANDESTINIDAD

«...*Dios te salve...* / *A ti clamamos los desterrados hijos de Eva.* / *A ti suspiramos, gimiendo y llorando en este valle de lágrimas...*» Felipe nunca comprendió el significado de estas hermosas palabras de La Salve, la oración que solía recitar todas las tardes al comienzo de la primera clase en los Maristas de Camagüey. Entonces la vida era distinta, simple. Su pequeña ciudad, su familia, sus amigos... eran inmutables. Nadie se moría o emigraba, la escuela era una constante fuente de diversión. Nadie lo iba a sacar nunca de su feliz entorno. ¿Quiénes podrían ser los desterrados? ¿Cómo podría ser la vida un valle de lágrimas...?

Está sentado bajo un árbol en un banco del Parque Central de esa bella ciudad de La Habana. Muestra una figura atlética enmarcada en casi seis pies de estatura. Su pelo color castaño oscuro muestra indicios de calvicie prematura y sus ojos claros contrastan con una piel curtida por el sol tropical. Viste camisa de moda y pantalón de corte elegante que lo identifican a simple vista como producto de la burguesía. Está muy abstraído. Si pudiéramos observarlo de cerca, quizás a través del zum de una cámara fotográfica, notaríamos en su rostro una expresión cercana a la angustia. Hace apenas una semana, su vida, aunque muy agitada, se mantenía estable. Ocupaba el cargo de coordinador de propaganda dentro de su movimiento de la resistencia en la provincia de Camagüey y, aunque todas las noches se acostaba a dormir sin tener la certeza de que amanecería en su cama o en una celda del G-2, el tenebroso aparato represivo del gobierno comunista de Cuba, los días se sucedían con cierto orden, hasta que «el Galleguito», uno de sus compañeros de lucha, fue capturado. El Galleguito era un muchacho de unos dieciséis años, simpático y temerario, que formaba parte de una pequeña célula de la resistencia estudiantil en la Escuela de Comercio. Con motivo de una reestructuración en las filas del movimiento, alguien de su grupo lo recomendó para la sección de propaganda y Felipe quiso ayudarlo facilitándole un mimeógrafo y unos contactos en una oficina de su confianza. Debido a una imprudencia, el G-2 allanó el lugar y lo encontró en plena faena subversiva. El cargo de pena de muerte se aplicaba automáticamente a todo aquel que se encontrara culpable del delito de sabotaje por acción directa o indirecta, y al Galleguito le ocuparon en su poder el mimeógrafo con los papeles donde se incitaba a la quema de la caña. Después de torturarlo sicológicamente y amenazarlo con el paredón, el Galleguito accedió a cooperar con ellos a cambio de su vida. Temblando de miedo, les confesó que su contacto era Felipe Varona. En lugar de proceder de inmediato a arrestarlo, el G-2 determinó que podría romper la red del movimiento estableciendo un cerco alrededor de él para así poder desmembrar al grupo en su totalidad.

Ajeno a lo que estaba sucediendo y aprovechando la Semana Santa, Felipe había partido para Santa Lucía, a unos cuantos kilómetros al norte de la ciudad. Esta playa, aunque una de las mejores de la isla, había permanecido casi inaccesible debido a la falta de carreteras que la unieran a las demás ciudades. Unos años atrás se había construido un terraplén y desde entonces los camagüeyanos podían disfrutar de su arena blanca y de sus aguas transparentes. Muchas familias adineradas compraron terrenos y construyeron casas de recreo alrededor de unas edificaciones que formaban un complejo de moteles, restaurantes, y una moderna y amplia casa club. Felipe reservó una habitación para alejarse unos días de sus labores subversivas y, en comunión con la naturaleza, encontrar la paz que tanta falta le hacía. Poco tiempo duró la tranquilidad. El padre del Galleguito, que estaba ajeno a las actividades contrarrevolucionarias de su hijo, comenzó a preocuparse un día en que el joven llegó tarde a la casa y se encerró en su cuarto aduciendo que se sentía enfermo. Viendo que el muchacho llevaba varios días sin salir, se lo comentó a su amigo Julio, desconociendo que éste también conspiraba dentro del mismo grupo y que ya había notado la desaparición del muchacho de las calles de Camagüey. Julio sospechó que algo fuera de lo usual estaba sucediendo y, sin perder tiempo, se fue a ver al Galleguito con la idea de confrontarlo. El muchacho estaba hecho un manojo de nervios y acabó contándoselo todo entre sollozos de arrepentimiento y ruegos de que le buscara una embajada para asilarse o un bote para escapar de la isla:

—Julio, te juro que solamente eché p'alante a Felipe. Pensé avisarle, pero me apendejé. El G-2 me iba a matar, ¡coño! Ojalá que todavía no lo hayan cogido.

—Más te vale, ¡carajo! porque si Felipe cae por tu culpa, ¡quien te va a matar soy yo!

—Avísale, Julio, por favor, y ¡ayúdame!

—¡Eres un pendejo y un mierda! Solamente por la amistad que me une a tu padre, te voy a ayudar.

Julio se lanzó a la calle desesperado en busca del "Gordo", el coordinador provincial de la resistencia, el cual decidió avisarle de inmediato a Felipe y sacar al Galleguito de Camagüey.

Felipe estaba saliendo del mar cuando vio llegar al Gordo acompañado de Elpidio, quien había sido capitán del ejército rebelde en la guerra contra el régimen de Batista, y funcionaba ahora como coordinador militar provincial de la resistencia. Tan pronto los vio, supo que algo grave estaba pasando. La noticia de la traición del Galleguito lo dejó estupefacto y su primera reacción fue la de dejarse arrastrar por la indignación:

—¿Cómo es posible que el Galleguito me haya hecho esta *mierda*? ¡Qué imbécil he sido en confiar en ese *mojón*! ¡Ahora sí que me ha jodido la vida!

Logró componerse un poco y, fingiendo serenidad, pudo discutir la situación con sus dos compañeros:

—No puedes regresar a Camagüey, Felipe— le dice el Gordo.

—Lo sé, pero me preocupas tú, Elpidio— dice Felipe dirigiéndose al coordinador militar—. Nos han visto almorzando juntos en Rancho Chico, y es probable que te tengan fichado.

—No lo creo, mi hermano. No te preocupes. El G-2 no

sabe ni donde está parado.

No había más que decir. Se despidieron apresurados, deseándose buena suerte.

Inmovilizado por el golpe que acababa de recibir, Felipe observó las gotas de agua de mar que aún se deslizaban por su cuerpo hasta desaparecer absorbidas por el sol y la arena. Hacía sólo unos instantes había estado nadando sin saber que sería la última vez que lo haría en esas aguas. Tenía que huir, desaparecer rápidamente para no dar tiempo a que unos milicianos le troncharan su vida. Sintió la pena de no haber podido despedirse de su querido pueblo ni haber mirado por última vez su casa, su cuarto... ni haber recogido sus pequeñas pertenencias, aquellas que tenían un especial valor sentimental. Comenzó a sentir la penetración de miradas amenazantes y voces acusadoras provenientes de cualquier rostro desconocido que se cruzara en la playa. Había dejado de ser un ciudadano común con un carnet de identidad, un domicilio, un número de teléfono.

Sus padres estaban a poca distancia de Santa Lucía en un balneario llamado San Jacinto, y Felipe decidió ir a verlos y discutir su situación con ellos. En realidad, tenía miedo de equivocarse y necesitaba el consejo sabio de su padre. Dos matrimonios amigos, de su entera confianza, se ofrecieron para trasladarlo en automóvil a dicho balneario. Una vez en marcha, sus amigos, viendo la intranquilidad en que se encontraba, trataron de levantarle el ánimo y recordarle la suerte que hasta ahora le había acompañado:

—Ánimo, Felipe. No pongas esa cara de mierda —le dice uno de ellos—. Piensa en la suerte que has tenido de que te avisaran.

—Todo va a salir bien, Felipito —exclama una de las mujeres.

—Sí, no hay porqué preocuparse. Todo está bien —contesta Felipe con ironía.

«Hasta ahora sí, pero… no tengo futuro, esto es una ratonera de la que no voy a salir, ya deben estar buscándome en Camagüey, quizás el G-2 estaba en la playa y me está siguiendo, a lo mejor ya me están esperando en San Jacinto para llevarme preso y acabar con este juego…»

En menos de media hora llegaron a San Jacinto. Su madre, que tomaba el fresco en el portal de la casa, fue la primera en divisarlos y de inmediato intuyó que algo grave estaba pasando. En el fondo de su alma, Felipe albergaba la esperanza de que su padre, como siempre hacía, utilizara sus mecanismos de influencia para sacarlo de la pesadilla en que estaba sumergido. La noticia los estremeció, pero no había tiempo que perder en lamentaciones. El momento era de actuar rápido y, después de una breve consulta con otros amigos, Arturo aconsejó que su hijo tomara el tren de la tarde que viajaba desde la ciudad de Nuevitas por toda la costa norte hasta la ciudad de La Habana, sin pasar por Camagüey. En ese entonces, el G-2 todavía no estaba muy sofisticado y existían muchas probabilidades de que llegara a la capital sin ser detectado. Una vez allá, ya vería cómo sacarlo del país. Los padres de Felipe habían tomado otra vez el mando de su vida y él no ponía reparos. Su padre siempre resolvía. Su madre se valió de la excusa de que un joven viajando solo podría levantar sospechas, para convencerlo de que debía acompañarlo en el tren. Felipe era su único hijo y lo que más quería en el mundo. Apenas comenzaba a ser hombre y ella, como madre, tenía que guiarlo y ampararlo hasta las últimas consecuencias. El viaje de diez horas a La Habana se lo pasó Mercedes rezando rosario tras rosario con una mano agarrada fuertemente de la mano de su hijo. Cualquiera que los hubiera observado, por muy ingenuo que fuera, pudiera haber sospechado algo, pero la suerte les sonrió y llegaron a salvo a La Habana.

Desde que llegó a la capital, Felipe ha estado durmiendo unas veces en casa de su abuela y otras en casa de una amiga de la familia. Por el día se sube y se baja de autobuses con diferentes rutas hasta que anochece, y luego se retira a una de esas dos casas que le han brindado refugio. Ha podido hacer contacto con Miguel, el líder de la resistencia, y han concertado una cita para la tarde de hoy.

Los minutos se van sucediendo y Felipe continúa sentado en el banco. Mira el reloj constantemente y escudriña a los transeúntes tratando de detectar si su presencia pasa inadvertida o si es objeto de sospecha. En el suelo yacen cuatro colillas de cigarros *Agrarios* que aplastara fuertemente con el pie mientras espera el momento de su cita con Miguel.

Dependiendo de lo que discutan y analicen, determinará si vale la pena continuar la lucha clandestina o si no queda otro remedio que abandonar el país. «Miguel quizás pueda orientarme». Sólo tiene que cruzar el parque y subir las escaleras de un viejo edificio de cuatro pisos construido en el siglo pasado pero que aún conserva sus paredes sanas y sus balcones firmes. En un pequeño apartamento ubicado en el tercer piso pudiera encontrarse el guión para el resto de su vida.

Felipe inconscientemente demora el encuentro y enciende otro *Agrario*. No cabe duda que tiene temor a enfrentarse con su destino. No está dispuesto a seguir involucrado en una causa perdida sin posibilidad alguna de triunfar. Apenas ha empezado a vivir y le cuesta tomar decisiones. Hasta hace poco sus padres organizaban su vida. Él sólo se dejaba guiar.

Elena surgió como parte natural de su crecimiento. Calladamente se fue haciendo importante y llegó a ser imprescindible en su círculo afectivo. Hace unos meses, Elena le había sugerido casarse, vivir temporalmente con sus padres y abandonar juntos el país. En realidad, temía por la seguridad de su novio y pensaba que el matrimonio serviría para alejarlo de sus amigos de la resistencia. No había razón para permanecer en un país que exigía un solo orden de pensamiento y una militancia fanática. El gobierno revolucionario se había consolidado y seguir comprometido con el clandestinaje era un suicidio. Pedirían permiso de salida al exterior e iniciarían una nueva vida en los Estados Unidos.

Felipe sabía que la madre de Elena tenía problemas cardiovasculares y necesitaba atención esmerada. Su padre acababa de jubilarse y estaba empezando a perder la vista; además, era una casa demasiado pequeña donde también vivían sus dos hermanitos. Además, los permisos de salida podrían complicarse y esa situación tan incómoda podría prolongarse una eternidad. El panorama no era el ideal para iniciar una vida matrimonial. Estos detalles decididamente resultaban poco atractivos, pero en realidad Felipe no quería casarse ni salir del país porque no se sentía capaz de abandonar a la suerte a Miguel ni al grupo de compañeros que tercamente persistían en continuar con la insurgencia urbana.

Todos estos planes se habían derrumbado definitivamente desde el momento que le avisaron a Felipe que el G-2 lo había fichado como parte del grupo subversivo.

El reloj marca las tres de la tarde y Felipe continúa sentado en el banco. Los pensamientos se le atropellan: «No puedo seguir durmiendo en esas dos casas sin levantar sospechas de los vecinos. No puedo refugiarme en una embajada porque no tengo las conexiones necesarias. Cruzar el estrecho de la Florida en bote sería una locura». Todo esto lo atormentaba. « ¿Qué pasaría si me apresaran? Posiblemente eso sería una solución. Ya no tendría que lidiar con opciones por mucho tiempo. Elena me visitaría de vez en cuando. Con los años habría alguna amnistía, nos casaríamos, saldríamos de Cuba legalmente... o a lo mejor las cosas se solucionan en el país...».

Felipe se ha levantado. Por fin ha decidido caminar hacia el edificio y lo vemos subir las escaleras con paso firme. Por el parque se observan grupos de niños con las pañoletas rojas de los Pioneros cantando alegremente los cantos aprendidos en el nuevo orden revolucionario. Toda la ciudad se está preparando para la celebración del Primero de Mayo, Día Internacional del Trabajo, y hay tumultos en las esquinas y bullicio por todas partes. Corre el año 1962.

—¿Qué tal, Felipe? —le dice Miguel, estrechándolo fuertemente.

—Aquí… en la espera cotidiana —contesta Felipe tratando de mostrar ecuanimidad.

Miguel era un muchacho católico, de comunión diaria. Nadie podría imaginarse que detrás de su semblante afable y bondadoso se escondía una voluntad de hierro y una determinación obsesiva. En la habitación también están dos compañeros que no conoce: un joven de cara aniñada y una chica muy atractiva. Parecen calmados, aunque un miedo oculto domina sus gestos, y las miradas continuas hacia la ventana y la puerta denuncian el estado de ansiedad en que verdaderamente se encuentran. Ninguno pasa de los veinte años. Todos están clandestinos, con documentos de identidad falsos, y viviendo en las pocas casas de seguridad que todavía la resistencia conserva. Miguel lo llama aparte y, poniéndole la mano en el hombro, le dice:

—Sé por lo que estás pasando. Nosotros llevamos más tiempo en la misma situación y no es fácil. Estamos quemados, pero seguimos aquí. En realidad, no hay nada en el tablero… Si no tienes vocación de mártir, deberías pensar en abandonar el país.

—No creo que quiera morirme por ahora, pero no se preocupen por mí. Ya veré cómo resuelvo esta situación —contesta Felipe.

—Esto es prácticamente de «arréglatela como puedas» —dice la chica sin mover la vista de la ventana.

A Felipe le parece la chica demasiado bella y extremadamente femenina para los rigores de la clandestinidad, y se la imagina en una playa elegante leyendo un libro de poesía debajo de una sombrilla. El otro muchacho, que es coordinador nacional estudiantil, no habla y ni siquiera lo mira. Entre dientes tararea un canto revolucionario de moda, repitiendo solamente el estribillo:

Guerrillero, guerrillero... / Guerrillero, adelante, adelante...

—El problema más grande que tenemos es el Galleguito. Lo tenemos escondido en una de las pocas casas de seguridad que nos quedan, pero no es confiable y ya conoce demasiado. Si lo vuelven a apresar, nos denuncia a todos. Si le conseguimos asilo político, le estamos quitando el puesto a alguien que sí lo merece. ¿Qué hacemos? —dice Miguel mirando fijamente a Felipe.

Felipe no entiende el alcance de la pregunta y se queda un poco abstraído. La chica se le acerca y le dice en un tono muy calmado:

—Eliminarlo. No se puede correr ningún riesgo con un chivato y mucho menos premiarlo con una embajada.

Felipe sabe que la chica tiene razón, pero había estado tan sumergido en su problema que había olvidado el caso del Galleguito. La palabra «eliminarlo» lo sacude. Aunque el Galleguito no era su amigo, había llegado a tomarle afecto. Piensa en sus padres, en sus pocos años, y recuerda su sonrisa afable. « ¿Cómo terminar con una vida que apenas empieza, sólo porque haya tenido un momento de cobardía?»

Miguel interrumpe sus pensamientos, diciéndole:

—Yo también creo que hay que eliminarlo, pero la decisión la tomas tú que eres el que lo conoce y el más perjudicado. Yo me voy a lavar las manos en este caso.

—¿Lo eliminamos, Felipe? —pregunta la chica.

—No ha cumplido los diecisiete años... Es un «mojón»

irresponsable, pero creo que debemos darle otra oportunidad —responde Felipe mirando, uno a uno, a sus tres compañeros buscando comprensión.

. El coordinador estudiantil ha dejado de cantar la tonada
revolucionaria y ha cubierto su frente con las manos en
ademán de desaprobación. La chica les ha dado la espalda y
se dirige a la ventana. Miguel se queda pensativo y finalmente exclama:

—De acuerdo. Trataremos de sacarlo del país lo antes
posible antes de que vuelva a hacer más daño y nos joda a
todos.

Felipe no necesita preguntar más. Le ha salvado la vida
al Galleguito y siente un gran alivio. Su problema personal
vuelve ahora a ocupar el lugar prominente. Está convencido
de que Miguel no abandonará el país y por consiguiente
acabará en el paredón de fusilamiento. La frase «vocación
de mártir» no la comprende. ¿Cómo entregarse a la muerte
por una causa perdida? De la chica y del muchacho que canta entre dientes no tiene una pista clara. Se aventura a pensar que la «bañista de la playa» eventualmente hará algo
sensato como tratar de irse de Cuba y que el «cantante revolucionario» a lo mejor acabará integrándose al sistema y
aceptando algún puesto del gobierno.

La reunión se da por terminada sin que le ofrezcan ninguna avenida para su futuro inmediato y Felipe se marcha
tal como había entrado, sin haber resuelto nada. Las inte-
rrogantes quedan pendientes: «¿Cómo salir del país?, ¿Qué
hacer con respecto a Elena?».

Hasta hace pocos años todo estaba trillado. Terminaría

su carrera de Derecho y regresaría a su ciudad natal en el interior de la isla a trabajar en un bufete, o ayudaría a su padre con la hacienda ganadera de la familia, no sin antes dar un viaje por Europa a «sofisticarse» en París y Florencia. A los Estados Unidos iría en cualquier momento. Las costas floridanas estaban a sólo noventa millas y resultaba fácil tomar un vuelo a Miami. «¿Por qué se había complicado todo?» Elena era otra cosa. Había pensado en casarse con ella, pero esto lo veía como un evento que llegaría a su vida una vez que su reloj interior se lo indicara.

Dejemos a Felipe caminando sin un rumbo establecido, fumando otro *Agrario* y mirando con fascinación la colmena de estudiantes que se dirige hacia el Malecón para ensayar las marchas del Primero de Mayo, y ocupémonos ahora de Elena.

* * *

Elena conocía a Felipe desde muy pequeña en Camagüey. Los padres de ambos eran grandes amigos y compañeros del dominó. El padre de Elena, Roberto García, era un hombre a la antigua, decimonónico y autoritario. Manejaba a la familia con mano dura, aunque con mucho amor. Era un disciplinario que creía ciegamente en las buenas costumbres, los buenos modales y en el cura de la parroquia. Su esposa Sofía era mucho más suave que su marido, pero una católica más ferviente. Elena había crecido en un ambiente de orden y de respeto donde se bendecía la mesa todos los días y se comulgaba los domingos en la misa de la catedral. Por cuestiones de negocio, Roberto decidió mudarse para la

capital cuando Elena comenzaba el bachillerato en Las Teresianas y esto causó una verdadera tragedia en el seno familiar. Elena, rebelde, ofreció resistencia, pero fueron en balde
sus súplicas y arranques de llanto. La familia se mudó para
La Habana a principios del año 1952, un mes antes del golpe
de estado que terminó con el proceso democrático en Cuba e
instaló en el poder a Fulgencio Batista.

Elena fue matriculada en las Dominicas Americanas.
Roberto quiso que aprendiera inglés porque de algún modo
supo intuir lo valioso que sería para su futuro adquirir ese
idioma que resultaba en aquellos momentos tan importante
para su negocio en las transacciones comerciales con distintas mueblerías y aserraderos de los Estados Unidos. El colegio además era católico, lo que favorecía la continuidad de
su educación en la religión de la familia. Bastó solamente
una semana para que no extrañara a Las Teresianas. Las
monjas americanas eran mucho más modernas que las espa-
ñolas, el colegio era muy alegre y el idioma inglés que siempre le había fascinado era el oficial en todas las clases.

Volvía todos los veranos a Camagüey a ver a sus tíos y a
divertirse en las fiestas de carnaval del mes de junio, «el San
Juan», junto con sus primos de la misma edad. Una vez aca-
badas las fiestas, veraneaba en San Jacinto. Este balneario,
aunque no tenía playa, era en aquel entonces el sitio pre-
dilecto de la juventud por ser muy acogedor y pintoresco.
Un anciano llamado Campa recorría todas las mañanas el
caserío de punta a punta con un rebaño de chivos, para regresar por la tarde y desaparecer misteriosamente con la
caída del sol. Nadie supo qué hacía con sus chivos ni adón-

de los llevaba, pero la muchachería le compuso una canción que decía: «*Si no fuera por las chivas de Campa, San Jacinto moriría, caramba*». Muchas familias camagüeyanas habían construido casas de madera o de mampostería con amplios portales y muchas ventanas para disfrutar de la constante brisa marina. La casa de los tíos de Elena estaba ubicada en la sección más al este conocida por el nombre de Mayanabo, donde se había construido una cerca en el mar, confeccionada con troncos de madera, para proteger a los bañistas de los tiburones y las barracudas que merodeaban por esas cálidas aguas. También habían construido frente a dicha cerca una glorieta con un muelle, donde se refugiaban algunos para protegerse del sol y que a la vez servía de club y pista de baile en la que se danzaba por las noches a los acordes de un tocadiscos portátil. Del lado oeste estaba El Ranchón, otro club con las mismas características, frente al cual tenían su casa los Varona.

Elena, que de niña pasaba por una chica insignificante, se había convertido en una hermosa muchacha, atrayendo las miradas de los jóvenes que no cesaban de piropearla. Tenía un carácter alegre y una sonrisa encantadora. «Es la trigueña más bella que monta bicicleta en todo el balneario», había repetido Felipe a sus amigos tratando de describirla. Ella siempre se había sentido atraída hacia Felipe. Desde muy pequeños eran inseparables. Si pudiéramos abrir el álbum familiar, encontraríamos las fotos de ambos siempre juntos en cumpleaños, bautizos, bodas, graduaciones y todo tipo de fiestas. Si mirásemos con atención, observaríamos ciertas expresiones en el rostro de Elena que fácilmente delatan la admiración y el afecto que ya sentía hacia Felipe. Él realmente nunca la miró como mujer hasta que Elena se marchó para La Habana. Empezaron entonces a cartearse y a contarse de sus vidas. Durante los meses de clases, Elena marcaba los días que faltaban para regresar a su pueblo. Un día descubrió que lo que en realidad le atraía era el encuentro con Felipe. En una carta que recibió, éste le anunciaba que se iba para los Estados Unidos de vacaciones con sus padres y que probablemente no regresaría a tiempo para verla ese verano. En ese mismo momento sintió por primera vez en su vida que sin Felipe nada tenía sentido y que haría todo lo posible hasta lograr casarse con él.

El noviazgo empezó estando Felipe estudiando Derecho en la Universidad de La Habana. Elena estudiaba Ciencias Comerciales y se veían todos los días en la Plaza Cadenas. Sin darse cuenta, una mañana se tomaron de la mano para subir a una guagua: Felipe no supo cómo soltarse y Elena le entregó su corazón.

Ahí vemos a Elena asomada a la ventana de su cuarto pensando en Felipe. Sabe del respeto que le tiene a Miguel y de la influencia que pudiera ejercer en sus decisiones, pero sabe que éste no puede ofrecerle nada, ya que los pocos espacios con los que cuenta la resistencia dentro de las embajadas están reservados para los hombres de acción, y Felipe es de propaganda. Además, Felipe no aceptaría ningún trato especial basado en la amistad que le une a Miguel.

Felipe tiene que escapar del país lo antes posible. Se casarían clandestinamente, cosa de agilizar los trámites de reclamación una vez que él llegara a los Estados Unidos. Ya ha hablado con el cura y el notario, y lo más difícil: ha obtenido la aprobación de sus padres.   Sólo falta lo esencial: sacar a Felipe de Cuba.   La solución sería conseguirle la entrada en una embajada de alguna otra manera.   Ellos han conversado repetidamente sobre el tema y lo consideran de extrema dificultad, pero no imposible.

* * *

Felipe tiene una pistola que le regaló su tío al triunfo de la revolución. El arma era de cuando el tío conspiraba contra Batista. Nunca pensó tener que utilizarla porque Cuba marchaba entonces por buen camino y la había guardado como recuerdo de aquellos años peligrosos. Mientras continúa caminando, piensa en los primeros meses del triunfo de la revolución: «Había la esperanza de una vida mejor. Habían prometido elecciones en dieciocho meses, que los cuarteles serían convertidos en escuelas, que los *boy scouts* iban a dirigir el tráfico, que habían venido a limpiar las calles de sangre, no a derramarla. Hablaban de libertad con pan y pan sin terror.   Decían que la revolución no era roja, sino verde olivo; que era "humanista", no "comunista"».   Todo esto le produce una sensación amarga.   «Si no nos hubieran engañado, yo no estaría ahora en esta situación».   Casi nunca lleva la pistola consigo para evitar tener que usarla: él no es un hombre de acción.   Sus actividades con la resistencia son todas administrativas y de propaganda, por eso cree que a lo mejor no es tan importante para el G-2.   Sabe que treinta años de presidio es la pena que se impone regularmente, pero... ¿quién los va a cumplir?   El régimen se desmoronaría mucho antes. «No hay que volverse loco. Lo que es insostenible es mi situación. Soy una "no persona". No puedo estudiar ni trabajar. No puedo regresar a Camagüey. No tengo suficiente dinero y me siento completamente derrotado». Cuba es una isla sin fronteras. No hay más alternativas que atravesar el estrecho de la Florida o refugiarse en una embajada, pero Felipe no sabe de embarcaciones, no conoce a nadie que tenga una y que esté dispuesto a facilitársela, no conoce de navegación y, lo que es peor, desde pequeño ha sentido terror por los tiburones.

Felipe ha citado a Elena en el cine Mara, un pequeño teatro del barrio de ella. Felipe toma una guagua y se acomoda en el primer asiento. «¿Cómo puedo colarme en una embajada? ¿Secuestrando al embajador? Primero tendría que averiguar dónde vive. Lo vigilaría para conocer sus hábitos de llegadas y salidas. Me escondería en algún lugar cercano a la entrada de la casa y, cuando éste se bajara del auto, lo asaltaría pistola en mano obligándolo a entrar en la residencia. Una vez dentro, lo convencería para que me condujera a la embajada. Le diría que estoy siendo perseguido y que estoy dispuesto a todo». Esta idea le consume el resto del viaje hasta la parada de la guagua en la que se baja y comienza su camino hacia el cine Mara.

Tal como habían quedado, Elena entra al cine y se dirige a la penúltima fila del lado izquierdo, donde la aguarda Felipe, y se sienta a su lado. Están proyectando «La Balada del Soldado», una película soviética que trata sobre el sufrimiento familiar en época de guerra. Hablan en voz baja, casi en suspiros. Felipe le dice:

—Como temía, Miguel no puede hacer nada por mí. Estoy desesperado. No resisto más.

—Solamente hay una embajada en estos momentos que ofrece alguna garantía —le susurra Elena.

—Uruguay, ¿verdad?

Elena asiente con la cabeza.

—He decidido secuestrar al embajador y obligarle a que me asile —le dice Felipe al oído.

Elena queda paralizada. No puede imaginarse a Felipe realizando semejante acción. Sus manos empiezan a sudar y siente que el corazón se le escapa.

—¡¿Te has vuelto loco?! Mi amor, si fallas es posible que te maten ahí mismo, o que te lleven preso y te fusilen después. Es demasiado el riesgo.

—No tengo otro camino. Tengo que jugármela, Ele...

—¿Estás seguro que vale la pena?

—Tengo que hacerlo. No hay otra opción.

—Pues entonces, cuenta conmigo. Dios nos ayudará.

Están un buen rato sin pronunciar palabras, mirando la pantalla sin comprender la trama de la película, hasta que Elena rompe el silencio:

—Creo que debemos casarnos antes de que entres en la embajada. El notario está disponible, pero el cura prefiere que nos casemos por la iglesia una vez reunidos en Estados Unidos.

Felipe asiente y acuerdan hacer la cita con el notario.

En la pantalla se ve a una madre triste recibiendo la noticia de la muerte de su hijo en el frente de batalla. La película termina con la frase: «*Pudo haber llenado el mundo de jardines...*».

* * *

El notario es un señor mayor de aspecto afable que inspira confianza. Su oficina se encuentra en los altos de un edificio que está muy cerca de la Catedral. Los padres de Elena lo conocen de la iglesia. Fue hermano de La Salle por algunos años hasta que descubrió que quería tener familia propia y colgó los hábitos. Elena está segura de que no simpatiza con el gobierno y no delatará a Felipe.

La cita ha sido acordada para las cinco de la tarde y una media hora antes están todos reunidos en un salón esperando por el notario. Felipe viste su mejor camisa. Es de hilo fino, blanca con rayas azules. Recuerda haberla comprado en la tienda Fin de Siglo. Ella luce un vestido verde que su mamá le ha confeccionado de un modelo creado por la propia Elena. Los padres de ella, Roberto y Sofía, han acompañado a la pareja para darles legitimidad y apoyo, pero no pueden ocultar su preocupación. Siempre habían soñado con una boda para su hija que fuera bien tradicional, sencilla pero elegante. Sofía hubiera preferido Los Pasionistas, la misma iglesia donde ella se casó, y luego un brindis en la casa. Toda la familia junto con las amistades íntimas hubieran asistido. Los padres de Felipe están en Camagüey ajenos a esta ceremonia pero tratando de mover cielo y tierra para conseguirle a su hijo asilo político. ¡Qué lejos están de imaginar los planes de secuestro que en estos momentos bullen en la cabeza de su hijo!

El notario los manda a pasar y los hace sentar delante de

una mesa de caoba de aspecto ceremonial como para darle más formalidad a las promesas eternas de «hasta que la muerte nos separe». Felipe le coloca a Elena en el dedo un anillo de platino y diamantes que ha pertenecido a la familia por generaciones y que ahora le ha regalado su abuela. Elena le pone a él un anillo sin historia, comprado hace bien poco a un joyero ambulante llamado Elías que solía frecuentar la casa en épocas mejores y a quien se referían siempre como «el del carro de fuego». Una vez firmados los documentos correspondientes se besan apresuradamente. Todos se abrazan y bajan las escaleras.

Están casados: son marido y mujer. No hubo brindis, no hubo fiesta. No tienen un lecho para compartir y mucho menos un futuro cierto. Se despiden en una esquina y hacen planes para verse al día siguiente en un cafetín frente al Malecón.

* * *

En la Calzada del Cerro había una posada que conocían ambos y que era objeto de bromas por la cantidad de parejas casadas que la frecuentaban. La dificultad de encontrar vivienda ya comenzaba a entorpecer la felicidad de los recién casados. Para muchas de estas parejas la posada equivalía a lo que en otras circunstancias hubiera sido una habitación frente al mar en el Internacional de Varadero. Felipe no lo pensó dos veces y, entre mimos y besos, logró convencer a Elena de sellar su amor en el único lugar que les ofrecía la historia.

Están sentados en la cama mirándose fijamente con las

manos entrelazadas. El cuarto es pequeño y tiene una ventana que da a la calzada donde transitan camiones y guaguas.
La ventana está cerrada y sólo se escucha una música indirecta que llega a través de una bocina situada en una esquina
de la habitación. Se besan apasionadamente. Cuando Felipe
intenta zafar la blusa de su esposa, ésta lo interrumpe con
dulzura y entra al baño llevando una bolsa que ha traído.
Pasan más de cinco minutos y Felipe comienza a impacien-
tarse. Por fin se abre la puerta y aparece Elena: se ha soltado
el cabello, se ha puesto un *déshabillée* de *chiffon* blanco y se ha
perfumado con las últimas gotas de un frasco de *Nuit de Samedi* de Carón que ha robado de la coqueta de su madre. Es
su «primera noche», su «noche de bodas», y aunque sean las
tres de la tarde en una lúgubre posada de la Calzada del Cerro, quiere cumplir al menos uno de sus sueños de colegiala.
Los ojos de Felipe reflejan su emoción y sus brazos se abren
para sentirla suavemente apoyada en su pecho. Ya no siente
la ansiedad de poseerla con que entró a la habitación, sino
un sentimiento tierno y poderoso que lo conduce a acariciar-
la con toda la delicadeza que le ha inspirado su bata blanca.
Ella ha dado rienda suelta a todas las pasiones reprimidas
durante el noviazgo, entregándose ya sin recato. Las manos
exploran y los labios se funden hasta convertirse ambos en
un solo aliento. Los besos se encargan de dejarlos desnudos.
Los senos de Elena encuentran en el pecho de Felipe un su-
dor dulce que los baña de jazmines. Los dos cuerpos fusio-
nados alcanzan la sinfonía del orgasmo. Siguen abrazados
por una corta eternidad, hasta que la realidad les toca en los
hombros advirtiéndoles que las tres horas que han pagado

ya se han consumido.

* * *

Felipe tiene la pistola del tío en el cinto, oculta bajo la camisa. Lo vemos parado a dos metros de la casa del embajador. Elena había estado observando sus entradas y salidas durante una semana y saben exactamente su hora de llegada. Faltan sólo unos minutos. La oscuridad de la noche y el poco alumbrado de la avenida deben favorecerlo. Felipe repasa su plan: deberá acercársele al momento exacto de cerrar la puerta del auto, encañonarle por la espalda y decirle firmemente que es un perseguido político, que su vida peligra y que necesita ayuda. Tendrá que hacerlo entrar en la residencia sin ofrecer resistencia y una vez dentro convencerlo de que está dispuesto a todo: aún a matarlo si no coopera con sus demandas. Sólo quiere que le otorgue asilo político.

Lleva repasando mentalmente palabra por palabra y contando los pasos necesarios del automóvil a la puerta de entrada. «Si logro entrar a la casa, no será muy difícil convencerlo y esta misma noche podré dormir a salvo en la embajada». La avenida donde se encuentra la residencia del embajador está bastante desierta a esta hora de la noche. Pocos autos transitan y alguna que otra pareja camina por las aceras. Felipe teme que lo estén observando desde algún lugar y que tan pronto inicie la operación se le vayan a tirar encima. Está rezando una oración que aprendió en el colegio de Los Hermanos Maristas y que nunca le ha fallado en los momentos de apuro: repite el «Acordaos» hasta que a lo lejos ve avanzar un Cadillac negro que parece ser el esperado.

El Cadillac del embajador se detiene frente a la residencia y la puerta del auto comienza a abrirse. Felipe se dirige a su encuentro, y en ese momento dos perros *dóberman* salen del jardín y comienzan a ladrarle amenazadoramente. Felipe, que no contaba con eso, pierde el control y sólo atina a correr.

* * *

—El «Acordaos» funciona a veces de una manera impredecible —le dice Sofía a su hija tratando de confortarla, pero Elena no deja de sollozar. Le ha fallado a su esposo: no sabía de los perros; por su culpa todo se ha perdido; su primera misión como esposa ha sido un fracaso. La madre siente que va a romper a llorar también, pero se controla y le dice:

—No pierdas la fe, hija. Tengo mucha confianza en Arturo y Mercedes. Esos padres de tu marido tienen muy buenas relaciones en todas partes, conocen a mucha gente. Estoy segura de que algo aparece por alguna parte.

—Estoy desesperada, Mami. ¿De dónde salieron esos perros?

—Ya basta Elena, ni una palabra más. Hay que ser positivo. Olvídate de lo que pasó. Ya eso no tiene remedio.

Están conversando en la cocina. Sofía es una persona muy calmada y muy religiosa. Se ha encomendado a todos los santos y está segura que su recién adquirido yerno va a lograr su objetivo. Es cierto que el padre de Felipe tiene muy buenas conexiones con la diplomacia española, es hijo de canarios que emigraron a Cuba a finales de la Guerra de Independencia, y su padre siempre mantuvo muy buenas relaciones con un primo español de carrera diplomática.

Los padres de Felipe han llegado a La Habana hace unas horas con intención de ver a su hijo y de hacer lo imposible para sacarlo del país. Arturo se encuentra optimista porque acaba de hacer contacto con un amigo que suele salir de pesquería con el cónsul de España y le ha asegurado que lo puede ayudar.

* * *

La Habana ha amanecido bajo la lluvia. Por las calles se ven algunos transeúntes poco precavidos sosteniendo periódicos sobre la cabeza para protegerse del tintineo constante del agua fría. Radio Reloj hace varias horas que viene anunciando una tormenta tropical. Estamos a finales de abril y la temporada ciclónica todavía está lejos, pero para esta época del año la primavera hace sacar los paraguas y los habaneros, agradecidos, se quitan de encima un poco de sol. Felipe se encuentra en casa de una vieja amiga de la familia donde duerme en un cuarto improvisado que funciona de día como zaguán. Hace dos días que tuvo el encuentro con los *dóberman* y sólo ha salido de la casa para ver a Elena y contarle de su fracaso. Su abuela le ha comunicado que sus padres están en la ciudad y le ha dado la dirección de un hotel donde lo están esperando.

Arturo lo ha resuelto todo en apenas unas horas. Su amigo logró convencer al cónsul español del inminente peligro que corría Felipe y le explicó los lazos de afecto que lo unían a esta familia. El cónsul le debía muchos favores y accedió a hospedar a Felipe en su residencia hasta resolver el asilo. Tan pronto padre e hijo se abrazan, Arturo, emocionado, le comunica las buenas noticias:

—Hijo, el chofer del cónsul de España vendrá a buscarte para llevarte a su residencia donde permanecerás por pocos días. Ahí vas a estar a salvo hasta que te lleven a una embajada.

—Papá, no lo puedo creer. ¿Cuál embajada?

—Parece que será la de Uruguay. Pronto recibiremos una llamada telefónica y deberás estar listo para salir de inmediato.

En los ojos verdes de Mercedes se asoman las lágrimas. Le es difícil contener el llanto, pero piensa que aunque su hijo sólo tiene diecinueve años, ya es todo un hombre, y logra mantener la serenidad. Felipe abraza a su madre y le dice:

—Mamá, por favor, no llores. Todo está saliendo bien.

* * *

El apartamento del cónsul de España se encuentra en el Vedado y desde sus balcones se puede ver el Malecón y el inmenso mar antillano. Una señora de unos cincuenta años, regordeta, simpática y con un fuerte acento madrileño le abre la puerta.

—Pase, señor Felipe, me alegro de verle.

Felipe entra en el apartamento y nota de inmediato el lujo de los muebles y el buen gusto de la decoración.

—Gracias.

—Lo estaba esperando. Yo soy María. El señor Cónsul

está de pesquería por Varadero y no regresa por varios días, pero no se preocupe. Él me ha dado estrictas órdenes de atenderlo hasta que lo vengan a buscar.

—¿Quién viene a buscarme? —pregunta Felipe un poco aturdido.

—Un funcionario de la Embajada de Uruguay.

—¿Cuándo viene?

—No sé si será mañana o pasado, pero me han asegurado que vendrá sin falta.

María le ha traído un plato de queso manchego, jamón serrano y aceitunas, acompañado de una copa de vino. Felipe se sienta a la mesa y no sabe por dónde empezar. Recuerda los buenos tiempos en que su padre, fanático del buen comer, llevaba a la familia al Centro Vasco cuando iban de vacaciones a la capital. Siente remordimiento de disfrutar estas golosinas que hace mucho tiempo no se ven en el país. Un mes atrás se había implantado a todo lo largo de la isla la libreta de racionamiento. El consumidor sólo tendría derecho a comprar en un mes tres libras de carne de res, cuatro libras de pescado, seis libras de arroz y dos litros de aceite. La lista de productos racionados seguiría abarcando alimentos básicos como la leche, los huevos, los frijoles, las viandas y el café, pero no garantizaba que todos estos productos estuvieran siempre disponibles. Los precios en el mercado negro se habían disparado y las constantes colas para adquirir los alimentos se multiplicaban por toda La Habana.

* * *

Elena ha ido a visitar a Felipe y tan pronto llega se abrazan apasionadamente. Saben que pasará mucho tiempo sin que vuelvan a verse. No se hablan. María se ha retirado a su habitación prudentemente. Felipe puede contar los latidos del corazón de Elena y ella los de su marido. Se tocan con ansiedad, se besan, se descubren, se inventan y se van esculpiendo rostros distintos que salen de sus manos, algunos con alegría, otros con ansiedad, otros con mucho miedo. Los borran y vuelven a quedar sólo ellos; ellos que se miran, se tocan y se vuelven a besar sin haber intercambiado una sola palabra.

* * *

El Secretario de la Embajada de Uruguay muestra un aspecto agradable. Llega a buscarlo ya entrada la noche, en un *Mercedes* negro bastante amplio, con las usuales banderas diplomáticas. Felipe trata infructuosamente de entablar conversación y lo más que puede conseguir es enterarse que acaba de llegar de Miami y de que está muy cansado.

El auto se aleja del centro de la ciudad y toma la dirección del *Country*, donde existe un lago bien apartado en el cual se tiraban los cadáveres de los asesinados por la policía en los tiempos de Batista. Felipe recuerda que el del Senador Pelayo Cuervo Navarro había aparecido en ese mismo lago, y se estremece. Felipe ha confundido la localidad de la embajada. En su mente, ésta se halla en la Avenida de los Presidentes, muy cerca del apartamento donde estaba, y había calculado que el viaje no demoraría más de quince minutos, pero ya ha transcurrido más de media hora. «Esto es una celada. ¡Me van a matar!» —piensa atemorizado. «Este señor no es ningún funcionario de la embajada, sino un agente del G-2. Pero, ¿por qué?, si yo no soy un "peje gordo"... ¿Querrán usarme como escarmiento a los que pretenden asilarse? Pues, ¡mierda!, ¡no lo van a lograr! ¡Tengo que escapar!»

Cuando Felipe ve a su derecha el lago, pone una mano en la manigueta de la puerta y se dispone a saltar fuera del auto tan pronto perciba algún ademán sospechoso. Mientras tanto, el señor Secretario de la embajada conduce abstraídamente, ajeno al laberinto mental de su pasajero. A los pocos minutos, el *Mercedes* se detiene frente a la embajada y el funcionario le ordena a Felipe que no abra su boca ni se mueva del auto hasta que él no se lo indique. Felipe respira aliviado mientras el diplomático quita el candado a la reja. Uno de los milicianos que custodia la entrada se acerca a la ventanilla y lo observa. Felipe permanece inmóvil y con la vista fija al frente, ignorando al miliciano. Por fin, el Secretario regresa, sube al auto y lo estaciona frente a la puerta de la sede diplomática. Ambos se bajan del auto y entran a la embajada. Ha logrado su objetivo. Una vez más, su padre le ha resuelto un problema, con la gran diferencia de que ésta vez... le ha salvado la vida.

ASILO POLÍTICO

Un mar de hombres dormidos yace por todo el suelo de la sala. Se hace difícil distinguir los contornos. El Secretario le dice a Felipe: «Puedes tirarte a dormir entre ése y aquél». Felipe le responde: «Gracias, no tengo sueño, preferiría fumarme un cigarro en el patio».

El edificio de la Embajada de Uruguay había sido la residencia del director del periódico más antiguo de la república, *el Diario de la Marina*. En mayo de 1960 se celebró en La Habana su confiscación y se enterró simbólicamente el periódico. La libertad de prensa se enterraba junto con él.

Alrededor de cuatrocientas personas están asiladas en el edificio. La mayoría duerme en el suelo. Un pequeño grupo que había sido el primero en llegar tiene el privilegio de vivir en los dormitorios, a los cuales se les denomina «galeras» utilizando el *argot* de las cárceles. El resto duerme en cualquier lugar de la sala, pasillos, terrazas, o en cualquier espacio desocupado que se pueda encontrar. Uno de los asilados más antiguos, del cual se afirma que era el jefe de acción de otro grupo de resistencia, vive y duerme en un clóset. Había podido fugarse de la cárcel vestido de mujer, gracias a su rostro lampiño y a un intercambio de ropas el día de visita.

Todas las clases sociales están representadas. Hay muy pocas mujeres y sólo dos o tres niños. Entre los profesionales se encuentran varios médicos, ingenieros, contadores, abogados, arquitectos y maestros. También hay estudiantes, trabajadores de la construcción, oficinistas, ex miembros del ejército de Batista, soldados y oficiales que desertaron del ejército rebelde, artistas de radio y televisión, y pueblo en general.

Felipe se ve rodeado casi de inmediato por un nutrido grupo de asilados. Uno de ellos que funciona como líder comienza a interrogarlo. Para todos es una sorpresa que el propio Secretario haya traído personalmente a otro más. Unas semanas antes se había producido una entrada forzada a la cancillería, y cuarenta y cinco personas se quedaron adentro obligando al embajador a concederles asilo. Éste, indignado, había jurado que a nadie más se le otorgaría ese privilegio y que la embajada estaba cerrada definitivamente.

Felipe comenta que pertenece al Movimiento Revolucionario del Pueblo, conocido por las siglas de MRP, y que es de Camagüey. Un asilado que ha estado observando la escena sin pronunciar palabra, tan pronto escucha «Camagüey» se le acerca y le pregunta:

—¿Conoces a la familia Luaces en Camagüey?

—Sí, claro, conozco a toda la familia.

—Entonces me imagino que conocerás a Miguel.

—Estuve con él hace varios días —le contesta Felipe con cierta extrañeza y curiosidad.

El asilado, complacido por las respuestas de Felipe, lo lleva a un lado y le conmina a no dar ningún tipo de información. Se presenta como Ernesto Luaces, miembro de dicha familia pero que vivía en otra provincia. Tiene referencias de Miguel a través de contactos clandestinos. Le explica que tiene la certeza de que la embajada está penetrada por miembros del G-2 y que no se puede confiar en nadie.

Son casi las doce de la noche y el grupo que lo había estado observando comienza a retirarse a dormir. Ernesto le cede un sillón destartalado que ya no le hace falta porque ese mismo día ha recibido un catre por mediación de su familia. No ha transcurrido una hora cuando uno de los asilados al que apodan «el Gaito» trata de brincar la cerca de alambres para alcanzar la calle, pero un grupo de hombres armados de cabillas le impiden el salto y lo golpean en la espalda fracturándole varias costillas. El primer impulso de Felipe es de correr en su ayuda, pero Ernesto lo detiene sujetándolo por un brazo. Felipe lo mira con extrañeza y trata de zafarse, pero éste le advierte que el incidente es un pase de cuenta de la mafia que opera en el edificio y que es mejor no involucrarse en ello.

Es su primer encuentro con el lado oscuro de la vida. Siente náuseas y deseos de vomitar. Logra controlarse al cabo del rato y toma el rosario que le había puesto Elena en el bolsillo estando en el apartamento del cónsul. Comienza a rezar y en el tercer misterio se queda dormido. Ha concluido su primer día en la Embajada de Uruguay: es el 30 de abril de 1962. Al día siguiente se celebrará en toda Cuba el Día Internacional del Trabajo y se ha anunciado en la embajada que no se repartirá comida.

* * *

La Habana, 2 de mayo de 1962

Felipe, mi vida:

He pasado dos veces por nuestro «Internacional de Varadero». No hago más que pensar en ti. Tengo en mi cuerpo todos tus olores. Cierro los ojos y siento que me acaricias el pelo y me besas en las mejillas, en el cuello y finalmente en la boca. Siento tus besos profundos como un río de gardenias. Puedo estar en esta imagen el tiempo que yo quiera. Es como si leyera un libro y al pasar la página me encontrara contigo de nuevo, pero en otra dimensión, desnudos en la cama, tratando de rescatar nuestros alientos después de haberlos perdido en una entrega total.

Te adora,

Elena

* * *

La Habana, 2 de mayo de 1962

Mi querido esposo:

Aprovecho que tenemos este contacto nuevo que tu padre ha conseguido para enviarte estas líneas escritas a la carrera. Doy gracias a Dios por tenerte al fin en la embajada. Este ingeniero que tu padre conoció ayer se ha brindado para llevarte un catre y esta carta. Más adelante trataremos de enviarte otra muda de ropas, artículos de aseo personal y lo que podamos conseguir. Él no sabe el tiempo que necesitará para terminar la obra de las cañerías que tiene a su cargo, pero tengo esperanzas de que se demore mucho para continuar aprovechándolo.

Estamos todos bien. Mis padres te envían un abrazo. Trataré de pasar por el Laguito y saludarte aunque sea de lejos. Sigo con mi costumbre de las dos cartas.

Te adora,

Elena

P.D.- Espero que no haya perros en la embajada (¡ja,ja!).

* * *

Felipe lee las dos cartas de Elena que vienen en un mismo sobre. Desde que comenzaron a cartearse cuando eran más jóvenes, ella siempre le escribía de esa manera, porque así él podía enseñarle una de las cartas a sus amigos sin comprometer las intimidades que le escribía en la otra y que eran sólo para su conocimiento.

Entre las cosas que más le gustaban de su mujer era su sentido del humor y su originalidad en todo lo que hacía. No tenía dudas de que a ella le gustaba escribir. Siempre había pensado estudiar Periodismo, pero para una mujer en Cuba esa carrera no tenía futuro y había optado por Ciencias Comerciales, ya que tenía también buena cabeza para los números y podía ayudar en el negocio de mueblerías que tenían sus padres. Ya no importaban las carreras. La Universidad estaba cerrada para ella. Había querido seguir estudiando, pero era requisito imprescindible pertenecer a algún organismo de masa, hacer trabajos voluntarios y desempeñar las guardias revolucionarias. Elena no estaba dispuesta a comprometer su cerebro ni a traicionar su corazón.

Felipe dobla con mucho cuidado la primera carta y la guarda en su cartera para que nadie tenga acceso a ella.

Los días en la embajada son prácticamente iguales. Por el día, la mayoría de los asilados se sientan sobre la yerba en el patio del frente del edificio que mira al lago. Los milicia-

nos que cuidan la entrada no dejan a ningún vehículo esta-
cionarse cerca. Los familiares tienen que pararse del otro lado del lago, a una distancia de unos cuatrocientos metros, y
desde allí tratar de comunicarse con los asilados gritándoles
algún mensaje corto. La frase más popular que gritan los asilados, mitad en serio y mitad en broma, es «mándame gofio». Las noches pertenecen al ajedrez, a las damas y al
dominó, aunque se sabe que en una de las «galeras» que
controla la mafia se juega al póker.

La jerarquía está muy bien establecida. La ley de la selva
impera como en la cárcel. Los más fuertes son los que con-
trolan el orden y se aprovechan de los débiles. Un porcentaje muy pequeño se encuentra en la embajada por motivos
puramente políticos y han optado por volverse invisibles.
Los grupos afines se mantienen unidos y se reparten lo que a
duras penas se puede conseguir de la calle. Felipe se une
desde el primer día a Ernesto quien lo presenta a cuatro asilados del pueblo de Holguín, donde él vivía. En la embajada
también se encuentra «el Casquito». Este había sido jefe de
acción y sabotaje de la misma organización a la que Felipe
pertenecía. Habían coincidido en varias reuniones clandes-
tinas y en un viaje a Ciego de Ávila que efectuaron juntos
para establecer contactos en esa ciudad. Aunque lo conocía
poco, simpatizaba mucho con él por su sencillez y valentía
probada. Es una sorpresa muy agradable para los dos encontrarse en ese medio tan difícil, rodeados de tanta descon-
fianza y baja moralidad.

Los holguineros le dan su amistad de inmediato y lo in-
vitan a compartir con ellos la escasa comida que tienen. Feli-

pe les presenta al Casquito, garantizándoles que es de toda confianza, y así es aceptado en el grupo. Después de la comida, deciden formar una cooperativa para compartir cualquier alimento que les llegue de fuera, a través de familiares o amigos. El Casquito, cuyo apodo se debía a un sombrero de explorador con el que se protegía del sol, ha construido una especie de bohío rudimentario con algunas pencas de coco que se ha encontrado en el patio. Juntó cuatro troncos, les dio forma y con varios pedazos de soga logró erigirse un refugio particular bastante apartado del edificio. Ahí duerme mientras no llueve, ya que para eso no ha sido diseñado. El bohío es ideal para la cooperativa. Allí, con varias latas de galletas que usan como sillas, pasan la mayor parte del tiempo discutiendo de política y matando el tedio con el dominó y el ajedrez. Al frente del bohío, ponen un letrero que dice «Miami Beach».

* * *

¿Cómo se puede compaginar la alegría de saber que su esposo está fuera de peligro con la tristeza de estar separados y la angustia de saber que en este país cualquier cosa es posible? La idea de no ver más a Felipe es una constante preocupación. ¿Qué podría pasar? Ya se rumora que el gobierno se está preparando para una gran confrontación con los Estados Unidos, utilizando misiles con ojivas nucleares traídas secretamente por los soviéticos. En cualquier momento las cárceles y las embajadas podrían ser objeto de hostigamiento y aniquilación por el ejército o por la milicia armada. «¿Cuándo me llegarán los papeles? ¿Cuándo podré abandonar esta locura que nos ha tocado vivir?» Elena no sabe qué hacer con tanta incertidumbre. Todo está cifrado en salir de Cuba. Iniciar el camino del destierro: dejar su casa, su familia, su universidad, sus amigas. Toda una vida que ha definido su identidad. Va a iniciar un proyecto de familia con Felipe en otro país, donde se habla otro idioma y existe otra cultura completamente distinta a la suya. Ha perdido todas las esperanzas de que el gobierno cambie o que la resistencia triunfe. Sabe que los americanos no intervendrán en la isla. Son otros tiempos y Cuba está protegida por la poderosa Unión Soviética que ha puesto al primer cosmonauta en el espacio.

Elena trata de mantenerse ocupada en todo momento. Ayuda en los quehaceres de la casa. Cocina, limpia y ayuda a su madre con las tareas escolares de sus hermanos. David y Robertico tienen diez y doce años de edad y su madre no se ha sentido bien de salud en los últimos meses. Ha tenido más apretazón en el pecho unida a falta de aire y calambres en el brazo izquierdo. Se lo ha atribuido a los nervios. «No es para menos», le dice Roberto cariñosamente. Este tampoco está bien del todo. Ya los espejuelos de gran aumento no le sirven de mucho. Apenas puede distinguir las letras del periódico *Revolución*, pero calla y no lo comenta con nadie.

* * *

—¡Aquí se pudren ustedes, descarados, gusanos, vende patrias! —les grita a los asilados desde la calle un hombre bajito, vestido de verde olivo y montado en una yegua triste.

—No los insultes más. Déjalos tranquilos. Hay orientación de evitar todo tipo de confrontación —le contesta el miliciano que cuida la entrada.

—Es que no me puedo aguantar cuando los veo.

—Bueno, deja eso ya... ¿Cómo anda la yegua?

—Ahí, tirando. Oye, ¿no te da miedo que algún descarado de éstos te quiera hacer daño? —le pregunta preocupado.

—No, compañero, si no se meten con nadie. Si los puedes oír... Sólo les piden gofio a los familiares, y eso es precisamente lo que hacen: ¡comerlo!

—¡Ojalá que no salgan nunca! Oye, cuídate, compañero. Mira, mañana tengo que pasar otra vez por aquí con mi yegua en camino a la cooperativa a buscar las viandas. ¿Te hace falta alguna? —le pregunta con complicidad el hombre de la yegua.

—Alguna malanga que te sobre, te la acepto. Gracias, compañero.

—Cuenta con eso, compañero. Mañana te la traigo. Nos vemos.

Desde hace varias semanas un grupo de asilados que acostumbra a sentarse en el patio, cerca de la entrada donde está la posta, ha visto a este hombre pintoresco montado en una yegua huesuda conversando con el guardia. Ocasionalmente, dependiendo del ánimo, le contestan los insultos, pero la mayoría de las veces nadie le presta mucha atención.

Acaba de despedirse de la posta cuando llega el camión con «la boba», como le llaman los asilados a la comida. El sujeto se baja de la yegua mientras el guardia comienza a abrir la reja de entrada. En un abrir y cerrar de ojos, junto con el camión, entra el hombre de la yegua. El guardia se queda atónito y, cuando se dispone a rastrillar el rifle, oye la voz del jinete que le grita desde adentro:

—¡Ahí te dejo a la yegua p'a que la hagas tasajo, *hijo 'e puta!*

* * *

Si alguna vez Felipe se detuvo a pensar en el concepto del limbo y lo encontró patético, ahora la realidad de la embajada se le manifiesta en la misma categoría. Está físicamente en La Habana, oye los ruidos del amanecer, los pregones, el canto del gallo a lo lejos, el trinar del sinsonte y el batir de las palmas. Los olores se los trae la brisa y son los de siempre: olor a hierba húmeda, a jazmines, a fruta madura y, sin embargo, no está en La Habana, sino en territorio extranjero. Un país rodeado de alambradas donde es libre de expresar sus ideas, pero no le interesa decirlas y a nadie le importa escucharlas. Su presencia no trasciende. Ha perdido el contacto directo con la vida. Hace unos minutos escuchó en la radio por primera vez un bolero de José Antonio Méndez, *Me Faltabas Tú*, interpretado por Elena Burke, y se sintió un extraño. «Esa canción ya no me pertenece. ¿Cuántas parejas estarán escuchando esta canción… quizás junto al mar, en un bar, sentados en un banco de parque?» Este pensamiento lo angustia. La canción no está dirigida a él, la ha escuchado accidentalmente. «José Antonio Méndez no debe escribir más canciones porque la vida se ha congelado. Los cines no pueden estrenar más películas. Los periódicos deben traer las mismas noticias del 30 de abril todos los días porque el universo ha dejado de girar». Felipe siente la puñalada de la soledad y los primeros rasguños del desarraigo.

Hace tiempo que leyó a Ortega y Gasset y recuerda esta línea: «Cristo no fue tan sólo hombre porque tomó forma humana sino porque el Padre lo dejó solo en la cruz». Cuando leyó este pensamiento no lo entendió del todo. Sus estudios de sociología señalaban que el hombre era un ser gregario y lo había aceptado sin vacilación. Ahora entiende al filósofo español: nacemos solos y nos morimos solos en segmentos de soledades. Es cierto que había hecho amistad con los holguineros y que el Casquito se encontraba con él, pero esto no era suficiente. Su madre no está cerca para acariciarle la frente. Elena no puede oír sus cuitas y hacerlo sonreír. Extraña el hollín que siempre percibía cuando viajaba en auto de Camagüey a La Habana, la gente atropellándose en la guagua, el chiste rápido del conductor, el olor de la tinta del periódico acabado de salir de la imprenta, el café con leche de todas las mañanas, las tertulias familiares y las discusiones con sus amigos. Siente que ha perdido el palpitar de la ciudad y que jamás podrá reincorporarse a ella, pero decide ser positivo: «Podía estar muerto o tirado en una cárcel. Estoy bien, esto es transitorio. La vida me está esperando en otra parte. Estoy bien, estoy bien...»

Los asilados no quieren pensar en viajar a Uruguay. Es demasiado lejos de Cuba. Se rumora que este gobierno está en conversaciones con México para tramitarlos a ese país y finalmente a los Estados Unidos. México funcionaría como trampolín porque no se permiten vuelos directos entre Cuba y los Estados Unidos. Uruguay es un país muy pequeño,

todavía en fase de subdesarrollo, y le sería muy difícil alber-
gar a cuatrocientos cubanos. Aún no se ha fijado fecha de
salida y la embajada no ha recibido ningún salvoconducto
de Cuba.

* * *

La salud de Sofía se está resquebrajando. No tiene fuerzas para nada y con frecuencia siente falta de aire constantemente. Los dolores en el pecho se han hecho más comunes.
Roberto la lleva al hospital. El cardiólogo la examina y la encuentra muy delicada, le ordena reposo y le receta dos medicinas.

Roberto se siente deprimido. No quiere pensar que su
compañera de toda la vida le falte. El negocio de muebles
que tenía fue confiscado. El gobierno lo retiró y vive de una
modesta pensión. Como siempre tuvo inclinación a la
mecánica de autos, se ha dedicado a reparar los automóviles
de sus amigos y de algún que otro vecino. Ese dinero adi-
cional le da lo suficiente para mantener su hogar, pero está
viejo y cada día que pasa nota que pierde tornillos porque
no los ve.

Elena ha comenzado a enseñar inglés a unos miembros
de la Embajada de Israel que se encuentran en Cuba en un
programa de asesoría agrícola. Una ex compañera de colegio
que trabaja en dicha embajada le ha facilitado los contactos.
También está enseñando inglés a algunos niños del barrio.
Se siente con muchas responsabilidades desde que su mamá
enfermó. Sus hermanitos están yendo a la escuela y ella es la
que los recoge todos los días.

Elena ha hablado con sus padres sobre abandonar todos el país. Ella piensa que una vez que se establezca con Felipe en los Estados Unidos podría muy bien sacarlos a ellos y a sus hermanos. Su padre se muestra intransigente: le ha dicho que nunca abandonará Cuba. Está viejo y no habla inglés, dice que ha comprado una luneta especial para ver el final de este disparate de gobierno y que no piensa perderse el espectáculo. Al contrario de Elena que ya ha perdido toda esperanza y está convencida de que la revolución es irreversible, Sofía piensa que en cualquier momento puede haber algún tipo de arreglo con una amnistía general y un eventual regreso a la democracia. Es por todo eso que no insiste mucho en persuadir a su esposo.

* * *

Arturo y Mercedes sólo están esperando por la salida de su hijo para iniciar los trámites necesarios para reunirse con él. Su hacienda de ganadería fue una de las primeras en ser confiscadas en la Reforma Agraria. Se les acusó de latifundistas y de tener extensiones de tierra sin producir. Resultó ser que había un capitán del ejército que se había enamorado de la casa de la finca y decidió establecer su oficina agraria en dicho lugar. Arturo tiene conexiones con empacadores de carne en el estado de Texas y ya le han ofrecido trabajo. Camagüey ha dejado de ser para él la ciudad amiga, casi familiar que vio crecer a muchas generaciones de Varonas en un ambiente de tranquilidad y de buenas costumbres.

* * *

El Secretario de la Embajada visitaba con frecuencia la sede diplomática, traía noticias de algún familiar, entregaba personalmente una carta o daba un recado a alguien, pero su objetivo principal, de acuerdo a lo que se comentaba entre los asilados, era el tráfico de joyas y dólares que después negociaba en el exterior.

Los asilados lo veían llegar y en seguida le hacían un círculo, asediándolo con las mismas preguntas: «¿Cuándo nos van a señalar los vuelos?»

El Embajador brillaba por su ausencia. Muy pocos asilados lo habían visto. Para los que llevaban esperando más de un año era una situación intolerable. No existía comunicación alguna. Nadie sabía nada. Los más pesimistas pensaban que jamás saldrían, pero demandaban información para saber a qué atenerse. Había un grupo que se proponía declararse en huelga de hambre, otros hablaban de quejarse en una carta a la Comisión de Derechos Humanos de la ONU, y los muy pocos, los únicos sensatos, se indignaban por la falta de patriotismo y generosidad del resto que sólo pensaban en viajar al exterior y olvidarse de los compañeros fusilados, de los miles de presos y de los que todavía combatían en la resistencia. Felipe pensaba con tristeza en Elpidio, aquel compañero de su movimiento que, tan pronto se enteró de que lo tenían fichado, corrió a avisarle a la playa. Recordaba haberle dicho que su vida también peligraba, pero no hizo caso y poco tiempo después fue capturado. Hace unos días se enteró de su fusilamiento.

Una tarde del mes de julio, para sorpresa de todos, el Secretario convocó a los asilados a la sala principal de la embajada y, subiendo a lo alto de una escalera de mármol, informó que tenía la lista de los salvoconductos y que, dentro de muy pocos días, comenzarían las salidas, divididas en cinco vuelos.

A la semana siguiente, cuando todos esperaban más noticias esperanzadoras, arribó a la embajada Su Excelencia, el señor Embajador Uribe. Era la primera vez que Felipe lo veía. Inmediatamente fue rodeado por la muchedumbre. Un abogado que funcionaba como delegado de los asilados se le acercó y le pidió que confirmara la fecha exacta de salida. El Embajador, visiblemente confundido, manifestó que no sabía de qué se le hablaba y que, a su entender, no había ninguna noticia al respecto. Se le informó que el Secretario les había enseñado unos días antes la lista de los salvoconductos, a lo cual el Embajador respondió indignado que el señor Secretario no sabía de lo que estaba hablando, que no tenía autorización y que había actuado irresponsablemente. Esto fue suficiente para que se acusara al Secretario de comunista. Lo querían linchar en el patio y arrastrarlo por el piso. Felipe se reunió con sus amigos de Holguín y el Casquito, y se burlaron entristecidos de la histeria colectiva.

Al día siguiente, para el asombro de todos, estaba el Secretario parado en la misma escalera que horas antes ocupara el señor Embajador. Había entrado como un bólido apartando gente. Tenía la mirada inyectada de sangre y se mordía los labios constantemente. Con voz enérgica se dirigió a todos: «He venido a despedirme de vosotros. El gobierno cubano me ha dado veinticuatro horas para abandonar el país. Los cargos formulados son de colaboración con los enemigos del pueblo y de ser agente de la CIA. Todos ustedes saben de mi labor anticomunista. La mayoría de vosotros han sido traídos aquí gracias a mis buenos oficios. Me voy impregnado de esta tierra hermosa y juro que no descansaré hasta verla liberada. Pueden estar seguros que en la primera oportunidad, en el primer hecho de armas que se produzca, estaré presente para ofrendar mi vida, si así es menester, por la causa de la libertad de Cuba».

Una vez terminada su alocución, el funcionario fue aplaudido fuertemente y prácticamente sacado en hombros hasta su auto, bajo los acordes del himno nacional cubano cantado por la turba estremecida de asilados. Felipe no lo podía creer. La historia se repetía una vez más: el orador iluminado había conducido a la masa como el flautista de Hamelín a los ratones.

* * *

Las semanas siguientes fueron de incertidumbre. El Embajador no aparecía por ninguna parte hasta que, a mediados del mes de agosto, hizo su entrada triunfal con la ansiada lista de los asilados que tomarían los vuelos para Mérida con destino final a Miami. El gobierno cubano decidió negarles el permiso de salida, a modo de venganza personal, a algunos combatientes que llevaban más de un año asilados, entre ellos el que se había escapado de la cárcel vestido de mujer y vivía en un clóset. El último día del mes comenzó la evacuación de un poco más de trescientos asilados. La operación fue dividida en cinco vuelos, con alrededor de setenta asilados en cada uno. Un coronel uruguayo arribó a

La Habana para ayudar con los trámites. En cada partida, el protocolo del gobierno cubano llegaba temprano y colocaba una mesa en el patio donde verificaba el recibo del pasaje, la visa de México y el salvoconducto. Se le exigía a cada asilado firmar la renuncia a la ciudadanía cubana y se le otorgaba el permiso de «salida definitiva» del país. Un autobús los esperaba afuera y los conducía al aeropuerto de Rancho Boyeros, donde tomaban un avión que los llevaba a Mérida, Yucatán, para al día siguiente continuar viaje a Miami.

El nombre de Felipe Varona apareció en la lista del último vuelo, junto con los del Casquito y de los holguineros.

* * *

Felipe está fumándose un *Agrario*. En el bolsillo del pantalón, a buen resguardo, esconde un billete de veinte dólares que su padre le pudo conseguir en el mercado negro para que al menos tuviera algo en su estancia en Mérida. En el «gusano» de lona que lleva como equipaje, guarda sus pertenencias, junto con unas prendas y un sobre con dinero que debe entregar en Miami a un amigo de la familia. Su padre también le ha conseguido dos cajas de tabacos *H. Upmann* para que los pueda vender cuando llegue a Miami. Viste un traje que le baila en el cuerpo. Ha perdido treinta libras y se le ha caído el pelo prematuramente. Al principio no le daba mucha importancia a los pelos que encontraba en la almohada todas las mañanas. Un día alguien trajo una cámara y le tiró una foto estando agachado, con la cabeza ligeramente inclinada hacia delante. Cuando se la enseñaron no se pudo reconocer. Primera vez que se veía en largo tiempo. En la

embajada no había espejos y aunque había oído el mote de
«calvito» refiriéndose a su persona, no fue hasta ese instante
que se vio y se sintió calvo.

El Embajador ha llegado y se muestra muy nervioso.
Junto con él está el coronel uruguayo que ha sido destacado
como *attaché* militar para ayudar en la evacuación. El Embajador reúne al grupo y les dice: «Tenemos 35 asilados que no
pueden tomar el vuelo porque Estados Unidos les ha negado
la visa y México no se hace responsable». Todos se quedan
perplejos. Felipe, al igual que sus amigos, tiene la visa estadounidense. El Coronel se adelanta y llama aparte al Embajador. Los dos conversan y parecen discutir. Los dos señores
del protocolo cubano contemplan el diálogo con indiferen-
cia, pero Felipe presiente lo peor. Observa al grupo de los
rechazados y se da cuenta de que están planeando algo
dramático. De repente, el coronel uruguayo saca una pistola
y le grita al Embajador:

—Se van todos. Yo asumo toda la responsabilidad del
viaje.

—No sabe usted lo que hace. Está tirando por la ventana su carrera militar —le responde el Embajador con indignación.

En silencio, todos están subiendo al autobús. El último
en hacerlo es el Coronel que se sienta en la primera fila.
Desde las aceras, caras de habaneros curiosos miran la guagua pasar alejándose lentamente de la embajada. Nadie dice
una palabra. Felipe cierra los ojos y piensa en Elena: «¡Cuánto diera por abrazarte!» Sigue pensando en ella, en los veranos en San Jacinto, en el San Juan camagüeyano, en sus

padres, en sus amigos, para volver otra vez a Elena y a sus brazos. El autobús se detiene en un hangar del aeropuerto donde un avión los espera. El coronel uruguayo se levanta y dirigiéndose al grupo de asilados les dice: «Muchachos, a la democracia hay que defenderla hasta con los dientes». No se escucha un suspiro, pero todos pasan por su lado mirándole con admiración y agradecimiento, avanzando en procesión hacia el avión. Uno a uno van subiendo y a los pocos minutos se cierra la puerta. El avión comienza su «taxeo», se detiene, y luego empieza a moverse cada vez con mayor rapidez hasta que despega completamente y se encuentra en el aire. Felipe mira a través de su ventana y ve a La Habana alejarse lentamente. Ha dejado a Cuba, su patria, el lugar donde nació y vivió los mejores años de su vida; ha dejado a Elena, su mujer. Le han dado el «permiso de salida definitiva del país», pero... «¿Qué es esa monstruosidad? ¿En qué otro país del mundo existe semejante término?» Vuelve a sentir la soledad en medio del pecho y la angustia existencial.

—Ya pueden gritar «Viva Cuba Libre», ¡ya están el libertad! —exclama una voz desde la cabina del piloto. Todos cantan el himno nacional cubano con mezcla de alegría y tristeza. Cuba se ha perdido en la distancia. La azafata les ofrece un almuerzo de tacos mejicanos que todos encuentran demasiado picantes. Otra vez, desde la cabina, se oye la voz: «Mérida en cuarenta y cinco minutos».

EL EXILIO

Lo primero que hizo Felipe cuando llegó a Mérida fue llamar a su esposa desde un teléfono del aeropuerto. No pudo comunicarse por más que trató. Decidió enviar un telegrama que decía: «Llegué a Mérida bien. Mañana Miami. Besos, Felipe».

Tan pronto abrió la puerta del cuarto del hotel, se dirigió al baño. Permaneció un buen rato escudriñando cada detalle del inodoro. Levantó la tapa del tanque y contempló una bola negra de goma que flotaba en un agua transparente unida a un tubo de metal mediante una cadena color plata. Accionó varias veces una pequeña manigueta y fue testigo de la maravilla del agua cayendo en cascada para reemplazar la que escapaba por el fondo. El lavamanos funcionaba. Tenía dos llaves. De una brotaba agua caliente y de la otra, fría. La bañadera tenía una ducha ajustable a cualquier posición que desease y la fuerza del agua podía ajustarse con el pulsar de la muñeca. Una cortina de tela y otra de plástico impedían que el agua salpicara el suelo. Felipe se desnudó y se sentó en el inodoro. Encendió un cigarro de su última cajetilla de *Agrarios* y dio gracias a Dios por el privilegio de tener un baño privado y limpio a su disposición. Se bañó

con agua caliente y se cambió de ropa. Cinco meses laván-
dose con un pequeño chorro de agua fría, agachado en un
piso de tierra, puede ser muy desagradable. Aunque el
cuerpo humano se ajusta a lo que se le ordena, cinco meses
evacuando en una letrina sin agua, donde cientos de asilados hacían cola todos los días, puede convertirse en una
desgracia. Había sobrevivido las inconveniencias de la embajada y bloqueado en su mente lo que era un higiénico
cuarto de baño, pero después de haber disfrutado de su
primer baño en el hotel, se prometió a sí mismo que nunca
más ni él ni su familia pasarían por esa vicisitud.

* * *

El edificio de la facultad de Derecho de la Universidad
de Mérida se encontraba a dos cuadras del hotel donde se
hospedaban. Ernesto sugirió visitarlo y tratar de hacer contacto con algún grupo de estudiantes para compartir con
ellos los desafueros del sistema comunista que acababan de
dejar. Ernesto estableció conversación con una pareja que se
encontraba saliendo de un aula y se identificó inmediatamente como cubano exiliado. Felipe se le aunó y entre los
dos comenzaron a desarrollar el tema de la falta de libertad
y la brutal represión que existía en la isla. En dos minutos se
encontraron rodeados de unos treinta estudiantes de Derecho que les rebatían enfáticamente punto por punto todos
sus testimonios. Fue una discusión frustrante y estéril. Los
tildaron de burgueses, de contrarrevolucionarios y de apá-
tridas. Ambos regresaron al hotel con la sensación de que
habían perdido la primera batalla en el exilio, pero que esa

pequeña derrota no les impediría continuar la lucha de las ideas hasta convencer a todo el que quisiera oír de la angustiosa realidad cubana. Mientras tanto, muy bien podrían tomarse una cerveza fría y escuchar a algún mariachi, aprovechando el dinero que le había conseguido su padre, y así lo hicieron.

* * *

El siguiente día amaneció con un buen desayuno y un autobús parqueado en la puerta del hotel para conducirlos al aeropuerto donde tomaron el avión con destino a Miami. Unas pocas horas de vuelo bastaron para que Felipe pudiera, desde la ventana del avión, contemplar la hermosa ciudad con sus canales por todas partes, y las lengüetas de arena de Miami Beach. Había llegado a tierra de libertad. Había logrado el segundo paso de su plan con Elena. No descansaría hasta conseguirle el permiso de salida y emprender con ella una nueva vida.

Miami, «la ciudad mágica». En el año 1962, Miami no era tan mágica. Era una ciudad que dormía su siesta confiada en que algún turista trasnochado confundiera los puentes que unen a la ciudad con la playa y fuera a comprarse algo fuera de la zona turística, Miami Beach, que funcionaba como el refugio de los retirados que huían del frío del norte. La población era, en su mayoría, de origen hebreo y éstos controlaban los pequeños negocios y muchos de los hoteles. La ciudad de Miami, o sea, el Miami sin playas, tenía muy poco que ofrecer al turista. Los negocios importantes no abundaban y las grandes fábricas y corporaciones del norte sólo miraban a la ciudad como un sitio tranquilo adonde enviar a sus ejecutivos importantes a tostarse la piel durante los meses de invierno. Era una ciudad que no había visto caras nuevas ni idiomas extraños en su corta historia. En muchos apartamentos disponibles para la renta se leía un cartel que decía: «No niños, no animales, no negros, no cubanos».

Felipe, junto con el resto de los asilados que tenían visa americana, fue llevado a una base de procesamiento que existía en un lugar llamado *Opa-locka*. El grupo de asilados que no tenía ese visado fue conducido a otro sitio tan pronto llegaron al aeropuerto. Por más que Felipe trató de averiguar, no pudo conseguir información sobre su paradero. Un americano que hablaba español perfectamente interrogó a Felipe dos veces, tomando apuntes de todos los detalles de su vida, especialmente los concernientes a la conspiración contra el gobierno comunista. Sus primeros contactos con la realidad de los Estados Unidos fueron la leche en un recipiente de cartón individual que no faltaba en ninguna comida del día y una escoba que le asignó un militar americano para que barriera el piso. Durmió dos noches en la base hasta que le dieron unos papeles transitorios para legitimar su estadía en el país.

Tan pronto supo que podía salir, llamó por teléfono al tío que le había regalado la pistola, el cual ya se encontraba en Miami desde hacía un año, y a las dos horas llegó a recogerlo, no sin antes haberlo confundido con cuanto joven se encontró en la base.

El tío lo llevó a comer a un restaurante que quedaba cerca de su casa en un barrio que los exilados llamaban «Pastorita» en burla o en nostalgia de unos proyectos urbanos que, en los primeros meses de la revolución, había creado una señora militante del nuevo orden llamada Pastorita Núñez. Era un restaurante de barrio, pequeño pero acogedor. Se anunciaba como el *Trio Diner* y se especializaba en *steaks*. El tío le ordenó un *Delmonico Steak*. Cuando le trajeron el plato acompañado de papas fritas, Felipe pensó en Elena, en sus padres, en todos los que había dejado atrás y no podían tener acceso a semejante comida. No había vuelto a comer carne fresca desde mucho antes de su entrada a la embajada y no precisamente porque fuera vegetariano, sino porque la carne había prácticamente desaparecido del mercado cubano, con la excepción de una carne rusa enlatada que despedía un olor tan desagradable que había que hervirla varias veces para poder ingerirla. Frente al restaurante había un lugar muy pintoresco que se llamaba *Pizza Palace*. Las muchachas que servían usaban faldas muy cortas y se desplazaban en patines. Desde la acera de enfrente pudo reconocer a una de ellas como la hija de un magistrado de Camagüey. La imagen le chocó de inmediato. En el exilio se había logrado el objetivo comunista de la igualdad de clases: la hija del magistrado atendía mesas y el hijo del hacendado barría pisos.

Su primer trabajo fue precisamente barrer los pisos de un hospital. Se levantaba a las cinco de la mañana y tomaba el autobús que lo dejaba en el centro. De ahí tomaba otro autobús que lo dejaba a dos cuadras del hospital. Su trabajo comenzaba a las siete de la mañana y terminaba a las tres de la tarde. En las largas horas de espera por la guagua, Felipe no podía dejar de recordar cuando vacacionaba con sus padres y disfrutaba de la playa del hotel Savoy Plaza en Ocean Drive, de los *watermelons* y de los *pickin' chicken*.

* * *

Felipe está en su primer *break* de la mañana, y lo vemos entrar en la cafetería acompañado de tres amigos de su pueblo que trabajan en el mismo hospital como ayudantes de enfermeros. Uno de ellos, Horacio, le consiguió el trabajo. Todos se sirven café. Felipe toma una jarra de crema, se la sirve en una taza y le echa un poco de café. Horacio se echa a reír y le explica que ha cometido el primer error de la desubicación:

—Chico, el café americano es mucho más suave que el cubano y se toma en una taza grande. Si lo quieres con leche, le añades una cantidad mínima de crema.

Felipe aprende que el *coffee with cream* americano no tiene nada que ver con nuestro café con leche. Miami no es La Habana: no hay Morro, no hay Malecón, los edificios no tienen historia, las casas parecen de cartón. Es lógico que el café con leche no sea igual.

El jefe de los limpiapisos le ha dado una tarjeta con su nombre y le dice que vaya a un reloj especial al final de uno de los pasillos y que marque la hora de salida. Son las tres de la tarde y su primera jornada de trabajo en el exilio ha concluido. Regresar a la casa del tío le vuelve a tomar dos horas. Lo vemos bajar del autobús y caminar lentamente hacia la casa. Enciende un cigarro *Pall Mall* y piensa que a lo mejor le ha llegado la primera carta de Elena.

Su tío lo está esperando en la puerta con una sonrisa en los labios y la primera carta de su mujer en sus manos:

La Habana, 5 de septiembre de 1962

Felipe, mi vida:

Tengo una foto tuya en la mesa de noche de mi cuarto. Dos más, de los tiempos de la universidad en la que estamos sentados en un banco de la Plaza Cadenas, están colocadas sobre la cómoda. En mi cartera tengo otras tres. Una es de cuando veraneábamos en San Jacinto, aquella que te gustaba mucho en la que estoy en trusa, cubriéndome con una camisa tuya y montada en la bicicleta de mi prima, y tú a mi lado, con una sonrisa radiante.

Mi cielo, te extraño mucho y te quiero cada día más. La señora de Varona no hace más que pensar en el señor Varona.

Desde la Calzada del Cerro una esposa triste sueña, todos los días de su vida, con los brazos de su marido y el olor a jazmín.

Te adora,

Elena

* * *

La Habana, 5 de septiembre de 1962

Mi querido esposo:

No sé cuándo te llegará esta carta pero espero que la recibas cuanto antes. Lo importante es que estés bien y que todo marche de acuerdo con nuestro plan. No quiero que te preocupes por nosotros. Tus padres están muy contentos. Hablé con ellos hace un rato y están muy optimistas respecto a su salida. Piensan que puede lograrse en cualquier momento. Mamá sigue muy cansada.

Aunque su salud es delicada, mantiene muy buen espíritu, y siempre está alegre y dándonos ánimo. Papá está muy inconforme con todo lo que está pasando y ya se ha negado públicamente a participar en el Comité de Defensa de la cuadra. Cada vez que tiene la ocasión, da un mitin político y lo critica todo.

Por más que le pedimos mamá y yo que se calle, no puede contenerse y ya ha tenido problemas con los vecinos de enfrente. Mis hermanos, dando guerra como siempre, pero bastante aplicados con su tarea escolar. Yo los estoy ayudando en todo ya que Mami no puede.

Te había dicho que no te preocuparas de nosotros y estoy haciendo lo que no debo contándote estas cosas, pero no es nada nuevo que tú no sepas.

No me ha llegado nada de la salida, pero mi amiga Sonia me dice que todavía es muy prematuro. Ella piensa que en dos semanas recibiré alguna confirmación. Aparte de la visa waiver, he hecho otra gestión de visa a través de una prima de Papá que vive en México que parece tener muchas posibilidades. A lo mejor me llegan las dos juntas.

Tan pronto puedas, escríbeme y cuéntame, con lujo de detalles, cómo ves a Miami y cómo has encontrado a los tíos y a los amigos.

Te adora,
Elena

Es la primera carta de Elena que recibe en el exilio. Es su mujer quien le escribe y le dice que lo quiere, que sus fotografías están en todas partes. La alusión a la Calzada del Cerro le trae el recuerdo dulce de aquella tarde maravillosa en que sus cuerpos se estrecharon en una entrega total sellando para siempre su amor. Le preocupa sobremanera la falta de control de su suegro por su carácter enérgico. En repetidas ocasiones le había suplicado que moderara sus impulsos y que actuara como los demás: con la doble moralidad de las dos caras.

Felipe piensa que si su suegro cayera preso, eso sería el fin de Sofía. El corazón de la madre de Elena no podría soportarlo. « ¿Qué sería de los hermanos de Elena con el padre preso y la madre muerta?» Felipe no quiere pensar que todo esto se complique en una situación que acorrale a Elena y le impida salir de Cuba. Su esposa es el bastón de apoyo de esa familia, pero también es su mujer.

Felipe toma una pluma y se dispone a contestarle a Elena. ¿Qué decirle de todo esto que está pensando? Hace días que tiene una mala premonición. Las trampas de la vida las ve puestas en el camino. Cualquiera de ellas que funcione bastaría para perder a Elena.

Hace unos días estuvo hablando con un compañero de la resistencia y descubrió que hay un grupo que planea infiltrarse en la isla para reanudar la lucha. Aunque lo considera absurdo, el pensamiento de encontrarse otra vez con su esposa en La Habana lo excita. Le ha prometido a su compañero que asistirá a la próxima reunión del movimiento, pero no ve cómo podría regresar a la misma situación que hace unos meses lo enjaulaba. Está convencido que la guerra se perdió en la invasión frustrada de Playa Girón y, si se quedó otro año en la clandestinidad, fue por ayudar a las familias de los presos y por la terquedad propia de la juventud. «Volver a pasar las mismas vicisitudes, la amenaza constante del paredón, la agonía de la salida... es cosa de locos, de irresponsables, y ¿así y todo he prometido asistir a la próxima reunión? Ni yo mismo me entiendo». Le resulta increíble cómo la mente le traiciona y le confunde las perspectivas.

Felipe ha terminado de contestarle a Elena. Ha procurado mostrar un tono optimista. Le ha hablado de todo lo bueno que ha encontrado. Ha celebrado el orden y la limpieza de toda la ciudad, la abundancia de productos alimenticios en el mercado, la variedad de ropa en las tiendas, el aire acondicionado en la mayoría de las viviendas, la libertad que se respira por doquier y las inmensas oportunidades de prosperar. Ha utilizado una variante de la doble moralidad al omitir lo malo que ha visto y al no descubrir sus temores. Lo cierto es que Felipe teme perder a Elena. Duda que ella tenga el coraje de abandonar a sus padres y a sus hermanos cuando más la necesitan. La realidad es que Miami, a sólo noventa millas de Cuba, es otra cosa. La barrera del idioma lo hace un ciudadano de tercera categoría, lo priva de un buen trabajo y de poder incorporarse al flujo de la ciudad y del país. Las costumbres son completamente distintas. El norteamericano le parece un ser solitario. Las casas están alejadas unas de otras y divididas por cercas de alambre o de madera. Los vecinos no se conocen ni se saludan. La vida es muy rápida y el transporte público muy lento. Se necesita tener un automóvil para poder trasladarse a cualquier lugar. No existen tertulias callejeras ni paseos por los parques. Los amigos no se visitan regularmente. Los americanos, en su mayoría, tienen poco conocimiento de geografía y de política internacional, y lo más trágico: Cuba no es el om-

bligo del mundo... la prensa americana raras veces la menciona.

LA CRISIS

El 22 de Octubre, a las siete de la noche, el Presidente de los Estados Unidos, John F. Kennedy, apareció en todos los televisores de la nación norteamericana anunciando la presencia en Cuba de tropas soviéticas y misiles de medio alcance MRBM e IRBM con un radio de acción de más de 2,000 kilómetros, amenazando a gran parte de los Estados Unidos. En solamente quince minutos de alocución, el Presidente de los Estados Unidos anunció un bloqueo naval, al cual llamó «cuarentena», para evitar el arribo de nuevos cohetes enviados por la Unión Soviética. La mayor confrontación de la historia entre estos dos países había dado comienzo.

En la carrera armamentista que se había desatado prácticamente a raíz de la primera bomba atómica en Hiroshima, los soviéticos sólo habían sido capaces de situar misiles de un alcance limitado en Europa, mientras que los Estados Unidos poseía armamentos nucleares en las bases de Italia y Turquía, casi en las propias narices del Kremlin. A finales de abril de 1962, Nikita Jruschov, el Primer Ministro Soviético, concibió la audaz idea de emplazar misiles de alcance intermedio en Cuba con el objetivo de balancear el poderío nuclear. Cuba, por otra parte, necesitaba desesperadamente una ayuda militar para protegerse de una nueva invasión que consideraba inminente por parte de los Estados Unidos y no tuvo reparos en aceptar la oferta.

Felipe ha visto al Presidente Kennedy hablar por televisión. No le ha dado mucha importancia a su discurso porque es algo que desde sus días en la embajada se viene comentando. Piensa que a ningún cubano dentro de la isla o en el exterior debiera de sorprenderle el hallazgo de rampas, misiles y tropas rusas. Se esperaba que tarde o temprano los Estados Unidos reaccionara y actuara al respecto. El tío de Felipe, que ha estado sentado a su lado durante la comparecencia del Presidente, le comenta:

—Se jodieron los rusos. Estoy seguro que se tienen que meter los cohetes por el culo.

—Claro, pero Cuba seguirá jodiendo —responde Felipe.

—Sí, pero ya hay miles de hombres y cientos de aviones en el sur de la Florida. El movimiento de tropas hacia los Cayos es de madre...

—Ojalá que le metan mano sin que haya una desgracia mayor, pero no creo que lo hagan —sentenció Felipe en un tono amargado.

* * *

En Cuba la radio está informando sobre la incorporación de miles de hombres a las milicias, a las organizaciones de masas, a los hospitales como donantes de sangre, y a las industrias para reemplazar a los que ya están en uniforme de combate. Elena y su familia están esperando lo peor. Su madre está rezando el rosario en la sala con Roberto y los dos niños. Ella se ha retirado a su cuarto a pensar en Felipe y en el futuro de ambos. Acabados los rezos, Roberto sube al cuarto de desahogo en la azotea de la casa donde guarda, dentro de un viejo armario, un radio Phillips holandés de onda corta en el que escucha todas las noches La Voz de las Américas y sigue con atención las noticias sobre la crisis. Enciende el radio y está un buen rato jugando con el «ojo mágico», un dispositivo que indica la posición exacta para la mejor recepción, hasta que oye la voz del locutor americano anunciando la conmovedora noticia de la destrucción en el aire por la artillería cubana de un avión U-2 de reconocimiento de la Fuerza Aérea Norteamericana que sobrevolaba la parte occidental de Cuba. Esta vez, Roberto no llama a nadie y baja las escaleras corriendo. Su mujer lo ve sobresaltado, jadeando y dando traspiés.

—¿Qué sucede, Roberto? Por Dios, dime —le pregunta Sofía.

—Los rusos, o algún *comemierda*, acaban de tumbar un avión U-2 norteamericano que volaba sobre nosotros. Esto puede ser nuestro holocausto —responde Roberto.

* * *

Los amigos de la infancia de Felipe, con los cuales creció, fue a la escuela y compartió su adolescencia, se encuentran casi todos en Miami. La amistad ha continuado durante todos estos años y tienen comunicación casi a diario. Todos escaparon de Cuba en similares o parecidas circunstancias. Con excepción de dos amigos solteros, los demás ya están casados y tienen a sus esposas con ellos. Felipe se une más a los solteros: Mayo y Paco. Mayo había formado parte de la

Brigada 2506 que había combatido contra las fuerzas del gobierno comunista en abril del 61. Perteneció al grupo de inteligencia llamado «Operación Cuarenta», el cual nunca llegó a desembarcar y fue devuelto a Miami. Vivía con una prima y trabajaba para una agencia privada de detectives que servía de pantalla a actividades de espionaje dirigidas por La Agencia Central de Inteligencia. Mayo negaba su vinculación con la CIA, pero no convencía a ninguno de sus amigos. Era muy alegre, simpático, buen bailador y extremadamente inteligente. Había sido compañero de curso de Felipe durante el bachillerato y compartieron un cuarto cuando fueron a estudiar Derecho a La Habana. Tenía una novia desde hacía años, a quien sus padres obligaron a salir de Cuba casi a principios del triunfo de la revolución. Después de muchas rupturas y reconciliaciones, decidieron continuar el noviazgo, aunque a larga distancia, ya que ella vivía en New Jersey.

Paco era dos años menor y por circunstancias imprevistas había tenido que refugiarse en una embajada. Casi al llegar a La Habana para estudiar ingeniería, se mudó a un apartamento con unos amigos de Camagüey, sin saber que todos estaban envueltos en una célula de acción y sabotaje. Estando una noche descansando en su cuarto, el G-2 entró al apartamento. Solamente se encontraba allí Horacio, durmiendo en el cuarto colindante al suyo. Los otros dos, Gerardo y Marcelo, no se encontraban en la ciudad: uno estaba con sus padres en Varadero y el otro había ido a casarse a Camagüey. El G-2 los interrogó hasta la madrugada y después de varias llamadas por teléfono a su estación, inexplicablemente se marcharon haciéndoles saber que regresarían. Paco y Horacio no lo pensaron dos veces y, sin recoger ninguna pertenencia, abandonaron de inmediato el apartamento, despidiéndose para siempre de una carrera profesional en su patria. Paco logró asilarse, con la ayuda de un cura amigo, en la embajada de la Argentina. Horacio, con la asistencia de su novia Amalia, se asiló en la del Ecuador. A Gerardo se le avisó de inmediato a Varadero y pudo asilarse también en la Embajada de la Argentina. Marcelo, recién casado, consiguió asilo en la Embajada de Colombia unos días después.

Paco trabaja de parqueador en un edificio residencial de Miami Beach y es uno de los pocos afortunados que cuenta con un trabajo que le proporciona bastante dinero, debido a las generosas propinas que recibe de los residentes del edificio, en su mayoría judíos americanos retirados. Paco tenía una novia que se fue a vivir a Washington, D.C., tan pronto llegó al exilio y la distancia se encargó de romper la relación. Paco era de un carácter pesimista y desde el primer momento vaticinó que jamás se regresaría a Cuba.

Mayo, Paco y Felipe están almorzando en el restaurante Wakamba en el centro de la ciudad cuando se enteran de la noticia del avión U-2.

—Ahora sí que se jodió la cosa —dice Mayo, preocupado.

—Te apuesto que los americanos son tan pendejos que no hacen nada —comenta Paco con su habitual descarga pesimista.

—No hacen un coño. ¿Qué tú crees, Felipe? —pregunta

Mayo.

—Yo creo que estamos al borde de una tercera guerra mundial y todo por el «hijo-'e-puta-comandante-en-jefe». Esto es serio. En ningún momento pensé que se atrevieran a eso. No puedo imaginarme cómo estará Elena. Si este país responde con un ataque a Cuba, puede haber miles de muertos.

La conversación siguió girando unos minutos sobre el tema mientras la camarera les servía arroz frito a la cubana con plátanos maduros. El Wakamba era un restaurante chino muy popular que había estado por mucho tiempo cerca de L y 23 en el corazón de La Habana pero los dueños decidieron trasladarse a Miami, huyendo de los primeros aires comunistas. Felipe se preguntaba si la familia de los dueños había tenido que abandonar la China por los mismos motivos. Ya disfrutando del consabido café cubano al final del almuerzo, la conversación se tornó hacia los temas cotidianos: el trabajo, el inglés y las mujeres.

Mayo y Paco hablan de sus experiencias con las americanas. Los dos coinciden en que para pasar un buen rato son formidables pero, para establecer una familia, es preferible casarse con cubanas, y preferentemente del mismo pueblo para seguir con la tradición iniciada a través de muchas generaciones. Camagüey, «la Ciudad de los Tinajones» era una ciudad bastante conservadora. Se le llama de ese modo, porque desde época temprana, debido a la escasez de agua, los habitantes construyeron grandes tinajas de barro con objeto de almacenar el agua de lluvia. Los primeros colonizadores mudaron la ciudad varias veces de un sitio a otro dentro de la misma provincia hasta colocarla en el mismo centro con el objeto de protegerla de los ataques de piratas. Felipe recuerda que su abuela, Doña Rosario, que tenía fama de ser una persona liberal, siempre decía con marcada ironía: «El problema de nosotros los camagüeyanos es que vivimos dentro del tinajón y no hemos podido salir de él. Tanto era nuestro afán de seguridad, que terminamos por casarnos entre nosotros mismos, bautizando a nuestros hijos con el agua de los tinajones, y es por eso que nos cuesta tanto trabajo relacionarnos con extranjeros». Felipe se ríe del provincianismo exagerado de sus amigos, pero lo cierto es que, sin darse cuenta, Mayo y Paco habían trasladado su ciudad a Miami y continuaban mentalmente encerrados en sus tinajones. Sus relaciones eran todas las mismas que tenían en Cuba. Tal parecía que estaban de vacaciones, esperando que se reanudaran las clases en la Universidad de La Habana para regresar de inmediato.

Felipe sabe de sobra que no está de vacaciones. Está casado con la trigueña más linda de la tierra y no la tiene a su lado; no le interesan las americanas ni quiere hablar inglés; y tampoco le interesa la convivencia social con los amigos. Felipe sólo tiene un objetivo que es traer a su mujer, y para eso tiene que trabajar, buscar dinero, mover influencias y confiar en que pronto la tendrá a su lado para no separarse jamás.

* * *

El 26 de octubre terminó la crisis. La Unión Soviética decidió que los cohetes serían desplazados de Cuba. El mundo se había salvado de una catástrofe nuclear en la cual, sin lugar a dudas, Cuba hubiera desaparecido del mapa. Los Estados Unidos cantaron victoria y el Presidente Kennedy se convirtió en el gran estadista, en el héroe nacional e internacional por su cordura y moderación. Nikita Jruschov celebró también la victoria. Había obtenido, mediante un pacto con el Presidente Kennedy, el compromiso de que los Estados Unidos no invadirían a Cuba, que levantarían el bloqueo naval, y que retirarían los cohetes atómicos que apuntaban hacia la URSS desde bases norteamericanas en Turquía. El Comandante en Jefe de Cuba se sintió traicionado por Jruschov. Su firma no estaba incluida en el pacto ni fue consultado con anterioridad. Cuba había exigido la retirada de la Base Naval de Guantánamo y la devolución del territorio cubano ocupado por Estados Unidos; había pedido el cese del bloqueo económico y de las presiones comerciales y económicas estadounidenses contra Cuba. Estos puntos no estaban en el acuerdo. El hecho de que los americanos prometieran no invadir a Cuba, que Jruschov mostraba como una victoria, no fue aceptado por el gobierno de La Habana, el cual se negaba a darle credibilidad a la promesa de los americanos.

Elena y sus padres oyeron la noticia por la radio y unos días después vieron por televisión al Comandante en Jefe criticando duramente a Jruschov en un discurso de largo metraje en la Universidad de La Habana. Esa mañana habían visto a un vecino, miembro del Comité de Defensa de la Revolución, salir de su casa enarbolando un cartel que decía: «*Jruschov, mariquita, lo que se da no se quita*».

Felipe y su tío tienen sus reservas respecto al resultado de la crisis. No están seguros de quién se llevó la mejor parte en el acuerdo. Ambos creen que fue una gran oportunidad que se le escapó a los americanos de haber terminado con el comunismo en Cuba, pero se niegan a aceptar que éstos hayan dado por concluido el incidente y entregado a Cuba, a sólo noventa millas de sus costas, al comunismo internacional. Lo peor de todo para Felipe y Elena es que Cuba canceló los vuelos directos a los Estados Unidos. Ahora solamente les quedaba México.

* * *

El mes de diciembre llega con mucho frío. Felipe no está preparado para las temperaturas de cuarenta y cincuenta grados. Ha tenido que comprar una bufanda y unos guantes. Por primera vez se viste usando una camiseta por debajo de la camisa. «Si esto es en Miami, no quiero pensar cómo vive la gente en los estados del norte» piensa Felipe. Por la televisión ve los noticieros nacionales que muestran las tormentas de nieve en el medio oeste del país. Los carros aparecen sepultados por una capa blanca que todo lo cubre. Es de día y sin embargo no hay claridad. Las caras de los hombres que se ven por las calles están cubiertas con caretas de esquiar. El reportero que está dando la noticia tiene puesta una y sólo se le distinguen los ojos mientras comenta sobre la cifra de cuatro pies de nieve que ha caído durante la noche en el estado de Ohio. Felipe decide no quejarse más del frío miamense que experimenta todas las mañanas cuando espera el autobús para trasladarse al trabajo.

* * *

Dentro del ejército norteamericano se había creado un programa de entrenamiento militar sólo para cubanos. El propósito de este programa era el de crear un regimiento de soldados de origen cubano listos para entrar en combate, o mantener una reserva militar en caso de que se produjera una nueva invasión militar a Cuba por parte de los Estados Unidos y fuera necesario establecer un ejército de ocupación. Luciría muy mal ante la opinión pública una fuerza extranjera ocupando un país pequeño. Los cubanos entrenados cambiarían esa percepción haciendo más fácil la transición para devolverle la democracia a su pueblo.

El entrenamiento comenzó en la base militar de Fort Knox, en el estado de Kentucky, pero por motivo de protestas de los propios cubanos que no aceptaban entrenarse en temperaturas bajo cero para ir luego a pelear al Caribe, había sido trasladado al estado de Carolina del Sur, en Fort Jackson. Aunque la temperatura en ese estado no era la ideal, era mucho más llevadera que la de Kentucky.

Felipe no le había dado mucha importancia a este programa hasta que comenzó la crisis de los cohetes con Cuba. En una conversación larga que tuvo con su tío discutieron todas las opciones que tenía y llegó a la conclusión de que no sería una mala idea ingresar en ese programa, ya que si se volvía a producir otra crisis, sería mucho mejor estar dentro de la acción y no de simple espectador. Además sería una magnífica oportunidad de mover con más seguridad los trámites de visa para su esposa, ya entonces en calidad de miembro del ejército.

Felipe decidió pasar las Navidades en Miami e incorporarse a un grupo que partía para Fort Jackson en enero. Sus dos amigos solteros decidieron no inscribirse porque tenían muchas responsabilidades familiares. Mayo tenía la custodia de su prima, estaba esperando a sus padres de Cuba y no podía dejar su trabajo de agente cubierto del CIA, y Paco tenía la responsabilidad de su hermano pequeño. Marcelo, aunque estaba casado, decidió acompañarlo. En Cuba había formado parte de la dirigencia estudiantil y se sentía con más responsabilidad. Los cubanos solos no podían hacer mucho. Eran otros tiempos de grandes ejércitos y armas sofisticadas.

Felipe anunció su renuncia en el trabajo diciendo que cambiaba la escoba por el rifle, y fue a inscribirse en el programa. Una vez en la oficina de reclutamiento y después de llenar todos los papeles requeridos, fue conducido con otros cubanos a un salón amplio y ceremonial cuyas paredes estaban cubiertas de cuadros de los presidentes de los Estados Unidos. Frente a una gigantesca bandera norteamericana, procedieron al juramento de defender al país contra cualquier amenaza o injerencia extranjera. Las palabras que le obligaron a repetir para convertirse en un soldado norteamericano forcejearon por salir nítidas pero se atropellaron en sus labios. Le vino a la mente *La Hora 25*, una novela del escritor rumano Constant Virgil Gheorghiu que había leído años atrás que transcurre en tiempos de la Segunda Guerra Mundial. El protagonista, Iohann Moritz, un campesino rumano, luego de haber sido perseguido y encerrado sucesivamente en 14 campos de concentración, es finalmente liberado al final de la guerra. Encontrándose solo, humillado y con su familia deshecha en la Europa ocupada por los rusos, no encuentra otra salida que alistarse como voluntario en el ejército de los Estados Unidos. El libro termina con una patética escena en la cual, al colocar a Moritz frente a la cámara fotográfica para su identificación personal, un oficial del ejército norteamericano le insiste repetidas veces que sonría: «*Smiling! Smiling! Keep smiling!*»

EL EJÉRCITO

Una mañana del mes de enero, Felipe tomó un tren rumbo a la ciudad de Columbia en el estado de Carolina del Sur. Fort Jackson se encuentra en esa ciudad sureña y va a ser su domicilio por los seis meses que va a durar su entrenamiento militar. Durante el viaje hizo amistad con un muchacho de apellido Silvera. Solamente conversaron por unos minutos y Felipe pudo darse cuenta de la inteligencia de este joven que venía acompañada con una gran fluidez en el idioma inglés. Silvera había traído un pequeño juego de ajedrez en el bolsillo de la chaqueta y decidieron echar una partida para combatir el tedio del viaje. Felipe logró darle jaque mate después de dos horas de enfrentamiento. Silvera aceptó su derrota, otorgándole a Felipe su respeto y su admiración. Felipe, muy caballerosamente, le comentó que sólo había podido ganarle porque lo practicaba todas las noches mientras estuvo en la Embajada de Uruguay. Silvera aceptó gustosamente la explicación que le rescató su ego y desde ese momento le brindó su amistad, la cual Felipe aceptó complacido.

La primera impresión que recibió Felipe de su encuentro con Fort Jackson fue el frío. Treinta grados Fahrenheit es una temperatura a la cual su cuerpo nunca había sido expuesto. Los abrigos que llevaban los dos eran insuficientes para protegerse del tiempo y ambos se quejaron de su falta de previsión. Una vez en el salón de recibimiento con buena calefacción, un sargento les informó paso a paso de los pormenores del primer día como soldados del ejército de los Estados Unidos. En el orden del día estaba recoger el uniforme de fatiga junto con todo el andamiaje que éste conllevaba: el casco, la mochila, la pala, la bayoneta, las botas y un inmaculado rifle M1 que, según las palabras del sargento, había que cuidar como si fuera la propia novia de uno. Un sastre del ejército les tomó las medidas para confeccionarles la chaqueta militar que se usa en las paradas y en los días de asueto.

Silvera estaba en el mismo pelotón y fue asignado a la misma columna. Cada pelotón estaba formado por ocho columnas. En la barraca, que tenía dos pisos, les dieron camas contiguas con sus respectivas taquillas donde colgaron la ropa, así como un *foot locker*, un cajón de hierro donde no sólo se guardaban las botas sino que estaba provisto de una gaveta para exhibir en perfecto orden las medias, los pañuelos y los artículos de aseo personal como el peine, el cepillo de dientes, y la cuchilla de afeitar.

* * *

Se ha llamado a la primera inspección del *foot locker*, y Felipe observa a algunos de los reclutas cubriendo el fondo de la gaveta con una toalla blanca la cual fijan con unas tachuelas blancas. Felipe no tiene tachuelas y no ve el motivo de usarlas. Se limita a colocar su toalla manteniéndola lo más lisa y tensa posible, y sobre ella deposita las medias y el resto de lo requerido, tratando de guardar cierto orden para poder pasar la inspección del sargento.

El sargento Vidal es portorriqueño y peleó en la guerra de Corea. Tiene fama de «empinar el codo» y de ser muy estricto. Es de complexión atlética aunque de baja estatura. Vive junto con los reclutas, pero en un cuarto privado al final de las dos líneas de literas en el primer piso de la barraca.

El sargento camina con paso lento entre las dos líneas de *foot lockers* mirando de reojo a los reclutas con ojos amenazadores. Hay un silencio sepulcral, sólo interrumpido por los talones de las botas del sargento al parar en seco y chocarlos entre sí para detenerse por unos instantes frente al despliegue de objetos sobre la toalla blanca del recluta elegido. De repente ha observado el *foot locker* de Felipe y apresura el paso hasta colocarse frente a él. Levanta la pierna derecha y con furia da una patada feroz, lanzando la gaveta al aire y virando el resto del *foot locker* al suelo.

Felipe se ha quedado estupefacto y siente un flujo de sangre que se le para en el pecho. « ¿De quién es esta *mierda*?», pregunta el sargento con voz amenazadora mientras mira a su alrededor haciéndose el que no sabe a quién pertenece. Felipe lo mira fijamente y con voz retadora le dice: «Es mía, Sargento».

El sargento Vidal es un veterano en la actuación teatral de su rol como *drill sergeant*. Imitando a James Dean, cruza los brazos y adquiere una mirada de incomprensión seguida por la frase, «Varona, soldado Varona, le garantizo que se va a acordar de mí mientras viva». No hay más dialogo y la inspección termina sin ningún otro incidente.

El sargento se ha retirado a su habitación y Silvera se presta a ayudar a su amigo a recoger la gaveta y a enderezar el *foot locker*. Lo mira con preocupación y le pregunta:

—¿Cómo *carajo* no me pediste las tachuelas? ¿No te diste cuenta que todos teníamos? Esto se sabía desde el primer día… la que te espera es «de ampanga».

—No tenía ni *puta* idea. Vamos a ver que sucede ahora —le responde Felipe. Yo te aseguro que no voy a aguantar que este tipo se me encarne. Tuve que joderme mucho en Cuba p'a que este *comemierda* me venga a salar la vida.

—Felipe, mi socio, estás equivocado de lleno. Esa actitud no te lleva a ninguna parte en estos momentos. Tienes que «morder el cordobán», hablar con el sargento y darle cualquier excusa —le aconseja Silvera preocupado.

—Gracias por el consejo, mi hermano. No te preocupes. Ya yo sabré cómo hacer las cosas —Felipe termina la conversación tomando cuatro tachuelas blancas que Silvera le ha puesto en la litera y con calma las clava a través de la toalla en la madera de la gaveta.

Al día siguiente, después de formar filas para la toma de asistencia, el sargento Vidal se dirige a Felipe y le dice:

—Me han dicho que usted tiene buena vista y muy buen pulso. Estoy seguro que va a ser un buen tirador, pero por ahora le hace falta práctica. Vamos a empezar por recogerme todo lo que no crezca en el suelo desde aquí hasta la barraca. Cuando termine, se me tira en el piso y me dedica veinte planchas a mi nombre gritando con entusiasmo el número y mi nombre completo: «Sargento Vidal».

Tan pronto regresa Felipe con los bolsillos repletos de cuanta colilla de cigarro encuentra en la yerba, procede a ejercitar las veinte planchas dedicadas al sargento, extendiendo los brazos a la altura de sus botas relucientes y gritando con todas sus fuerzas: «Una, sargento Vidal; dos, sargento Vidal; tres, sargento Vidal...».

Al tercer día de repetirse la ignominia, Felipe decide seguir el consejo de Silvera y toca a la puerta del sargento.

—¿Puedo hablar un minuto con usted, Sargento? —Le pregunta Felipe resuelto.

—Pase y dígame qué quiere —contesta el sargento secamente.

—Quiero decirle que me equivoqué y le prometo que voy a ser el mejor soldado del pelotón.

—¿Eso es todo?

—Eso es todo. Buenas noches, Sargento.

—Buenas noches, soldado Varona.

No hicieron falta más palabras. El mensaje estaba claro. El sargento Vidal cerró la puerta de la habitación, abrió una botella de *whiskey*, se sirvió una porción generosa en un vaso y de un solo trago se bebió el contenido. Eructó dos veces y se dijo para adentro: «No se puede comer mierda con el sargento Vidal».

Como por arte de magia, la relación con el sargento comienza a mejorar. No solamente no se le llama para planchas o recogida de basuras sino que su nombre se utiliza como ejemplo de buen soldado. Felipe se esmera en cada inspección y no hay una hebilla que brille más que la de su cinto, ni una litera mejor tendida, ni unas botas mejor embetunadas, pero hay un problema: Felipe es bastante lento en armar y desarmar a su «novia». El rifle M1 tiene que desarmarse y armarse en dos minutos y a Felipe le toma casi quince. Silvera, que lo hace en segundos, se queda con él una noche enseñándolo hasta que logra que su alumno lo haga en menos de los dos minutos.

Felipe es todo un soldado. Se ha graduado de lo más importante en la primera etapa del entrenamiento que es el cuidado del rifle y el orden y la perfección en las inspecciones regulares. «Si mis viejos me pudieran mirar por un agujerito pensarían que se equivocaron de hijo», le dice riéndose a Silvera.

El Entrenamiento Básico dura dos meses. Dicen los veteranos de otras compañías de Fort Knox que «el básico» es lo peor. No hay permiso de salida (pase) para la ciudad y no hay fines de semana de asueto. Cuando se llega a la barraca después de la comida, sólo hay tiempo para bañarse y tratar de dormir lo que se pueda, porque a las cinco de la mañana está sonando la trompeta anunciando el inicio de la jornada. Después de los dos meses del «básico», viene otro período de entrenamiento llamado «*Advanced*», en el cual van a estar expuestos a diferentes armas de fuego para finalizar en los últimos dos meses con el más sofisticado entrenamiento en materia de combate, el «*Basic Unit Training*» que consiste en tácticas que abarcan a la compañía completa. La compañía de Felipe está a sólo una semana de finalizar «el básico» cuando recibe carta de Elena.

* * *

La Habana, 14 de febrero de 1963

Felipe, mi vida:

No oigo tu voz ni siento tu aliento desde hace nueve meses. Esto es más que el tiempo que pasaba estudiando el bachillerato hasta regresar a Camagüey y disfrutar de tu compañía. En aquel entonces me parecía una eternidad y ni siquiera éramos novios. Hoy me miro en el espejo y me veo vestida de novia o con una bata de maternidad de un hijo nuestro. ¡Cosas de la soledad y de la imaginación! Todas las noches me acuesto a dormir y creo que tengo puesto el déshabillée de chiffon blanco, el perfume «Nuit de Samedi» y veo tu cabeza apoyada en mi almohada... pero no escucho tu voz ni siento tu aliento. Te extraño mucho, mi vida.

Te adora,

Elena

* * *

La Habana, 14 de febrero de 1963

Mi querido esposo:

Te estoy escribiendo esta carta a la dirección de tu tío porque no se cómo hacértela llegar directo. Espero que no la traspapele y te la haga llegar lo más rápido posible.

Hoy es el Día de los Enamorados y de más está decirte lo mucho que te quiero. «Feli Feli» es decir, Felicidades Felipe. Espero que no tengas mucho que hacer hoy y te pases el día pensando en mí. Aquí no se para un instante con todas las clases de piano y de inglés que estoy ofreciendo. Mamá sigue sintiéndose muy cansada y con falta de aire. Papá fue a verse con el oculista ayer porque está peor cada día. Mis hermanitos están insoportables pero siguen

sacando buenas notas en la escuela. Preguntan por ti constante-
mente.

Tus padres están muy bien. Hablo con ellos una vez por se-
mana y mantienen el espíritu muy en alto. La crisis de los cohetes
también sirvió para que terminaran los vuelos directos pero gracias
a Dios que habíamos hecho otras gestiones por México. Ellos tam-
bién están esperando la visa mexicana. Siguen en Camagüey enre-
dados con los papeles, pero creen que para fines de año podrán salir
del país. Yo no se que cosa es lo que pasa con los míos porque no he
recibido ni siquiera la confirmación de mi solicitud. Seguiremos en
el banco de la paciencia...

La comida está escaseando cada vez más, aunque siempre papá
se las arregla para conseguirnos algo, y yo estoy aprendiendo a ser
tan creativa en la cocina, que ya quisiera Nitza Villapol parecerse a
mí para un día de fiesta. A lo mejor cuando llegue a los Estados
Unidos abrimos un restaurante con «Chef Elena» al frente de la
cocina.

Cuídate mucho y aprende inglés.
Te adora,
Elena

* * *

Es difícil comprender a toda cabalidad lo que significa
un entrenamiento para aprender a matar hasta que no se llega al asalto con bayoneta. Cuando un soldado cala en el rifle
ese cuchillo afilado por los dos lados en un perfecto diseño
para penetrar la piel e infligir el mayor daño posible y se
dispone a un combate cuerpo a cuerpo, todos los principios
morales que ha aprendido en la vida se desvanecen para sa-

car de las entrañas al hombre de las cavernas que defiende su presa de las manos del vecino hambriento.

Mientras en un campo de tiro se dispara a distancia contra siluetas que no se distinguen con claridad y un sargento anota en una libreta el resultado obtenido, todo marcha bien, pero cuando hay que enterrarle la bayoneta a un muñeco con furia y gritando salvajemente, las cosas comienzan a complicarse.

Está todo el pelotón sentado en unas gradas en medio del campo, listo para asistir a la clase de combate cuerpo a cuerpo y de asalto con bayoneta. El sargento instructor comienza su conferencia hablando sobre las artes marciales y los principios de defensa y ataque personal. Todos los soldados desfilan en dos líneas hasta que se detienen y se colocan frente a frente. Cada uno tiene su pareja asignada para la práctica de judo y karate. En la yerba han puesto una inmensa lona y a la voz de comando del sargento todos ruedan sobre ella para volverse a incorporar y continuar el ejercicio. Todos ríen y hacen chistes. Después de nueve semanas de convivencia, la camaradería se observa en cada momento. Felipe tiene a Silvera de pareja y los dos se golpean, se amarran, y se aplican todo tipo de llaves burlándose el uno del otro constantemente. La sesión termina y el instructor los regresa a sus asientos para dar comienzo a lo más importante de la clase: el asalto con bayoneta.

Con la frase «el espíritu de la bayoneta es matar», inicia el instructor su presentación. Después de explicar que no se puede matar a un ser humano con un cuchillo si no se siente un odio profundo, prosigue a enseñarles a los reclutas cómo se llega a ese odio. El instructor pregunta con voz enérgica: « ¿Cuál es el espíritu de la bayoneta, soldado?» La respuesta llega de inmediato con un grito desgarrador: «¡¡¡Matar!!!».

El instructor hace esta pregunta individuo por individuo y si la respuesta de «matar» no le satisface, se la vuelve a preguntar hasta que queda complacido con el grado de odio mostrado por el soldado. El instructor no se conforma sólo con la respuesta individual, la quiere oír en grupos de a diez, de a veinte, y así sucesivamente hasta que tiene a todo el pelotón, compuesto de cuatro escuadras de diez hombres cada una, gritando al unísono: «¡matar!, ¡matar!, matar!».

La práctica del asalto con bayoneta consiste en recorrer una distancia de cuatrocientos metros con los ojos inyectados de sangre, gritando a todo pulmón: «¡Matar!» y enterrándole la bayoneta a muñecos situados estratégicamente en trincheras o colgados de árboles. Cada soldado tiene un sargento designado corriendo junto a él todo el tiempo y anotando el grado de intensidad de su odio y el decibel de sus gritos.

Todos los soldados tienen que aprobar este curso para poder graduarse y seguir adelante. Felipe no logra aprobar. El instructor le ha dicho que su actitud no es la de un hombre dispuesto a matar, y tiene que repetirlo hasta que lo logre. Felipe no sabe odiar. Se educó en una escuela católica, se crió dentro de una familia alegre donde jamás oyó alzar la voz a sus padres. Su formación es netamente cristiana. Gracias a los dos perros de la residencia del Embajador de Uruguay, no tuvo que usar la pistola del tío. Tiene que hacer un cambio profundo en sus convicciones y Silvera trata de ayudarlo.

—Piensa en los que fusilaron a tu compañero, coño, en los que tienen jodida a Elena que no la dejan salir. Haz un esfuerzo y acaba con esta jodienda.

—Dame unos minutos y te aseguro que lo hago mejor que tú —le contesta Felipe convencido de que puede llegar a hacerlo.

Felipe trata por segunda vez y califica con la más alta puntuación.

—¿Cómo lo lograste? —le pregunta Silvera.

—Me concentré en el odio que le tengo a la *mierda* ésta del ejército y en el *cabrón* día que se me ocurrió alistarme.

* * *

Después de la crisis de octubre, la política de los Estados Unidos con respecto a Cuba cambió radicalmente. Esto no lo sabía Felipe ni ningún otro cubano dentro o fuera de la isla hasta que el Fiscal General de la nación, Robert Kennedy, hermano del Presidente, envió seiscientos agentes federales a Miami, en un esfuerzo para impedir acciones de guerra contra el gobierno de Cuba y controlar la libertad de salir del área de Miami de los líderes de la oposición. Esta medida no se hizo del todo clara hasta que semanas después, en el mes de abril, el Dr. José Miró Cardona, antiguo Primer Ministro del gobierno revolucionario y actual presidente del llamado Consejo Revolucionario Democrático (CRD) que abarcaba todas las tendencias políticas del exilio, renunció a su posición como máximo dirigente aduciendo que la administración del Presidente Kennedy había roto con la promesa de apoyar otra invasión a la isla y había escogido la política de la coexistencia pacífica con el gobierno de Cuba.

La noticia de la carta de renuncia del Dr. Miró Cardona llegó a Fort Jackson en la última semana del *Advanced Training*, a sólo dos meses del fin del entrenamiento. En cada pelotón se conocía a los que tuvieron participación en la lucha clandestina, y se decidió nombrar a dos o tres delegados con el objeto de tener una reunión que representara a todos los soldados dentro del programa del ejército y discutir la situación. Había serios rumores de una deserción masiva por parte de los soldados en apoyo al Dr. Miró Cardona. Algunos hablaban de no presentarse a formación e iniciar una protesta que atrajera a los medios de prensa; otros proponían declararse en huelga de hambre. Las discusiones giraban en torno al significado de un licenciamiento deshonorable, a la posibilidad de la cárcel militar, y a lo absurdo del entrenamiento para después regresar a la vida civil sin haber tirado ni un solo tiro en Cuba. Finalmente, el sentido común llevó a la elección de los delegados y a esperar por el resultado de la reunión.

Felipe y Silvera fueron elegidos por su pelotón junto con otro soldado cuyo padre figuraba entre los líderes del CRD. Marcelo, su amigo camagüeyano, que pertenecía a otro pelotón, también fue escogido para la reunión.

Silvera expuso que existía un compromiso con el ejército norteamericano que no se podía quebrantar. Habló de las ventajas del entrenamiento militar para el futuro y de la posibilidad de organizar a todos los que habían pasado por el entrenamiento para continuar peleando contra el comunis-

mo. Hubo un consenso general de opinión y se acordó proseguir con el entrenamiento aunque con una protesta pacífica que consistió en pasar por la línea donde se servían los
alimentos a la hora de las diferentes comidas del día y sentarse en la mesa del comedor con el plato vacío.

Esta simbólica huelga de hambre duró tres días y sirvió
al menos para fijar la posición de contrariedad de los soldados cubanos por la nueva política del gobierno.

La moral no cambió del todo, aunque se notaba cierto re-
lajamiento en la actitud de los soldados. Los días de pase, la
mayoría se volcaba en la ciudad para frecuentar los bares y
pasar un buen rato de esparcimiento con los compañeros. El
grupo con que se reunían Felipe y Silvera alquilaba un cuarto en un hotel, y prefería dormir en el suelo antes que regresar al fuerte y tener que seguir la rutina de saludar a los
sargentos y cuadrarse militarmente ante cualquier oficial
que se les presentara.

Los sargentos eran todos de habla hispana. Los había
mejicanos, portorriqueños y algunos dominicanos. Había un
cabo mejicano, bastante joven, oriundo de la ciudad de Ti-
juana. Alguien se enteró que este cabo era medio tonto y se
le ocurrió gastarle una broma gritándole, sin ser visto, con
voz de falsete, «*Tijuaaana*». El cabito reaccionó montado en
cólera gritando a todo pulmón «*¡hijo de la chingada!*». Desde
aquel momento los cubanos le hicieron al cabito la vida imposible. Bastaba que hubiera un gran número de soldados y
que el cabito pasara, para que se escuchara la anónima voz
de falsete chillando, «*Tijuaaanaa*» y acto seguido el consabido
«*¡hijo de la chingada!*».

En la columna de Felipe había un marino mercante de apellido «Pití» que tenía una fama bien ganada de bugarrón. Este soldado era de pequeña estatura y ojos achinados. Lo de la fama de bugarrón venía por cuentos de sus andanzas sexuales que él mismo narraba con absoluta ingenuidad. Todas las mañanas cuando el pelotón salía a correr la milla, el *drill sergeant* iba repitiendo en cadencia ciertas palabras que se referían a cosas prohibidas para un buen soldado, como «*whiskey*» o «mujeres» y éstos debían de contestar a coro, «*no good!*». El sargento también cantaba cosas del desagrado de los soldados, como «P.T.», la abreviatura en inglés de entrenamiento físico (*Physical Training*), y todos respondían el consabido «*no good!*», hasta que un soldado, al escuchar por tercera vez «P.T.» que se pronuncia en inglés «Pi-Tí» igual que el apellido del marino mercante, gritó a pleno pulmón, «¡¡¡bugarrón!!!». Desde entonces, cada vez que el sargento iniciaba la cadencia con «P.T.», todos los soldados cubanos contestaban al unísono, «bugarrón», sin que el sargento jamás comprendiera el significado de esa palabra tan extraña que sólo usaban los cubanos.

* * *

El soldado Felipe Varona, con el número de servicio UC 50 303 892 y con el grado de *Pvt (E-2) (P)*, fue trasladado a la reserva militar (USAR) el 26 de julio de 1963. El reporte del ejército especificaba que debía pertenecer a la reserva hasta el 27 de enero del año 1969.

El último día en *Fort Jackson* es una fiesta. Todos los soldados de la compañía se abrazan, intercambian direcciones y teléfonos, y juran seguir la camaradería para toda la vida, aunque se encuentren en estados tan diferentes y distantes como California, la Florida y Nueva York. Felipe ha hecho grandes amigos y considera que ha pasado por una gran experiencia, pese a que el último pago que recibió del ejército misteriosamente desapareció de su taquilla. Ese era el dinero con que contaba para cubrir los gastos del traslado a Miami y de los primeros días allí hasta que apareciera un trabajo. Silvera y Marcelo inmediatamente se ofrecen para cubrir los gastos de su viaje a Miami y tratan de consolarlo:

—¡Ojalá que quien se robó ese dinero, se lo tenga que gastar en medicinas! —exclama Silvera poniéndole el brazo por la espalda.

Felipe le responde con tono de cura franciscano:

—A lo mejor le hace más falta que a mí.

Todos ríen y Marcelo le dice con admiración:

—¡Tú te mereces la vida y la felicidad!

LA REALIDAD

Felipe pasó los primeros días en Miami en casa de su tío que ahora vivía en Miami Beach. Casi de inmediato, Silvera le consiguió trabajo en otro hospital limpiando pisos y, tan pronto obtuvo el primer cheque, decidió mudarse con Paco y sus hermanos que vivían a pocas cuadras del tío. Paco había alquilado un *studio apartment,* que no podía ser más pequeño, en la Avenida Meridian, muy cerca del mar. Felipe dormía en el clóset del estudio, mientras que Paco con sus dos hermanos, Rufo y Pablo, dormían en dos sofá-camas que prácticamente ocupaban todo el espacio, reservándole un tramo muy pequeño a una estufa, un lavamanos, un baño y un refrigerador. La encargada del edificio le había advertido enfáticamente a Paco que el estudio era exclusivamente para él y sus dos hermanos, y que cualquier persona agregada no era aceptable y sería causa inmediata para cancelar el contrato y ponerlos en la calle. Felipe recordaba sus días de la clandestinidad en La Habana, y entraba y salía del estudio como un fantasma.

Rufo, el hermano que le seguía a Paco en edad, se había matriculado en el *college* y estaba tomando una clase de arte.

Felipe no poseía el inglés necesario para matricularse, y decidió aprender inglés en un centro del estado que se llamaba *Lindsey College*, donde se ofrecía un curso gratuito. Para su sorpresa, el primer día que asistió a las clases, se encontró con muchos ex compañeros de la Escuela de Derecho de la Universidad de La Habana. Se pasó un buen rato cambiando impresiones con ellos y, cuando regresó al estudio, las pocas palabras nuevas en inglés que había aprendido ese día, se le habían olvidado por completo.

Era la primera vez que Felipe dejaba de vivir espiritualmente en Cuba. Estando en el ejército no tenía preocupación por el idioma inglés. El motivo del entrenamiento era regresar a Cuba con el fusil al hombro y todo se concentraba en la recuperación de la Patria. Todos los soldados eran cubanos, el programa había sido diseñado en español y los instructores eran de origen hispano. No tenía que preocuparse por el futuro. El porvenir era Cuba. Ahora todo era distinto. Parecía que la isla se había convertido en un bote grande y el Destino, con una vara muy larga, la alejaba de Miami.

La idea de trasladarse a otro estado y abrirse paso en ese enorme país, mediante el estudio y el sacrificio, comenzó a tomar forma por primera vez. Resultaba muy difícil aprender el idioma en Miami. Era un círculo vicioso dentro del cual se caía siempre en el eterno regresar a Ítaca, donde Penélope esperaba siempre con sus brazos abiertos. José Martí lo había dicho muy claro: «Las palmas son novias que esperan».

* * *

El último desengaño llegó a raíz de haber formado, junto con Marcelo, Silvera y otros miembros del entrenamiento, otra organización, a la cual llamaron «Unidades Militares Cubanas» y haber tratado de obtener lanchas rápidas armadas con ametralladoras para realizar asaltos a Cuba. Cuando todo parecía cristalizar para la primera incursión, agentes federales decomisaron la lancha. El General Anastasio Somoza, dictador de Nicaragua, aparentemente envió una señal de cooperación para facilitar desde su país este tipo de ataque pero, debido a su historial antidemocrático, fue rechazado por la organización, la cual poco a poco fue perdiendo fuerza hasta desaparecer completamente.

Miguel, el líder del grupo de la resistencia en Cuba, al cual Felipe visitara en aquel apartamento cerca del Parque Central, consiguió refugiarse en la Embajada de Brasil y arribó a Miami en esos días. La chica que Felipe había imaginado en la playa, leyendo un libro de versos, también pudo abandonar la isla y llegar a Miami. El otro compañero que se encontraba en el apartamento musitando las canciones revolucionarias logró hacerlo unas semanas después, pero desapareció al poco tiempo sin haber dejado claro su paradero. Algunos pensaron que podía haber regresado a Cuba después de realizar alguna labor de espionaje en favor del gobierno revolucionario, pero nunca se pudo comprobar. El grupo de la resistencia había sido aniquilado completamente. No había quedado célula de resistencia en las calles de La Habana ni en ninguna otra ciudad de la isla. En la Sierra del Escambray, sin embargo, se continuaba la guerra, aunque cada vez con menos fuerza y sin ninguna ayuda del exterior. Todo indicaba que la vida revolucionaria de Felipe había llegado a su fin.

«La vida de los "profesionales revolucionarios" —como la definía Adolfo, un arquitecto vecino de Felipe en Camagüey— es estrictamente circunstancial. Se puede ser un abogado o un médico que debido a la situación política se ve forzado a participar en una guerra que detesta. Una vez terminada la lucha, el profesional reinicia su carrera. Por otro lado, la vida de los "revolucionarios profesionales", esos señores de buena carga cívica, cuya principal vocación es la política y el servicio público para un país mejor, al sentirse derrotados, lo han perdido todo». En Cuba, por el contrario, la élite de gobierno, gracias a la victoria obtenida durante la Crisis de Octubre, había encontrado su verdadera razón de ser: gobernar al país por los siglos de los siglos haciendo permanentemente la revolución.

* * *

Elena tiene un primo que se llama Ricardo. Es hijo de Antonio, el hermano mayor de su padre, que lo envió a estudiar a Ohio cuando cerraron las aulas de la Universidad de La Habana a finales de 1956, por temor a que se involucrara en la guerra contra Batista.

Ricardo, de carácter muy apacible y metódico, se hizo doctor en medicina con especialidad en Pediatría, se casó con su novia de Camagüey y vive en la ciudad de Columbus, Ohio. Siempre ha mantenido la comunicación con su familia, especialmente con su prima Elena, y ha estado insistiendo en que Felipe se vaya para allá a vivir en su casa. En repetidas ocasiones lo ha llamado por teléfono tratando de persuadirlo para que aprenda inglés y continúe sus estudios fuera del foco político de Miami. Felipe en un principio descartó esa idea por completo, pero en estos momentos está considerándola seriamente. Ha dejado de vivir en Cuba.

Felipe ha conseguido un segundo trabajo en una empacadora de caramelos, cuyo capataz es hijo de una prima de su padre. El horario de trabajo de diez de la noche a seis de la mañana no es muy atractivo, pero no interfiere con su otro trabajo de limpieza en el hospital. Sus padres van a necesitar ayuda tan pronto lleguen a México y el dinero no abunda en los bolsillos. Sus horas de sueño se limitan a cuatro o cinco al día. Los fines de semana descansa y se recupera. El entrenamiento recibido en el ejército lo ayuda a soportar los rigores de tantas horas de trabajo. No parece que la salida de su esposa se produzca pronto, pero Felipe considera que hay que preparar el camino como si llegara mañana.

* * *

En Miami Beach hay un tramo de playa pública, en la Avenida Collins, que sirve de refugio no solamente al calor sino también a la nostalgia. La juventud cubana se cita en ese pedazo de arena los fines de semana para recrear los días felices de la Cuba ya distante. Muchos la llaman con sorna, «la Playa del Tuvo», aduciendo que algunos exiliados hacen gala de las riquezas que poseían ellos o sus padres antes de que el gobierno comunista se las incautara. Felipe frecuenta esa playa, la cual considera mucho mejor que el pequeño balneario de Mayanabo, por la arena y por la claridad del agua, pero que no es ni remotamente parecida en cuanto a la brisa que siempre soplaba acariciando las pencas de los cocales y a la algarabía de los partidos de dominó que sus padres jugaban todas las tardes.

Felipe está con sus amigos Paco y Mayo acostado sobre una toalla que ha puesto sobre la arena. Paco ha traído una sombrilla y Mayo una neverita con un paquete de cerveza *Orbi* que es la más barata que se consigue en el mercado.

—Es muy posible que me vaya para Nueva York a estar con mi novia un buen tiempo y decidir lo que voy a hacer con mi vida —dice Mayo.

—¿En qué sentido? —le pregunta Felipe.

—Si me caso con ella y estudio por allá, o si me quedo en Miami y sigo trabajando en lo que estoy. No sé. Creo que cualquier decisión que tome, por muy pequeña que parezca ahora, va a repercutir en mi futuro de una forma trascendental.

—Lo mismo me sucede a mí. Ricardo quiere que me vaya para Ohio.

—¿Para Ohio? ¿Qué *carajo* vas a hacer en Ohio? Ese es el culo del mundo. Además, Ricardo siempre fue un hipócrita santurrón y un *comemierda*. En ningún lugar de este país vas a estar mejor que aquí en Miami —dice Paco malhumorado, presintiendo la partida de su amigo.

—Yo no puedo aguantar por mucho tiempo más los dos trabajos y Ricardo, ese «hipócrita santurrón» como tú lo crucificas, ha ofrecido ayudarme para que yo pueda seguir estudiando —contesta Felipe sin hacerle mucho caso a su amigo. La discusión se interrumpe brevemente cuando aparece a corta distancia una trigueña en una *bikini*.

—¡Mira esa hembra que viene por allá! —exclama Mayo—. Con mujeres como ésta no nos podemos ir de aquí. En Ohio no se dan de este tipo. Allá se crían con jugo de tomate, *corn flakes* y bocaditos de queso derretido. Por eso salen con pecas y sin culo. Esta belleza está criada con todas las de la ley: arroz, frijoles negros y masas de puerco fritas. Mira que culo más subdesarrollado tiene y qué clase de tetas —sigue diciendo Mayo mientras les pasa muy de cerca la trigueña, caminando despacio y con esa cadencia que sólo tienen las cubanas.

—Allá ustedes que no están casados. Si yo me voy para Ohio, no es para fijarme en ninguna pecosa sin nalgas. Yo tengo a la trigueña más linda del mundo y no se ha criado con masa de puerco —les dice Felipe riéndose.

Mayo termina de beberse la última *Orbi* que quedaba en la neverita portátil, y Paco y Felipe aceptan esa señal como la hora de retirarse de la «Playa del Tuvo».

Es domingo y ha empezado a oscurecer. En el trayecto hacia el estudio se ven algunas parejas de ancianos judíos caminando muy despacio, apoyándose el uno del otro. Parece que la ciudad se prepara para trabajar el lunes y ha dado por terminado el asueto del fin de semana. Miami Beach es una ciudad tranquila, bien distinta a la bulliciosa Habana. La Rampa, la esquina de L y 23, posiblemente en este mismo momento esté repleta de jóvenes y la música del Mozambique o de alguna guaracha sabrosa se esté escuchando en cada rincón.

«¿Cómo será la vida en Ohio? ¿Qué harán Ricardo y su

mujer los domingos por la tarde? ¿Qué estará haciendo Elena en estos momentos?» Con estos pensamientos, Felipe se acuesta a dormir.

LA RENUNCIA

Fe de Errata

pág. 277, línea 15 – Donde dice: "Jorge Trujillo" debe decir: "Jorge Martínez".

gión oriental de Cuba está siendo azotada por el
ra. Las provincias de Camagüey y Oriente son las
adas. La ciudad de Camagüey está inundada por
as lluvias que este huracán ha traído consigo. El
an de Toro, cuya vida siempre ha languidecido de-
uente que comunica la calle Cisneros con la Ave-
a Libertad, ha despertado de su siesta ancestral y
con cubrir gran parte de la ciudad.

adres de Felipe se encuentran en La Habana visi-
us consuegros y tratando de resolver asuntos rela-
con los documentos de salida. Ellos viven en
y, en la calle Cisneros, a sólo unas cuadras del río,
in por la radio las noticias alarmantes de las inun-
Han logrado comunicarse con Camagüey y unos
s han confirmado que su casa no corre peligro por
to. La Habana, de acuerdo con los últimos partes
meteorológicos, parece que se va a librar de la furia de este
huracán.

Roberto ha salido de su casa bien temprano por la mañana con el objeto de conseguir unos mariscos frescos que le
proporciona un pescador amigo suyo en el pueblo pesquero

de Cojímar, muy cerca de La Habana, para cocinarlos en honor de Arturo y Mercedes. Usualmente Roberto está de vuelta en unas tres o cuatro horas, pero son casi las doce del día y no ha regresado a la casa. Sofía está muy preocupada. Arturo y Mercedes tratan de calmarla y le recuerdan que Roberto es un conversador compulsivo que pierde la noción del tiempo cuando se reúne con alguien conocido.

Alguien se ha detenido frente a la puerta de la casa y está tocando la aldaba. A través de las persianas, Sofía ve a un muchacho que ha venido en una bicicleta. Le abre la puerta y el muchacho pregunta:

—¿Es la casa de la compañera Elena García?

—Sí. Dígame... es mi hija —contesta Sofía esperando algún recado de su esposo.

—Le traigo un telegrama.

Sofía cierra la puerta después de dar las gracias al mensajero y se sienta al lado de Arturo y Mercedes. Abre el sobre con ansiedad y se lleva la mano a la cabeza en ademán de sorpresa. «¡Ay, Dios mío, le ha llegado la salida a mi hija!», exclama con mezcla de alegría y turbación.

Los consuegros se levantan de las sillas como por un resorte y la abrazan efusivamente. Sofía no puede contener las lágrimas mientras se desploma emocionada en el sofá. Arturo busca apresurado un vaso de agua y se lo da a beber.

Su hija Elena se va del país. Ahora sí le ha tocado muy de cerca. Cuando se fue su sobrino Ricardo no le dio mucha importancia. Pensó que estaría de regreso en unos años tan pronto se resolviera lo de Batista, pero Ricardo decidió quedarse en Ohio a continuar sus estudios. Aunque lo extrañaba mucho, sabía que era lo mejor y lo que había deseado su hermano. Después comenzaron a marcharse sus amigas de «La Liga contra el Cáncer», los compañeros de Roberto del trabajo y la mayoría de los vecinos. Las casas de la cuadra fueron ocupadas por familias nuevas, algunas venidas del interior de la isla, que los miraban con recelo ya que Roberto se había negado a formar parte del Comité de Defensa de su cuadra. Ahora era su hija. Tenía que mostrarse fuerte. Era el futuro de Elena y había que hacer «de tripas corazón».

Para Arturo y Mercedes la situación era distinta. Ellos estaban esperando la visa para marcharse y reunirse con Felipe. Su hijo se había casado y necesitaba tener a su mujer a su lado. Mercedes trata de animar a Sofía, pero ésta sólo piensa que va a perder a su hija. Su marido es muy testarudo y nadie ha podido convencerlo de solicitar la salida. «Tengo alquilada la luneta», solía decirles a sus amigos. Ya no le queda ninguno: todos se han marchado.

* * *

Elena está en Guanabo, una playa que se encuentra a sólo una hora de distancia en guagua de su casa. Está repasando el solfeo a la hija de una amiga suya que vive en un apartamento cerca del mar. Sofía la llama por teléfono y le comunica la llegada del telegrama. No considera oportuno hablarle de su preocupación por la ausencia de su padre para no permitir que la felicidad de su hija se empañe con ese contratiempo.

Elena no puede terminar la clase. Se siente con deseos de correr, de gritar, de salir a la calle. Ha perdido la concentración en lo que está haciendo. No puede comunicárselo a su alumna porque no quiere que se entere nadie. Se ha acostumbrado a no dar información sobre asuntos de familia relacionados con la política. En Cuba, salir del país es darle una bofetada a la revolución, un hecho político trascendental. La llamada le sirve de excusa para marcharse aduciendo que su madre la necesita. Se despide de la alumna abrazándola fuertemente porque sabe que no va a verla más.

Una vez en la calle se dirige a la playa. El mar siempre ha estado presente en la vida de Elena. Aunque Camagüey está en el centro de la provincia, su juventud giraba alrededor de los veranos en San Jacinto. Allí se enamoró de su esposo...

Debajo del vestido lleva una trusa que siempre se pone cuando va a Guanabo por si tiene tiempo de bañarse en el mar. Nunca la ha usado. Esta vez es diferente. Siente necesidad de correr al mar, de tirarse frente a las olas, de sentir el salitre impregnándose en su piel. Recuerda un poema de Pablo Neruda que siempre le causó tristeza. El poeta evocaba un amor de juventud y se detenía en varias imágenes de despedida: «*Te recuerdo como eras en el último otoño / Eras la boina gris y el corazón en calma...*». El poema continuaba expresando sentimientos profundos de lejanía, «*Cielo desde un navío...*». Ahí estaba ella contemplando el cielo que le parecía hoy más inmenso que nunca. Ella, flotando en el agua, desde su navío espiritual, diciéndole adiós a su Cuba adorada.

El usual viaje de regreso a la casa toma esta vez otra dimensión. Elena está sentada junto a una ventanilla abierta casi al final de la guagua y va fotografiando calles y rostros en su mente para fijar el paisaje para siempre en su alma. Como si estuviera en el medio de un sueño, las imágenes de la calle se le confunden con las de un aeropuerto que no conoce, que nunca ha visto, donde Felipe aparece esperándola con los brazos abiertos. Esta imagen perdura por un buen rato hasta que los rostros y las calles de Santos Suárez le van anunciando calladamente la cercanía de su casa.

Elena nunca ha vacilado en dejar a sus padres. Ella es ahora una mujer casada, enamorada de su esposo, que no concibe su existencia separada de él. Le ha llegado el permiso de salida y no hay ninguna fuerza capaz de impedirle que vaya a reunirse con su esposo. Piensa que los hijos son una propiedad temporal de los padres. Ellos los educan, los preparan para la vida y, cuando llega el momento de hacerse hombres y mujeres, los sueltan para que tomen sus propias decisiones y hagan sus propias vidas.

* * *

Roberto ha sido detenido por el G-2. Cuando llegó a casa del pescador, le abrió la puerta un teniente y le ordenó sentarse en una silla. Lleva media hora esperando y nadie le ha dirigido la palabra. En el cuarto adyacente le parece oír la voz del pescador entre las expresiones insolentes de los agentes. Roberto piensa que es un operativo por la compraventa de pescado en la bolsa negra y que podrá probar su inocencia aduciendo desconocimiento de los manejos de su amigo, pero nadie le habla y ha comenzado a preocuparse. Un oficial del G-2 se le acerca con unas esposas en la mano, le mueve hacia atrás los dos brazos y se las pone. A empu-jones lo saca de la casa y lo monta en una perseguidora, bajándole la cabeza con una mano para que no se golpee con el borde de la puerta.

Son las tres de la tarde cuando Robertico llega a su casa corriendo con la noticia de una redada en Cojímar. Se lo ha dicho uno de los miembros del Comité de Defensa que ha sido informado por el G-2. No le puede dar detalles, pero parece que a Roberto lo han llevado para la tenebrosa esta-ción de 5ta y 14.

La noticia ha estallado en el corazón de Sofía produ-ciéndole dolor en el pecho. No sabe a quién acudir ni adón-de llamar. Elena no ha llegado todavía. Arturo y Mercedes le prometen no dejarla un instante. Mercedes va a la cocina y calienta un jarro de agua donde sumerge unas hojitas de tilo para ofrecérselo a Sofía. Arturo se sienta en el portal y enciende un tabaco tratando de organizar su mente y encon-trar una solución que lo conduzca a interceder por Roberto o al menos a esclarecer la situación.

Elena llega a la casa a las cinco de la tarde, después de recoger a uno de sus hermanos que se encontraba jugando al baloncesto en la escuela. Tan pronto ve a su madre, sabe que algo grave ha sucedido.

Aprovechando que Arturo y Mercedes han salido para averiguar sobre la redada en Cojímar, Sofía les pide a sus hijos que se retiren a estudiar a su cuarto. Necesita hablar con su hija a solas.

Madre e hija están sentadas frente a frente en la mesa del comedor. Después de ponerla al tanto de la situación de su padre, Sofía le toma las manos a Elena y mirándola fijamente, con mucha dulzura le dice:

—Tienes que seguir con tus planes, hijita. Lo de tu padre no debe ser nada serio. Él habla mucho, pero nunca se ha metido en nada. Esta es tu oportunidad, el momento de reunirte con tu esposo. La vida sigue y no puedes pararla. Nosotros sobreviviremos y ya verás cómo nos reuniremos todos un día y recordaremos estos momentos como una prueba más de Dios.

Elena tiene los ojos aguados. Las lágrimas batallan por cubrir sus mejillas. «Tengo que ser fuerte», se repite todo el tiempo. Sus manos aprietan las de su madre y le dice: «Mamá, yo te quiero mucho». No ha podido decirle más. No encuentra una frase que pueda servir de consuelo a su madre y opta por repetir: «Yo te quiero mucho...».

* * *

El pescador amigo de Roberto ejercía un contrabando humano para sacar a perseguidos políticos, trasladándolos a embarcaciones rápidas que venían procedentes de los Estados Unidos a recogerlos a unas cinco millas de la costa norte en diferentes puntos que coordinaba con sus familiares en el exterior. La operación fue descubierta debido a la labor de espionaje de operativos del gobierno cubano en suelo estadounidense. Roberto desconocía esta actividad y desde el primer momento pensó que todo estaba relacionado con la venta de los mariscos y que posiblemente tendría que pagar una multa o, en el peor de los casos, cumplir de seis a siete meses de privación de libertad.

Cuando le leyeron los cargos de cooperación con el enemigo y de atentar en contra de los intereses de la nación, el mundo se le cayó encima. Ahora se encuentra en una celda estrecha, incomunicado, con una luz que nunca se apaga colgando del techo.

Sofía consigue visitarlo gracias a una conexión de Arturo con un capitán del ejército el cual le debe muchos favores. Lo primero que nota es que ha perdido muchas libras en tan sólo unos días. Ni siquiera puede besarlo porque no está permitido y hay una reja de por medio. No se sabe cuando le van a celebrar el juicio.

Sofía siente que le han dado un papel en una obra de teatro. Su marido representa a un personaje a quien le han prestado el disfraz de prisionero y a ella le ha tocado la escena de la visita. Los policías que la vigilan son actores secundarios que se mueven con mucha soltura esperando por la voz del director para salir por la tramoya. Esto no puede ser la realidad. A sus años, dormir una noche lejos de su marido es una aberración. Verlo detrás de una reja no cabe en ningún rincón de su cerebro. Su hija la está esperando a la salida de la cárcel. La abraza y la conduce a un taxi que las lleva de regreso a la casa.

* * *

Elena tiene señalada su salida para México dentro de dos semanas. Por primera vez, en el trayecto de la cárcel a la casa, siente el peso aplastante de la responsabilidad sobre su corazón. Abandonar a sus padres en estos momentos es traicionar sus venas, sus raíces, la cápsula de su yo. La vida es responsabilidad. Se es responsable de lo que libremente se elige. Esa elección que uno toma necesita tener una justificación para llevar una vida auténtica que en definitiva no es más que el bienestar del deber cumplido. Renunciar a la salida y cuidar de sus padres en estos momentos es sin duda alguna su responsabilidad, muy por encima de su vida con Felipe. Su madre no puede soportar esa carga tan pesada. ¿Cómo va su madre a poder conseguir alimentos para llevarle a su esposo a la cárcel si resulta difícil conseguirlos para la casa con la libreta de racionamiento? Elena tiene que devolver amor con amor a quienes se lo dieron todo. Sus padres la necesitan. Felipe comprenderá.

Con estos pensamientos, Elena trata de conciliar el sueño. «Todo lo dejo en las manos de Dios». Su inmensa fe la conforta. «Dios sabe porqué hace las cosas». Elena se tapa con su sábana y, como de costumbre, detiene su mirada en las fotografías de Felipe, y le dice en un susurro: «Tú me comprendes, mi amor, ¿verdad? »

* * *

Se ha celebrado el juicio. Por más que trata el abogado defensor de demostrar la inocencia de Roberto por la carencia de pruebas, la sentencia ya venía orientada por el alto mando. Se quiere dar un escarmiento ejemplar: ¡diez años de privación de libertad!

Roberto escucha la sentencia y se voltea para mirar a su mujer y a su hija. Necesita mostrarles su entereza y conformidad. Trata de sonreírles y no está seguro si lo logra. Elena no sabe que siente odio por primera vez en su vida. Es un sentimiento extraño que su alma no identifica. Sólo sabe que siente deseos de tirarse encima de los señores del tribunal y descargar toda la furia de sus manos sobre aquellos rostros insensibles a la tragedia humana. Aquellos seres que se muestran impasibles ante la inocencia de un hombre honrado, padre de familia, con ceguera incipiente y con 62 años sobre sus hombros. ¿Cómo se puede condenar a diez años de prisión, a tres mil seiscientos cincuenta días, a un hombre inocente sólo para dar un escarmiento?

Roberto es escoltado por dos guardias a una puerta lateral que lo conduce a un pequeño calabozo en espera de ser transportado a la prisión que será su residencia por los próximos diez años. Sofía le envía un beso con la mano y Roberto les hace un guiño con sus ojos cansados.

* * *

Elena ha renunciado a su salida de Cuba. Es ahora la hija de un prisionero político. Es la esposa de un contrarrevolucionario exiliado. En la Cuba revolucionaria no hay espacio para ella. «La universidad es para los revolucionarios». Los empleos y los pocos privilegios son para los integrados. Para «los gusanos» no hay nada. A Elena no le interesa nada más que cuidar a su madre y a sus hermanos. Mantener la unidad de la familia en ausencia de su padre. Aunque le cueste la separación de su marido, está dispuesta a enfrentar su destino, pero no deja de soñar: «Felipe está de nuevo a mi lado en nuestro querido Camagüey, o quizás en una ciudad extraña cubierta de nieve o de escarcha. Somos felices. Tenemos familia y vemos a nuestros nietos crecer...»

EL MIDWEST

«*Would you like to have soda or coffee?*», pregunta la azafata de la aerolínea *Eastern* a cada uno de los pasajeros que están a bordo del avión que vuela de Miami a Atlanta. Felipe tiene un pasaje a Columbus, Ohio, con escala en Atlanta, Georgia. De allí tomará otro avión de la misma compañía con destino a la ciudad de Columbus donde Ricardo, el primo de Elena, lo estará esperando.

El pasaje es gratis. Se lo ha dado «El Refugio», una institución diseñada para ayudar a los cubanos en su transición al nuevo país. La mayoría de los cubanos prefieren quedarse en Miami por la cercanía con Cuba y la ventaja del clima, pero otros como Felipe han decidido relocalizarse en otra ciudad donde piensan que les será más fácil encontrar trabajo y abrirse paso hacia un futuro mejor. El edificio del Refugio está ubicado en Biscayne Boulevard en el centro de la ciudad. Miles de cubanos han pasado por sus puertas compartiendo sus respectivas historias, cargadas todas de inmensa tristeza, en esta antesala del exilio.

No solamente le dieron el pasaje gratis, sino que recibió cien dólares, un abrigo, una bufanda y unos guantes para protegerse del frío que lo espera en la capital del estado de

Ohio. «Al menos tiene un nombre familiar que tiene que ver con nuestro descubrimiento: "Columbus"», pensó Felipe cuando le entregaron el pasaje.

Rufo lo fue a despedir al aeropuerto y le tiró unas cuantas fotografías en blanco y negro, no tanto para guardar el recuerdo de su partida, como para preservar para siempre en la intrahistoria el abrigo pasado de moda, de solapas parecidas a las orejas del elefante Jumbo, el cual habría de ser motivo de risa y de burla por parte de todos sus amigos años después.

—*I take Coca-Cola, please* —le dice Felipe a la azafata mientras se dispone a releer la última carta de Elena.

* * *

La Habana, 22 de octubre de 1963

Mi querido esposo:

El Destino nos ha puesto una trampa y hemos caído en ella. Hoy se suponía que yo estuviera volando hacia México. Iba a ser el día más feliz de mi vida. De los brazos de mis padres, iba a pasar a los tuyos. Los imaginaba a ellos junto a mis hermanos, despidiéndose de mí con mil sollozos de alegría, deseándome lo mejor, y te veía a ti como en mis sueños, con los brazos abiertos para retenerme para siempre.

No pudo ser. No puedo dejar a mi madre en esta situación. Yo sé que tú comprendes. Tú hubieras hecho lo mismo por tus padres. ¿Nuestro futuro? Yo no tengo vida sin ti, Felipe. No puedo mirar hacia delante. No tengo fuerzas. Estoy destrozada.

Te adora,

Elena

* * *

La Habana 23 de octubre de 1963

Felipe, mi vida:

Acabo de venir de la prisión y no me dejaron ver a papá. Tampoco me permitieron dejarle una jaba de comida que le había llevado. Mamá no pudo ir conmigo porque está muy enferma. Desde el juicio, es otra persona. Parece que ha perdido los deseos de vivir. Tuve que mentirle y decirle que lo había encontrado muy bien de espíritu y repuesto de salud. Le detallé con el gusto que se comía todo lo que le habíamos conseguido y la esperanza que tenía su abogado de que la sentencia se modificara por falta de pruebas. Casi no me respondió. Su mirada la tiene perdida.

No hay ninguna esperanza de que papá pueda salir de la cárcel. Le mentí también en esto. La situación del país cambia de un día para otro. Se está hablando de enviar tropas a África y de que se va a implementar el servicio militar obligatorio en unos meses. El círculo se nos está cerrando cada día más.

Yo sigo con mis clases de piano y de inglés, y con ese dinerito nos estamos arreglando por ahora, pero pienso que tendremos que inventar algo para poder sobrevivir en los años venideros.

A veces pienso que fue un error casarnos en esas circunstancias, pero si tengo que vivir toda mi vida solamente con el recuerdo de nuestra pequeña luna de miel, estoy dispuesta a hacerlo aunque nuestras vidas corran por rumbos diferentes. Jamás te olvidaré.

Felipe, no quiero que te sientas atado a nuestro matrimonio. Si la voluntad de Dios es conducirnos por distintos senderos, debes de sentirte libre para elegir lo que te convenga.

Me dices que te vas para Columbus a principio de año. Es lo mejor que puedes hacer. Ricardo te aprecia mucho y está en posi-

ción económica de ayudarte.
   Te adora,
   Elena

* * *

Felipe ha vuelto a leer las cartas de Elena. No comprende que le diga estar dispuesta a vivir con su recuerdo y al mismo tiempo le sugiere no sentirse atado al matrimonio. ¿Qué tiene en su corazón? Él no concibe romper su matrimonio. Él va a luchar. Él va a regresar a Cuba, la va a buscar. No le importa que su suegro esté preso y que Sofía esté enferma. No piensa en Robertico ni en David. Solamente existen dos personas: Elena y él. El resto de la humanidad no cuenta. Son caras sin rostro. Felipe no acepta el Destino y no se resigna a las pruebas o los planes de Dios. Va a calar la bayoneta, a defender su matrimonio hasta la última gota de su sangre.

* * *

Columbus está vestida de blanco. Hace varias horas que está nevando. El avión ha aterrizado y, desde su ventanilla, Felipe observa este espectáculo maravilloso que, a los ojos no acostumbrados a esta manifestación de la naturaleza, resulta un prodigio. Es su primer encuentro con la nieve y contempla extasiado cómo los copos blancos se precipitan sobre los árboles, casas, automóviles..., cubriendo toda la ciudad con un manto de pureza. Los pasajeros salen del avión por un túnel que los conduce a un amplio salón donde Felipe advierte la presencia de Ricardo y de su esposa Pili con su bebito en brazos. Después de los abrazos y saludos de rigor, pasan a recoger su equipaje.

Pili es una muchacha de su mismo pueblo, muy atractiva y vivaracha, y unos pocos años mayor que Felipe. Ricardo y Pili se hicieron novios cuando estudiaban en el Instituto de Camagüey. Después se marcharon a estudiar a La Habana. Ricardo se matriculó en Medicina y Pili en la Escuela de Farmacia. Mantuvieron el noviazgo hasta que, en 1956, al cerrar sus puertas la Universidad de La Habana debido a la situación convulsiva que atravesaba el país con la guerrilla en las montañas y los sabotajes en las ciudades, decidieron casarse y terminar sus estudios en los Estados Unidos. Ricardo terminó su carrera en Columbus y Pili se empleó de asistente de farmacia para ayudarlo a pagar sus estudios y después terminar ella los suyos. La llegada de un hijo impidió que Pili terminara su carrera, pero la convirtió en madre ejemplar. Al triunfo de la revolución, consideraron regresar a Cuba, pero Ricardo terminaba su residencia en Pediatría y le ofrecían una buena oportunidad para una especialización en Gastroenterología. Decidieron entonces posponer el regreso unos años más. Cuando terminó sus estudios y estaba listo para volver, toda su familia en Cuba le aconsejó no hacerlo porque, a raíz de la invasión de Playa Girón, el gobierno se había proclamado comunista.

Ricardo maneja un reluciente Lincoln Continental del año que se desliza silenciosamente por las calles cubiertas de nieve y de hielo. Columbus parece una ciudad de postal navideña. Aunque corre el mes de enero todavía se ven algunas casas con los ornamentos pascuales. No se ve gente en las calles ni mucho tráfico de automóviles.

—¿Qué te parece estar en el Medio Oeste de los Estados Unidos, en una de las clásicas *all-American cities*? —le pregunta Ricardo.

—Todo esto me parece que no lo estoy viviendo. Es como si viera una película extranjera en el cine Mara —contesta Felipe.

—Pues vas a ver esto por largo tiempo. Aquí los inviernos son eternos. Nosotros llevamos ocho años sufriéndolos y te aseguro que no es divertido.

—Tan pronto nos bajemos del carro quisiera correr un poco para sentir la nieve en la cara.

—Ay Felipito, ¡qué risa me das! Ya nos harás un cuento cuando pase la novedad —le dice Pili con un tono de resignación.

La conversación prosigue tocando diferentes temas, todos relacionados con la ciudad, el clima y el trabajo. Ricardo y Pili han preferido no hablar de Elena ni de sus padres hasta que se presente la oportunidad adecuada una vez que lleguen a la casa. En los ojos de Felipe se proyecta una tristeza conmovedora que el matrimonio percibió desde que se abrazaron en el aeropuerto.

Ricardo y Pili viven en un reparto de clase media cerca del centro de la ciudad. La casa es espaciosa, con cuatro habitaciones y cuatro baños, cocina, comedor, sala, garaje para dos autos y un *family room*. Abajo hay un sótano del mismo tamaño de la casa que sirve a la vez de cuarto de lavar ropa y de recreo. Felipe no se cansa de celebrarla y, cuando Pili le enseña su cuarto con un baño particular, se echa a reír recordando el clóset donde dormía cuando vivía en Miami Beach con Paco y sus dos hermanos. Pili le sugiere que trate de descansar un rato, le da un beso, y le dice que la cena estará lista en dos horas.

* * *

Conseguir trabajo y matricularse en la universidad son las prioridades inmediatas de Felipe después de su ubicación en la ciudad durante estos primeros días, aunque Elena está siempre presente y su voluntad de traerla no ha disminuido por un instante. Tiene comunicación con sus amigos en Miami y con su tío que lo mantiene informado de cuánto acontece en Cuba. A la primera oportunidad que se le presente para buscar a su mujer, está dispuesto a dejarlo todo y hacer lo imposible para traerla. Así se lo ha hecho saber a Elena en sus cartas y las pocas veces que ha podido comunicarse por larga distancia. Elena ha tratado de disuadirlo de cualquier locura, como la de ir a buscarla en un bote. Le recuerda constantemente lo que le ha pasado a su padre sólo por ser amigo del pescador de Cojímar. Le ha pedido comprensión, pero Felipe se ha mantenido intransigente y se ha negado a aceptar la separación como algo irreversible. «No es que quiera sentarme frente al mar a inventar rescates heroicos, de hecho estoy muy lejos de Cuba y con planes de estudio; es la fuerte determinación que tengo en mi alma de no abandonarte, Elena, de no perderte para siempre».

* * *

En aquel tiempo existía en Columbus el mejor restauran-

te polinesio del país, el «Kahiki Supper Club», en el cual todos los días se llenaba la hoja de reservaciones con clientes
dispuestos a disfrutar de una exótica comida y de un ambiente auténtico de «los mares del sur». Uno de los dueños
que solía pasar los inviernos en la Cuba de los años cincuenta había hecho amistad con una familia adinerada de La
Habana. Tan pronto comenzó el éxodo cubano, dos hijos de
esa familia al tener que emigrar a Estados Unidos, le solicita-
ron trabajo y el americano se los ofreció de inmediato. En
menos de un año, estos hermanos se convirtieron en el primer eslabón de una cadena de coterráneos que llenó el restaurante del ingenio y de la alegría de los cubanos. No
solamente trabajaban allí cubanos, sino también chinos,
griegos y japoneses. Otros países, en menor escala, también
tenían su representación.

Felipe consigue trabajo de *bus boy* (ayudante de mesero),
y le entregan una camisa polinesia de color azul y flores
blancas. Su trabajo consiste en mantener las mesas limpias,
colocar cubiertos y servilletas, servir el agua, y ocuparse del
té y el café. Tiene que entrar a trabajar todos los días a las
tres de la tarde, con el domingo de asueto. En Ohio, la ley
no permite consumir bebidas alcohólicas ese día, y el restaurante cierra sus puertas. Antes de abrir al público a las cinco
de la tarde, los *bus boys* tienen que preparar las lámparas de
keroseno de las mesas, limpiar los ceniceros, llenar los sale-
ros y pimenteras, preparar las toallitas calientes y perfuma-
das de jazmín que dan a los clientes para limpiarse las
manos, mezclar las diferentes salsas para los *hors d'oeuvres*, y
pasar la escoba por el comedor. El sueldo es el mínimo, pero

se compensa con un porcentaje que les dan los camareros de las propinas recibidas. Una vez a la semana Felipe tiene que trabajar hasta la madrugada en el cierre del restaurante y estar seguro que el comedor quede en orden.

El dinero que gana Felipe en el restaurante es igual al que ganaba en Miami trabajando dieciséis horas diarias, y le brinda la oportunidad de aprovechar gran parte del día para dedicarse a los estudios.

Ha hecho amistad con sus compañeros de trabajo, los cuales le aseguran que cuando lo promuevan a camarero le va a sobrar el dinero para lo que quiera hacer. A Felipe le gustaría independizarse completamente de Ricardo. No es que se sienta a disgusto en su casa, todo lo contrario, pero es que con sus veintiún años piensa que necesita asumir todas sus responsabilidades.

Ricardo le ha hablado de Ohio Dominican College, una escuela católica pequeña y muy cerca del Kahiki. No hace mucho habían establecido, a través de la Universidad de Pittsburgh, un programa para atraer alumnos extranjeros, y están aceptando y convalidando los créditos obtenidos en sus universidades.

Felipe tiene consigo copias de sus notas de Derecho que cursó en la Universidad de La Habana. Ricardo le asegura que se las van a aceptar y que, en dos o tres años, podrá obtener el título de *Bachelor* para luego continuar la carrera de Leyes en *Ohio State*. «No, yo no pienso ejercer Leyes en este país», le dice Felipe a Ricardo. «Estudiar otro tipo de código que no sea el romano es absurdo. El título no me serviría para nada una vez de regreso a la patria. Las leyes son completamente distintas. Lo más práctico es estudiar algo que me pueda servir en cualquier país, como hiciste tú estudiando Medicina». Conversan y discuten todos los ángulos de las carreras, con las dificultades que cada una presenta y las inclinaciones de Felipe. En una cosa están de acuerdo: Hay que obtener un título de una universidad acreditada para poder abrirse paso. Lo importante es «el *Bachelor*», después... ¿quién sabe qué pasará?

INTEGRACIÓN Y DESARRAIGO

Muy pocos cubanos se enteraron de que los planes de derrocar al gobierno comunista de Cuba por parte de la Casa Blanca terminaron oficialmente la mañana del 22 de enero de 1964. El Segundo Teniente del Ejército de los Estados Unidos, Eneido Oliva, antiguo jefe militar de la Brigada 2506, fue llamado por la secretaria de Robert Kennedy para coordinar una entrevista con el Presidente Lyndon B. Johnson. La reunión duró unos escasos dieciséis minutos pero fue lo suficiente para que Oliva fuera informado por el Presidente Johnson sobre la eliminación del «Programa Presidencial Especial para los Veteranos de Playa Girón». Más tarde, Oliva fue llevado al Pentágono donde el Secretario de Defensa, Robert McNamara, le confirmó lo dicho por el Presidente Johnson. Las estrechas relaciones que hasta ese momento se mantenían entre La Brigada de Asalto 2506 y la Casa Blanca llegaron a su fin, y con ello se derrumbaron las promesas hechas por el Presidente John F. Kennedy de ondear la bandera de la brigada en una Habana libre.

Mientras esto ocurría, Felipe había alquilado un pequeño apartamento de un cuarto cerca del Kahiki, gracias a su ascenso en el trabajo a la categoría oficial de camarero. Esto no sólo le daba un rango más elevado que el de *bus boy*, sino que le duplicaba la entrada de dinero debido a las cuantiosas propinas que recibía de los clientes. También había logrado matricularse en una universidad católica que le había convalidado sus notas de Cuba y le garantizaba el diploma de *Bachelor in Arts* en sólo cinco semestres. Ricardo le ofreció repetidas veces sufragar los costos de matrícula, pero Felipe se sentía incómodo con tantos favores, y prefirió pedir un préstamo especial que el gobierno americano concedía a los cubanos, el *Cuban Loan*, con facilidades de liquidar la deuda una vez graduados.

Las cosas marchan bien. Gracias a la mala memoria que nos ayuda a seguir viviendo y a enfrentar cada día sin que nos acosen los fantasmas del recuerdo, Felipe está tranquilo y contempla el futuro con optimismo. Tiene sus metas claramente trazadas. Va a graduarse de *college* y a convertirse en profesor de español. El contacto directo con la clientela y los olores del Kahiki le hacen soñar con llegar a ser propietario algún día de un restaurante estilo español. Columbus carece de ese tipo de establecimiento y se ve a sí mismo dándoles la bienvenida a los clientes como hacía *Rick*, el héroe de la película *Casablanca*. Todos los días se abriría el telón para que la función empezase: «Señoras y señores... ¡*Show time*!»

* * *

Ohio Dominican College queda a unos veinte minutos de su apartamento. Se ha comprado un VW verde, modelo *Beetle*, en el cual se transporta a las clases por las mañanas y al Kahiki por las tardes. Estudia cuando puede, generalmente por las noches y todos los fines de semana. Se ha comprado un diccionario «*English-Spanish*» y desde que llega al apartamento no lo suelta un instante. Lo que normalmente le puede tomar a un estudiante anglo leer un libro, a Felipe le toma el doble o el triple, pero una vez que fija la palabra en su mente, no se le borra. El inglés que sabe Felipe es el que aprendió en el bachillerato estudiando el libro de Jorrín y tan pronto llegó a los Estados Unidos se convenció de que sólo le servía como una pequeña base y nada más. Como decía el *ZigZag*, el periódico humorista de la época: «No todos los niños se llaman *Tom*, y *Tom and Mary* no siempre están en la clase». Tomó un curso de Sociología y quemándose las pestañas con el diccionario, estaba promediando «*A*», hasta que el último día de clase notó con extrañeza que todos sus compañeros estaban absortos repasando las notas de clase y tuvo un mal presentimiento. Le preguntó a un compañero el motivo del repaso y éste le contestó que era por el examen.

—Which exam? —preguntó Felipe.

—*Didn't you hear the professor decided to change the date last week?* —respondió el compañero. Felipe no había entendido lo que había dicho el profesor de cambiar la fecha y no se había preparado para el examen. Se sintió frustrado con deseos de terminar ahí mismo su carrera universitaria, pero hizo un esfuerzo y se sentó a tomarlo. La nota final fue una «C» lo que le dio a entender que, gracias al promedio excelente que tenía acumulado, pudo aprobar la asignatura.

Experiencias nuevas se suceden a diario. El sistema norteamericano de estudio es completamente distinto a lo que Felipe había experimentado en la Universidad de La Habana. Las aulas tienen pocos estudiantes y el profesor no es el inaccesible, ilustre y altanero sabelotodo que había conocido en Cuba. Los exámenes son algunas veces fuera del aula, sin que exista supervisión. El profesor muchas veces sale del salón y deja a los estudiantes terminar el examen bajo el código de honor. Felipe no lo puede creer. La primera vez que lo dejaron solo en un aula pensó: «Ahora es cuando empieza la "copiadera"». Para su asombro, nadie se movió de su asiento y se hizo un silencio incomprensible. Otro día, el profesor de Teología dividió su clase en dos grupos para tomar el examen en la biblioteca. Felipe fue del primer grupo y mientras trabajaba en una pregunta se le acercó una muchacha del segundo grupo y le preguntó si el examen estaba difícil. Felipe malentendió que quería que la ayudara y le extendió las preguntas para que las viera. Ella cerró sus grandes ojos negros y le dijo, «*I don't want to see them*». Irene era una estudiante sobresaliente. Se pasaba los ratos libres entre una y otra clase estudiando en la biblioteca. Felipe la había visto en su clase de Filosofía y se había fijado en ella por la brillantez de sus respuestas en los debates filosóficos, y además por su belleza. No sabía que hablaba español porque su apellido era Wilson y su inglés no tenía otro acento que no fuera el de Ohio. Ese día en la biblioteca, después de no aceptarle las preguntas del examen, le habló en un perfecto español con cierto dejo madrileño. Felipe se quedó tan sorprendido que no atinó a decir una frase interesante en toda la conversación. Supo que Irene era de padre norteamericano y madre española, pero nacida y criada en Columbus. Desde ese momento se hicieron buenos amigos y ella se brindó para ayudarlo con el inglés. Felipe le dijo de inmediato que estaba casado y le contó su vida con la mayor honradez. A ella le pareció el cubano algo exótico para Columbus, pero lo suficientemente genuino como para ofrecerle su amistad. Lo encontró buen mozo y con mucho sentido del humor. Se lamentó de su mala suerte al haber encontrado a un chico tan interesante, pero casado, y no lo agregó a su lista de candidatos amorosos. Tuvo una premonición de que algo lastimero le podría ocurrir con este muchacho tan diferente a todos los que había conocido anteriormente. Decidió mantener la relación, pero cuidándose mucho de no sobrepasar los límites impuestos por las buenas costumbres y el sentido común.

* * *

—¿Qué es de la vida de Elena? —Le pregunta Pili a Felipe mientras le prepara un café cubano en la cocina de su casa.

—Todo es una desgracia. El padre no va a salir de la cárcel. Robertico y David están estudiando en la Secundaria Básica y han tenido forzosamente que integrarse al sistema. Sofía sigue muy enferma y la pobre Elena batallando con todo esto. Me dijo hace un mes, la última vez que pudimos hablar por teléfono, que ha vuelto a ingresar en la universidad —le contesta Felipe, observando cómo Pili le sirve una tacita de café cubano.

—Ella estudiaba Ciencias Comerciales que es el equivalente de nuestro *Business Administration*, ¿verdad?

—Sí, pero me imagino que esa carrera no tiene sentido en la Cuba de ahora, al menos para ella.

—¿Y qué está estudiando?

—Humanidades, creo. Ese es el otro lado de su cerebro: la pasión por el arte y la literatura.

—En eso somos iguales. Yo podría estar toda la vida leyendo novelas o poemas. Desde que era pequeña me gustaba escribir, lo mismo un poema que cartas a personajes imaginarios. Poco me faltó para estudiar Filosofía y Letras, pero me dejé llevar también por el otro lado del cerebro que resultaba más práctico y matriculé Farmacia. ¿Quién sabe si metí la pata?

Felipe ha terminado la taza de café y enciende un cigarro. Pili se ha excusado para atender a su hijito que acaba de despertarse y está llorando. Felipe contempla el humo del cigarro esparcirse por la cocina y piensa: «Irene y Elena, ¡Qué dos personas con mundos tan diferentes! Pudieran haber sido las grandes amigas si hubieran veraneado juntas en San Jacinto».

* * *

Elena está atrapada. La revolución le está pasando por delante como en una parada. La diferencia es que la parada no termina y nadie limpia las calles de serpentinas y confeti. La revolución se ha consolidado. Al que no esté con ella no le queda otro camino que no sea el de salir del país o adaptarse al sistema y asumir la doble moralidad. Hay que salir del infierno porque no se puede cambiar el infierno. El que esté imposibilitado de hacerlo, como ella, tiene que aprender a sobrevivir entre las llamas.

Elena ha podido regresar a la universidad gracias a una prima segunda de su madre que funciona como Decana de la Facultad de Humanidades. En una entrevista que se extendió por varias horas, Elena convenció a la pariente de que va a cooperar con la revolución, que su padre es inocente por completo del cargo que se le ha imputado, y que ella no va a abandonar el país; que su matrimonio ha sido una equivocación y que va a iniciar los trámites de divorcio. En realidad, no le había resultado tan difícil la entrevista. Su padre era inocente y pudo demostrar que nunca se presentó prueba alguna en su contra. Presentó el permiso de salida anulado por ella misma. Cooperar con la revolución era parte de subsistir y ya su cerebro lo había procesado como la única alternativa. Aunque se quedó sorprendida cuando le hicieron discutir su matrimonio, habló de Felipe todo el tiempo sin que se le dibujara en la cara la sombra sutil de la mentira. Era cierto que le había pedido a Felipe que reorganizara su vida sin ella, pero la palabra «divorcio» era la primera vez que salía de sus labios. «No es justo que Felipe esté comprometido para siempre por unos votos que se hicieron de carrera frente a un notario. Tiene una vida por delante. Si está de Dios que algún día nos reunamos, Él lo propiciará». Con estos pensamientos, Elena puso fin al dolor que le causara la palabra «divorcio» y a la semana siguiente se estaba matriculando en la Facultad de Humanidades.

El primer paso del examen de ingreso a la Universidad consistió en escribir una composición sobre «La Emulación

Socialista». Cuando Elena se enfrentó al papel en blanco, su mente estaba más blanca que el papel, pero encomendándose al Espíritu Santo, pudo recordar las veces que había oído ese término en la televisión, y fue capaz de llenar la hoja con las consabidas consignas que el régimen trataba de inculcarles a los trabajadores de la producción para estimularlos en su labor. Su ensayo fue aceptado sin ningún reparo por el comité de admisión.

Pese a haber tenido que ir con sus compañeros de clase, la mayoría de ellos checos, búlgaros, chinos, y hasta algún americano trasnochado, a sembrar caña en los campos, montada en camiones con hedor a plasta de ganado, Elena ha tenido la oportunidad de regar su alma con las sinfonías de los clásicos de la literatura. Ha leído a Shakespeare, a Molière, a Cervantes, a Goëthe, a Dante... Quiere ser profesora de literatura o bibliotecaria, o quizás traductora o curadora de museos. Ha obtenido la nota de Sobresaliente en casi todas las asignaturas, incluyendo Materialismo Dialéctico e Histórico con su esotérica ley de «la negación de la negación» que tanto la confundió. Elena nunca pudo comprender el ejemplo marxista de cómo la semilla negaba al árbol para convertirse después en otro árbol que negaba a la semilla. Para Elena, la semilla afirmaba su propia potencia de ser árbol. ¿Cómo se podía negar los logros de la sociedad capitalista para convertirla en una sociedad socialista? La sociedad capitalista tenía el potencial humanista necesario para convertirse en una verdadera democracia. «La negación de la negación» más bien se le asemejaba a las intrincadas razones compuestas por Feliciano de Silva que hicieron enloquecer a Don Quijote: «*La razón de la sinrazón que a mi razón se hace, de tal manera mi corazón enflaquece, que con razón me quejo de vuestra fermosura*».

* * *

El Kahiki se ha convertido en la segunda casa de Felipe o quizás en la primera. Es donde comparte con los cubanos que trabajan allí las nostalgias del exilio. De cuatro a cinco de la tarde se sientan todos los camareros cubanos en una mesa redonda, la más grande del restaurante, a doblar servilletas y a afianzar su identidad. Se hace un recuento del día anterior, se discuten las pocas noticias que vienen de Cuba, y se ríen y divierten con cuanto les acontece en el trabajo. Hay un *bus boy* que se llama Juan que no habla una palabra de inglés. Una noche estaba trabajando para un camarero griego llamado *Spiros* y un cliente le pidió que le trajera la cuenta: «*May I have my bill, please?*», a lo que Juan respondió, «*Bill no your waiter, Spiros your waiter*». Otro día le preguntaron por el baño: «*Where is the restroom?*» y Juan entendió: «*Where are you from?*», a lo cual contestó sin inmutarse: «*From Bolondrón*».

Los hombres como Juan, y otros que venían de diferentes países y distintas culturas sin saber el idioma, encontraban trabajo como *bus boys* hasta que pudieran comunicarse en inglés. A los griegos y a los orientales les era más difícil porque tenían un alfabeto diferente y para anotar los diversos platos en las cuentas tenían que usar el alfabeto romano. Los camareros veteranos se encargaban de enseñarles las palabras clave del oficio para ayudarlos. Felipe se reía a carcajadas con un habanero que se burlaba constantemente de los clientes describiéndoles la comida en español. Los americanos encontraban las explicaciones incomprensibles pero exóticas y las aceptaban encantados moviendo la cabeza afirmativamente en señal de admiración: «Exquisitas bolitas de mierda», decía el habanero mientras servía unas albóndigas hechas de puerco y camarón. Había otro cubano que era de Guanabacoa y le apodaban el Babalao. Todas las tardes, antes de comenzar el trabajo, llenaba un vaso con agua y le ponía una flor. Les decía a todos que era su madre, la cual siempre lo acompañaba. Un día en que Juan se olvidó del rito del Babalao, puso el vaso en una bandeja y se la llevó a la cocina. Otro camarero cubano, al darse cuenta del sacrilegio, corrió a gritarle: «Babalao, apúrate, que te llevan a la vieja p'al fregadero».

Los cubanos del Kahiki eran el único contacto que tenía Felipe con sus raíces. La universidad y los estudios acaparaban su vida. Los domingos estudiaba el día entero y, cuando podía, hacía un pequeño espacio para visitar a Ricardo y a Pili, que no se cansaban de invitarlo a su casa.

* * *

Después del trabajo, Felipe se dispone a regresar a su apartamento cuando Matsuko, una de las japonesitas que trabajan en el bar, le pide que la lleve a su casa. Ya en el automóvil, Felipe siente que ha sido invadido por los olores ancestrales de la hembra en celo. Los gestos extremadamente femeninos, la sonrisa invitadora al misterio de la noche y un perfume delicado que no puede identificar le despiertan la esencia de hombre que ha tratado de domar en estos meses de abstinencia sexual. Matsuko tiene un apartamento decorado al estilo japonés, con muebles muy sencillos, luces tenues y cuadros con paisajes de la naturaleza en armonía. La japonesita le invita a quitarse los zapatos y a ponerse cómodo mientras le prepara un té. Felipe ha cerrado los ojos y trata de descansar su mente cuando siente en el cuello las manos de Matsuko.

—*If you allow, I give you massage. You very tense. I good at that. You no sorry...* —dice Matsuko en su escaso inglés.

—*My body is yours. I need it.*

Las manos de Matsuko recorren el cuerpo de Felipe con delicadeza y precisión. Lo ayuda a quitarse la camisa, luego las medias y el pantalón. Felipe se deja llevar por los dedos expertos de quien se imagina una *geisha* y apenas nota que se ha quedado en calzoncillos y que tiene ante sí a la japonesita completamente desnuda.

Han pasado a la cama y sin mediar palabras se entregan al placer. La japonesita es toda una maestra en el arte milenario de hacer el amor. En los primeros minutos le ha enseñado variantes nunca antes conocidas por Felipe. Cuando percibe el *crescendo* que precede al clímax, lo aparta suavemente, inventándole una caricia apaciguadora que lo regresa a la cadencia inicial de los suspiros, desde donde lo envuelve en un nuevo giro corporal, susurrándole al oído palabras en japonés de musicalidad erótica que combina sabiamente con palabras tiernas en inglés.

Con el último aliento, Matsuko se ha quedado dormida. Felipe piensa en marcharse, pero decide esperar un poco.

«Me siento como todo un *shogun*... ¡la japonesita se las trae! Le dije: "Mi cuerpo es tuyo" y ella aceptó. No tengo porqué sentirme mal... Elena sigue siendo mi mujer, mi único amor».

Se levanta y se pone la ropa apresuradamente. Sin hacer ruido, sale del apartamento y cierra la puerta.

* * *

El año 1964 corre velozmente. Felipe comienza a obtener las mejores calificaciones de la clase, gracias a que ya no pierde tanto tiempo usando el diccionario y a que Irene lo ayuda corrigiéndole el inglés en la redacción de los trabajos escritos. Algunas veces Irene viene a comer al Kahiki con unas amigas y le pide al *maître d'* que las siente en la mesa de Felipe. El 31 de diciembre de ese año, Irene se le aparece en el restaurante casi llegadas las doce. Se sienta sola en una de las barras y ordena una copa de champán. Cuando Felipe se da cuenta de su presencia, se apresura a saludarla:

—¿Qué haces aquí? —le pregunta Felipe sorprendido.

—No me estaba divirtiendo para nada en la fiesta que estaba y quería ver cómo le iba a un cubanito que conozco de la escuela —le contesta Irene con toda la picardía que le facilita la copa de champán.

—Si esperas a que cerremos, te invito a otra copa —le dice Felipe guiñándole un ojo.

Irene acepta la oferta complacida, y cuando cierran el restaurante se van los dos a una especie de cabaret que se llama The Desert Inn, justo enfrente del Kahiki.

Sentados en una mesa cerca de un piano están los dos.

Irene está radiante con un vestido negro y un collar de perlas. Gracias al invierno, la camisa de camarero hawaiano de Felipe se oculta dentro de una chaqueta gris que no se ha quitado. Se ríen, se burlan de los amigos aburridos que Irene dejó en la fiesta y vuelven a reírse sin saber por qué. Hay algunas parejas con gorros alegóricos al 1965 bailando muy cerca de ellos. Felipe se levanta de la mesa, le coloca uno de esos gorros a Irene y la invita a bailar.

El contacto inesperado con la mejilla de Irene lo estremece. Es la primera vez, desde que llegó a los Estados Unidos, que tiene en sus brazos a una mujer que considera de la misma clase de su esposa, una mujer bella, encantadora, que le gusta, que es inteligente, bonita y educada. Anteriormente había tenido noches de sexo, pero no había habido pasión. Ahora es distinto. Irene es otra cosa. Es su amiga, su compañera, alguien con quien podría casarse y tener familia. Sin embargo, él no es un hombre libre y no quiere complicarle la vida. Una creencia fuerte en su código moral lo ha llevado a seleccionar sus encuentros carnales para poder dormir en paz con su conciencia, pero no solamente es la mejilla de Irene la que está pegada a él, son además sus muslos, sus caderas, su pecho. El aliento de Irene le acaricia el cuello y su voz le susurra al oído la letra de la canción que están bailando: «*I got you under my skin*». Es demasiado, las hormonas se han posesionado de su cuerpo y tiene una bochornosa erección. «Creo que la ha sentido. Esto es un papelazo», piensa Felipe. Para su asombro, Irene se arrima más a su cuerpo y deja que el ritmo de la música se encargue del movimiento sutil de sus caderas. Felipe ha cerrado los ojos y ha aguantado la respiración para tratar de controlarse, como acostumbraba a hacer cuando era un adolescente y le sorprendía una erección en un momento inoportuno, pero pierde la batalla y se entrega a la pasión que lo embarga. La pieza termina y regresan a la mesa. Irene lo mira con dulzura y apretándole la mano le susurra al oído: «¡Feliz Año, Felipe! *You're a great guy!*».

Una vez solo en su habitación, Felipe no puede conciliar el sueño. «¿Qué habrá querido decir Irene con que soy un gran tipo? ¿Habrá querido decirme que soy un *comemierda*?» Esta pregunta se la hace repetidamente y, por más que la analiza, no logra saber si se lo ha dicho con lástima o con admiración.

* * *

El año nuevo marca el comienzo del segundo semestre de Felipe en el *college* católico. En dos años tendrá su título de *Bachelor* y está considerando solicitar una beca para estudiar el *Master* en Literatura Española. No quiere olvidar su idioma ni su cultura. Ganarse la vida enseñando español decididamente estaba muy lejos de sus planes cuando estudiaba el bachillerato, pero la situación es bien distinta ahora. La carrera de Leyes en los Estados Unidos requiere una perfección del inglés que no posee. Piensa que si se hubiera quedado en Cuba, tampoco hubiera podido terminarla. Todo pertenece al estado y los litigios son resueltos por decretos administrativos. Tampoco hubiera podido desarrollar la finca de su padre que es en estos momentos una de las cooperativas que administra el gobierno. Su padre le ha dicho que el marabú se ha extendido por todos los terrenos y que han hecho muy poco para tratar de extirparlo. Felipe siente que el universo giró y no contó con su opinión.

Por primera vez, en su interior, ha llegado a la terrible verdad: no hay regreso. Está convencido de que va a vivir el resto de su vida fuera de Cuba y que sus raíces van a desaparecer si no conserva su idioma. Sin embargo, es preciso integrarse a la nueva cultura. Cada vez que recibe una carta de Elena o de sus padres, nota que la isla se le aleja y se le desfigura más. Todo ha cambiado en unos años y él no ha sido parte del proceso. El «Mozambique» de Pello el Afrocán, las canciones de «Los Meme», y toda la avalancha de nuevos grupos musicales que han surgido en Cuba, aún las nuevas y odiadas consignas revolucionarias, no han contado con él. La música americana que escucha por la radio cuando conduce su *Beetle* no le inspira emoción alguna y a duras penas entiende la letra. Se ha quedado sin música propia. Es un animal en peligro de extinción, algo que va a desaparecer en un corto plazo... sin raíces, sin cultura, sin música, sin alma.

* * *

Elena acaba de llegar de la universidad y va directamente al cuarto de su madre a darle un beso. Sofía está sentada en un balance que perteneció a su abuela y que, pese a haber sido encolado en distintas ocasiones y maltratado por el paso de los años, todavía conserva su aspecto señorial. Ha terminado de zurcir unas medias de sus hijos y de recorrer con sus ojos toda la habitación tratando de captar en los matices del silencio la voz de su marido. La llegada de Elena le interrumpe su melancolía trasladándola de inmediato al quehacer de la casa. No ha preparado todavía la comida esperando por la ayuda de su hija. Se le dificulta mucho permanecer de pie, y lo que más le preocupa es que tiende a confundir los pocos condimentos que tiene para sazonar los alimentos. En varias ocasiones le ha puesto sal al café. La primera vez que lo hizo fue objeto de las bromas de su familia y todos rieron la gracia, pero desde entonces ha notado con alarma que los objetos de uso diario se le pierden como si tuvieran vida propia y decidieran irse de paseo por todos los rincones de la casa.

—Elena, por favor, ¿sabes dónde he puesto los fósforos? —le pregunta a su hija mientras escudriña en las gavetas de la cocina.

—Creo que los últimos se usaron o no servían, como siempre. Para poder encender uno hay que gastar el paquete entero —le contesta Elena con resignación.

Sofía ha sacado una gaveta del gabinete y la ha colocado encima de una tarima de mármol que les sirve a veces de mesita de comer o de mesa auxiliar para preparar los alimentos antes de cocinarlos. Las dos mujeres revisan la gaveta buscando algún fósforo extraviado cuando aparece ante sus ojos, pese a haber estado olvidada por muchos años, una caja reluciente de fósforos *La Estrella*.

—Mira esto, Mamá: ¡unos fósforos *La Estrella*! —exclama Elena con la boca abierta de incredulidad.

Las dos se han quedado extasiadas abriendo y cerrando la caja. Elena toma un fósforo y, después de contemplarlo y de sentir la dureza y firmeza de su consistencia, lo raya en la parte rasposa de la caja. Al primer golpe, una llama decidida y fuerte se prende del palito de madera que sostiene Elena entre sus dedos, produciendo un esplendor que hacía mucho tiempo no habían presenciado.

—Se me había olvidado por completo que teníamos estos fósforos antes. Y lo más triste es que no hace mucho que desaparecieron. ¿Cuántos años, Elena?

—Yo te diría que no más de cinco pero se me he habían olvidado por completo, como si nunca hubieran existido. Mamá, es como si la revolución nos hubiera lavado el cerebro de todas las cosas sencillas y buenas que teníamos antes. ¿Te has fijado bien cómo encendió? Si esto nos sorprende a nosotros, imagínate ¡cómo será con mis hermanos que se están criando en esta basura!

Elena no puede dejar de pensar en Felipe y en la situación en que ella se encuentra: amarrada, sin poder desprenderse de su familia. Ha podido ver a su padre en muy pocas ocasiones. Lo han cambiado de prisión varias veces y ahora lo han trasladado a la cárcel de Boniato en la provincia oriental, haciendo aún más difíciles las visitas. Desde que tomó la decisión de renunciar a la salida, ha estado luchando con su corazón desesperadamente. «Si algo tiene de positivo que los fósforos de ahora nunca enciendan, es que te hacen olvidar los que sí tuvimos y siempre encendían. Llegará el día en que San Jacinto, nuestro hotelito de la Calzada del Cerro, y aún la voz de Felipe se conviertan, como diría Góngora, *"en tierra, en polvo, en humo, en sombra, en nada"*...».

* * *

El mes de septiembre es el comienzo de la vida en los estados del norte. Las escuelas vuelven a abrir las puertas, el calor del verano se va alejando y las primeras brisas precursoras del otoño comienzan a sentirse. La ciudad de Columbus tiene un equipo poderoso de *football* en la universidad del estado, y la ciudad entera gira a los acordes de su programa de juegos. Camisas rojas y grises con los letreros de *OSU* se ven en todas partes. La ciudad toma vida, despertando de su letargo estival para lanzarse de lleno a la apertura del curso escolar y a la llegada de este deporte mágico que tiene la virtud de unir a todos los habitantes por cuatro meses de militancia fanática. Después se afirma el invierno, callando los recuerdos de la temporada y eventualmente abriéndole paso a la primavera y luego al verano, para así completar el ciclo de la naturaleza en esta tranquila ciudad del Medio Oeste.

Irene Wilson, con sus grandes ojos negros, expresivos y vivarachos que acompañan a una piel blanca y un pelo negro y largo que oculta a veces en un moño, cada día llena más la vida de Felipe. Se ven en la universidad constantemente, almuerzan juntos, estudian en la biblioteca, van a los juegos de *football* de Ohio State. Un domingo, después de haber ido a misa, se fueron a un *picnic* con unos compañeros del *college*. Después de tomar unas cervezas, el pequeño grupo decidió jugar un amistoso partido de *touch football*. Irene fue escogida por el equipo contrario. Entre risas, bromas, empujones y a veces aparatosas caídas, jugaron lo suficientemente en serio como para ganar. El juego estaba por decidirse cuando Felipe atrapó un pase cerca de la línea imaginaria del *touch down* y al disponerse a correr hacia el *goal*, Irene, como saliendo de la nada, lo «tacleó» y le hizo perder el equilibrio, rodando los dos por la yerba.   Felipe soltó la pelota y se mantuvo abrazado de Irene por un buen rato hasta que los demás jugadores vinieron a separarlos haciendo comentarios insidiosos.   El partido continuó hasta la hora fijada sin ganadores ni perdedores, y el grupo se quedó hasta el oscurecer tomando cervezas y cantando desafinadamente.   Ese día Felipe llegó a su apartamento completamente decidido a tomar una resolución.   Volver a tener a Irene en sus brazos significaba la posesión de algo existente, tangible, de un ser muy especial que lo comprende, que lo atiende.   Una mujer bella e inteligente que le ha brindado alegría, ternura y tranquilidad.   Una mujer que tiene a su alcance en cualquier momento, y se le presenta llena de olores, de colores y de movimiento.   Elena es una foto gris en un lugar remoto, en un tiempo perdido...

UNA APERTURA

Felipe ha recibido una llamada telefónica sorpresiva de su tío desde Miami. El gobierno cubano ha dicho que, a partir del 10 de octubre, el puerto de Camarioca abrirá sus puertas para recibir a cualquier embarcación de exiliados que quieran ir a Cuba a recoger a sus familiares. El tío le cuenta que toda la ciudad de Miami está viviendo un frenesí y que ésta es una oportunidad única. Aunque Felipe está en época de *mid-terms*, y puede perder el curso, piensa igual que su tío: «el momento ha llegado para persuadir a Elena y sacarla de Cuba junto con Sofía, Robertico y David. No se puede hacer nada por Roberto. En ocho años saldrá de la cárcel y para ese entonces ya sus hijos serán ciudadanos americanos y podrán reclamarlo con mayor facilidad».

No puede perder tiempo: aunque el gobierno ha prometido seguridad para todos los exiliados, las cosas en Cuba pueden cambiar de un momento a otro. Lo primero que hace es avisarles a Ricardo y a Pili. Ricardo le dice que reclame también a sus padres y le ofrece todo el dinero que le haga falta. A Pili que, como mujer inteligente, está bien al tanto de los sentimientos de Felipe con respecto a Irene, le parece que esta es la oportunidad dorada para resolver de una vez y para siempre el conflicto sentimental que ha visto crecer cada día ante sus ojos. No ha hecho falta ninguna confesión. Pili ha observado la alegría de la pareja cuando los ha visto juntos, y la tristeza de Felipe en su apartamento, esperando por cartas que casi nunca llegan y por llamadas que, cuando se logran, se cortan inexplicablemente. Esto es más que suficiente para respaldar su decisión de ir a buscar a su mujer.

Por los terrenos de Ohio Dominican College corre un riachuelo rodeado de gigantescos árboles y de diferentes flores, unas cultivadas y otras que crecen salvajes, de colores lila y amarillo. A un lado del riachuelo hay varios bancos donde los estudiantes se sientan a estudiar o simplemente a contemplar el paso de las horas. Felipe ha citado a Irene para encontrarse en ese lugar después de la última clase de la mañana. Irene piensa que Felipe ha traído el almuerzo y quiere compartirlo con ella como ha sucedido en varias ocasiones.

La vida se repite como si fueran diferentes escenas de una obra de teatro. La imagen de Felipe sentado en el banco del jardín del *college* es la misma que la de hace tres años en el Parque Central de La Habana. Han cambiado la escenografía construyendo un jardín con árboles frondosos junto a un riachuelo que corre entre piedras grises. Le han puesto al actor un poco de maquillaje para que luzca más maduro. El ceño fruncido debe mostrar la misma angustia: Cuba... sólo que la ansiedad de entonces por escapar es ahora la de querer regresar...

Irene se sienta a su lado y de inmediato adivina la seriedad de la situación.

—Voy a ausentarme de Columbus por dos o tres semanas. Existe una oportunidad de regresar a Cuba para recoger a los familiares. Me voy para Miami a comprar o alquilar un barco y reclamar a mi mujer. Mi tío me ha dicho que hay que apresurarse porque todo puede cambiar y los primeros que lleguen van a tener mejor oportunidad de traer a sus familiares —le dice Felipe a Irene mirándola fijamente sin mediar apenas saludo alguno.

—¡Caramba con la noticia! Sabía que algo grave pasaba tan pronto te vi la cara —le contesta Irene tratando de permanecer calmada.

—No sé lo que va a pasar. No sé si podré convencer a Elena, pero tengo que hacer el intento. ¿Tú dejarías a tu padre preso para irte con tu esposo a otro país?

La pregunta toma a Irene por sorpresa. Aunque siempre ha estado debatiendo sobre este dilema, su mentalidad pragmática ha prevalecido siempre. «Elena tenía que seguir a su marido. Felipe tenía que divorciarse si ella no lo seguía. La vida es dura y a veces cruel, pero hay que saber adaptarse». Estos pensamientos nunca han salido de sus labios. No ha querido influenciar en su amigo. Ahora él espera una respuesta.

—No sé lo que hubiera hecho. Quizás no dejaría a mi padre. Sí... no lo dejaría. Elena hizo lo que tenía que hacer —contesta Irene, decidida. Irene acaba de tener una reacción contradictoria. De repente ha dado una opinión distinta a lo que siempre había creído, una opinión que le ha brotado espontáneamente. Su pragmatismo ha rodado por el suelo y se ha visto como en una película de la Segunda Guerra Mundial, donde la heroína se despide de su amado con lágrimas en los ojos para cumplir con su deber.

Se abrazan y los labios de Felipe rozan los de Irene. Se miran y una lágrima asoma a los ojos de ella. Felipe saca su pañuelo y suavemente se lo pasa por la cara.

—Irene, quiero que tú comprendas lo que estoy haciendo. No me respondas nada; sólo escúchame: tú eres muy importante en mi vida. No quiero perderte... pero estoy casado y necesito a mi mujer. No contaba con que te iba a encontrar. La vida me sigue poniendo trampas.

Con esas palabras de despedida Felipe ha dejado a Irene sin poder moverse, sola en el universo de las dudas, en el misterio de los sentimientos que se le embrollan convulsivamente. Lo ve alejarse y perderse en una esquina del jardín. «Felipe me ha dicho que soy importante en su vida y que no me quiere perder. No contaba con conocerme y dice que la vida le ha puesto trampas. Esto en Felipe es una declaración de amor. Bien sabía yo cuando lo conocí que esta amistad no me convenía. Si trae a Elena, sería lo mejor para ellos dos. Yo desaparecería... o quizás no. Sería la amiga americana que lo ayudó en sus estudios y nada más. Eso es: nada más. Nada ha pasado entre nosotros. No tengo porqué desaparecer. ¡Ay, Dios mío!, ¿por qué lo querré tanto?»

* * *

El gobierno cubano necesita saber quiénes son los cubanos que van a ir a Camarioca a recoger a sus familiares, el

nombre de la embarcación y la lista de las personas a reclamar. Para estos menesteres hay que enviar un telegrama a
Cuba. Felipe se ha puesto en comunicación con Silvera, su
compañero en el ejército, y éste se le ha ofrecido para ayudarlo en todo, incluso acompañarlo. Silvera tiene a sus padres y a una hermana en La Habana y piensa que podrían
comprar el barco entre los dos. Para Felipe esto es un buen
inicio porque Silvera conoce de navegación. El único problema es que ha estado envuelto en varias operaciones en-
cubiertas de infiltración dirigidas por la CIA en Cuba,
llegando inclusive a quemar centrales, y esto posiblemente
lo sepa la inteligencia del gobierno y les nieguen el permiso.
Silvera le ha asegurado que Cuba ha dado plenas garantías a
todos los exiliados y que todo lo que hace falta es el dinero
para comprar la embarcación. Felipe ha decidido partir de
inmediato para Miami. Silvera lo recogería en el aeropuerto
para llevarlo a casa de su tío y al día siguiente irían a comprar el barco y a prepararlo todo para partir cuanto antes
hacia Camarioca. Sólo le queda hablar con sus profesores
del *college* y tratar de llegar a un arreglo para sus exámenes.

* * *

Elena ha oído de la apertura del puerto de Camarioca.
En la universidad, en las colas, en las guaguas, en todas partes se habla muy discretamente de la sorpresiva medida que
ha tomado el gobierno. Todos los que tienen familiares en el
extranjero y están esperando por sus visas tratan de escon-
der su alegría hablando poco del asunto y con marcada indi-
ferencia. El temor de que todo se acabe repentinamente

siempre existe. El cubano ha aprendido a vivir el instante. Lo que es malo hoy, puede convertirse en algo aprobado al otro día o viceversa. Las cosas buenas hay que aprovecharlas cuando llegan porque la revolución es impredecible. Si algún país es surrealista, donde de veras existe «el realismo mágico», esa es la Cuba revolucionaria.

Elena sabe que Felipe no va a desperdiciar esta oportunidad de regresar y tratar de convencerla. Ha ido a ver al cura de su parroquia y le ha comentado sus temores y sus pasiones. Nada ha cambiado en su vida. Su padre continúa en prisión y aunque lo tiene lejos, en la cárcel de Boniato, ella se las ingenia para visitarlo cada vez que puede. Su madre tiene la salud muy resquebrajada y el médico le ha prohibido ese viaje tan distante. Ella está al frente de su familia, dándole el pecho a la situación, forrajeando el dinero necesario para mantener la casa, ayudando a sus hermanos y cuidando de su madre. Por otra parte, está estudiando lo que le gusta y sólo tiene que incorporarse un poco al proceso político, hacer buen uso de sus facultades histriónicas, y aprender a vivir como la mayoría de los cubanos que han quemado sus naves por diferentes motivos pero que guardan, aunque débilmente encendida, la llama de la esperanza de que algún día cesará el odio, y podrán todas las familias reconciliarse y construir una sociedad mejor.

TRAVESÍA

Felipe no ha podido dormir bien la primera noche en casa de su tío. Su encuentro con la ciudad de Miami, después de un año de ausencia, se lo ha sentido en lo más profundo de las venas. Llegó por la tarde y, no solamente fue Silvera a esperarlo, sino que Paco, Mayo y Rufo estaban también en el aeropuerto esperándolo con los brazos abiertos. Todos fueron para la casa del tío a ofrecerle consejos sobre barcos y navegación, y a sofocarlo con preguntas acerca de su nueva vida en Columbus. No hay dudas de que Felipe se siente otra vez en casa con tantas muestras de calor humano.

Bien temprano en la mañana, Silvera lo llama por teléfono y le dice que lo espera en el centro para ir a ver un barco de 35 pies con el nombre de *Seahawk* que está a la venta, amarrado a un muelle del río Miami. Parece estar en buenas condiciones. El barco pertenece a un piloto de la aerolínea *Eastern* que está dispuesto a venderlo por cinco mil dólares. Silvera piensa que puede conseguir mil dólares de su primo con la condición de traerle a su familia, y Felipe tiene a Ricardo y a Pili que le han ofrecido sufragar los gastos.

El *Seahawk* tiene capacidad para unas 25 a 30 personas,

suficiente para traer a la familia de Silvera, a los padres de Felipe, a Elena y a su familia, y a los padres de Ricardo y Pili. El dinero de Ricardo llega a los dos días e inmediatamente cierran la compra con el piloto de la *Eastern*. Los arreglos del barco toman una semana.

Ya están listos para emprender la travesía. Después de largas horas de espera, Felipe ha logrado comunicarse por teléfono con Elena.

—Ele, mi amor, soy yo. Escúchame con atención: estoy saliendo para Camarioca a buscarlos. Los he reclamado a todos: a ti, a tu madre y tus hermanos, a mis padres y a los de Ricardo. Avísales a todos y prepárense lo antes posible.

Elena se ha quedado sin voz por un momento y no atina a discutir los planes de Felipe. Su padre sigue preso y nada ha cambiado con respecto a su decisión.

—Felipe, mi cielo... bueno, no te preocupes que yo les aviso a todos.

—Te vas conmigo... Te veo en Camarioca, ¿verdad?

—Te prometo que te veré.

Se despiden dejando una sombra de incertidumbre en ambos lados del teléfono. Elena se siente orgullosa de su persistente marido, pero muy triste porque sabe cual será el desenlace de los acontecimientos. Su decisión de no abandonar a su padre es firme. Felipe ha intuido su regreso con las manos vacías, pero necesita ese último intento para calmar su corazón.

El *Seahawk* tiene un solo motor pero, según Silvera, está en perfectas condiciones. Han hecho una factura de alimentos enlatados y muchas botellas de agua potable. El tío y una nutrida comitiva de amigos y familiares, han ido a despedirlos al río. Entre consejos marítimos y algunas bromas de mal gusto, como alusiones a los «cariñosos» tiburones del Mar Caribe, el *Seahawk* se desprende de las amarras del muelle y comienza su desplazamiento lento por las aguas del río hasta las oficinas de Inmigración situadas frente al edificio Dupont al final de la Avenida Brickell. Silvera piensa que los trámites de inmigración son de rutina. Un oficial se les acerca y con mucha amabilidad, les dice:

—*Good morning. Your ID's and ship registration, please?*

—*Sure. Here you are. Everything is in order. We are going to Camarioca.*

El oficial les ordena atracar el barco y acompañarlo hasta la oficina de Mr. Simms, el Director de Inmigración.

Mr. Simms guarda en un expediente todas las actividades de Silvera desde que llegó a Miami procedente de Cuba. Silvera aparece como ex agente de la CIA y jefe de un grupo de infiltración en Cuba con varias misiones cumplidas de sabotaje. También tiene el expediente de Felipe, aunque no tan abultado y peligroso como el de su compañero. Mr. Simms no quiere problemas con sus superiores en Washington. La presencia de un hombre con las credenciales de Silvera, al frente de una embarcación que se dirige a Cuba, le preocupa enormemente. La Casa Blanca no ha puesto reparos para la salida de barcos rumbo a Camarioca, pero ha hecho responsable a Inmigración de cualquier incidente de tipo bélico por parte de los cubanos exiliados que ponga en peligro las ya dañadas relaciones entre los dos países.

Mr. Simms los invita a sentarse en dos cómodas sillas

enfrente de su escritorio. Sin mucho preámbulo, los interroga detalle por detalle sobre el motivo de su viaje. Al cabo de un buen rato de preguntas, se excusa por unos minutos y al poco tiempo regresa con un aire muy circunspecto.

—El barco ha sido incautado —les dice Mr. Simms en un perfecto español.

—¡¿Qué?! —exclaman al unísono los dos.

—La registración y el título de la embarcación tienen que estar a nombre de un ciudadano estadounidense para permitirles partir.

Este nuevo rumbo de los acontecimientos los ha sorprendido, pero Felipe le asegura al funcionario que resolverán ese problema en unas horas.

Silvera tiene un pariente que vive en Miami desde la presidencia de Carlos Prío y piensa que es muy probable que se haya hecho ciudadano americano. Lo llaman desde un teléfono público a la salida del edificio y el pariente les confirma su ciudadanía. Sin perder un segundo lo convencen del traspaso del barco a su nombre y lo citan a las oficinas de un notario público que se encuentra a pocas cuadras de Inmigración. En menos de una hora tienen la nueva registración con el nombre del nuevo dueño, y pueden regresar a Inmigración con los papeles en regla.

La secretaria de Mr. Simms los invita a pasar al despacho, pero esta vez aparecen dos señores del FBI que aparentemente los estaban esperando y les leen una ley que data de la Segunda Guerra Mundial, la cual especifica que ninguna embarcación de treinta y cinco o más pies de eslora puede ser vendida a alguien que no sea ciudadano americano por nacimiento. Silvera trata de discutir esta ley a la que califica de fantasmagórica, pero la expresión inerte de los señores del FBI lo persuade a terminar la conversación y abandonar el edificio.

«Royal Castle» es una cadena de comida rápida de hamburguesas baratas, aunque pequeñas, de un sabor delicioso que, acompañadas de un buen café americano, la hacen un sitio ideal para una comida frugal. Silvera y Felipe están allí sentados en una mesa tomando café y pensando en cuanto americano conocen que les pueda resolver en ese instante la liberación del barco, cuando observan a un tipo desaliñado, quizás un poco embriagado, hablando mal del gobierno comunista de Cuba y celebrando a los exiliados. El individuo es, sin duda, americano porque se expresa en un inglés sin acento. Felipe y Silvera se miran por un momento y vuelven a fijarse en el americano.

—¿Estás pensando lo mismo que yo? —le pregunta Felipe a Silvera, revolviendo el café distraídamente.

—Sí, pero no creo que acepte irse a Cuba con nosotros, y no vamos a correr el riesgo de que nos vuelvan a virar por no llevar al dueño en la embarcación —responde Silvera con pesimismo. —Pregúntale si te parece.

Felipe, haciendo uso de su mejor inglés, se acerca al americano y después de explicarle su situación, le pregunta:

—*Would you consider going with us to Cuba?*

—*I wouldn't mind.*

—*Could you be ready in a couple of hours?*

Ante la sorpresa de Felipe, el americano le responde no tener inconveniente alguno, salvo que está trabajando como pintor y no puede darse el lujo de perder dos semanas sin ganar dinero. Felipe le pregunta que cuánto dinero necesita para compensar su ausencia del trabajo, y el americano se queda pensativo. Felipe calcula rápidamente lo que puede ganar un pintor ambulante, y le propone entregarle cien dólares de inmediato y otros cien más a su regreso a Miami.

El americano acepta la proposición con una sonrisa amplia que deja entrever una boca descuidada carente de dientes. Felipe le advierte que tiene que estar sobrio y bien arreglado para presentarse en Inmigración. Le pregunta su nombre y se ofrece a acompañarlo hasta su casa para estar seguro de que se asea y que recoge el certificado de nacimiento o alguna otra prueba de su ciudadanía. Desde el momento que le den los cien dólares, Felipe y Silvera saben que no pueden quitarle la vista de encima.

El americano se llama Mitch. Es de ascendencia polaca y de ahí estriba su simpatía por los cubanos. Sus padres tuvieron que abandonar Polonia cuando fueron ocupados por los nazis y más tarde por los rusos. Vive cerca de Coral Gables por la avenida 57 en una casa pequeña que comparte con su madre, una anciana de apariencia afable y bondadosa. Mitch debe tener unos cuarenta años de edad y su aspecto es el de un trabajador de clase humilde. La ropa sucia que lleva puesta y el olor a *scotch* que todavía despide no le causan a Silvera una buena impresión.

Mitch ha entrado en el baño de su casa y les ha pedido que lo esperen. La madre, después de saludarlos, se retira taciturna a la cocina.

—Si sale algo mal con este tipo, la culpa es tuya. Yo no

me responsabilizo por este gallo. Es un gallo «desplumao y ajumao» —le dice Silvera a Felipe con su mejor sonrisa.

—Es nuestra única alternativa si queremos irnos ahora. Ocúpate de llamar a tu pariente para vernos otra vez en la oficina del notario —responde Felipe.

—Si no me manda al carajo, estará allá enseguida. Ya le dejé un recado con su mujer.

Mitch ha salido del baño y sigue siendo la misma persona, con la excepción de que el olor a *scotch* ha desaparecido y el vestir ropa limpia lo favorece un poco. Lleva en sus manos un pequeño maletín donde ha puesto unos shorts de playa, unas camisetas y unas sandalias.

—Eso es más que suficiente —le dice Felipe dándole una ligera palmada en el hombro.

Están otra vez en las oficinas del Notario Público en el centro de la ciudad, muy cerca del edificio del Refugio llamado «Cielito Lindo» por los cubanos. El pariente de Silvera tarda unos minutos en llegar, pero se excusa con una amplia sonrisa haciendo mofa de que tuvo que conversar con su sicólogo para que le aconsejara qué hacer con la locura de Silvera. El notario hace válida la nueva transacción en la cual Mitch se convierte en el orgulloso propietario de la embarcación de 35 pies y, sin estar todavía seca la tinta de los papeles, se dirigen al cuarto piso del edificio de Inmigración donde les esperan Mr. Simms y los agentes del FBI.

Silvera alecciona a Mitch de lo que le van a preguntar. Le ruega que mantenga la calma porque todo está arreglado de antemano. Le explica que el CIA está con los cubanos pero que el FBI tiene que hacer su papel de gendarme oficial.

Le dice que no le preste mucha atención a las palabras fuertes de los señores del FBI que seguramente van a tratar de meterle miedo aduciendo que, si algo pasara, el único responsable ante la ley americana sería él, ya que el barco está a su nombre. Le reitera que todo está arreglado y que ellos solamente están *putting on a show*. Mitch se ríe con su boca desdentada y los tres entran en la oficina de Inmigración.

Esta vez la secretaria de Mr. Simms no puede contener la risa cuando ve a Mitch llegar junto con los cubanos. Tratando de mantener la seriedad requerida, manda pasar a Mitch a otra oficina para ser entrevistado por los agentes del FBI y les ordena a Silvera y a Felipe que esperen en la sala.

La distancia que separa a Felipe de donde se encuentra Mitch es lo suficientemente lejos como para no poder oír la conversación pero poder observar los gestos de Mitch haciéndose cómplice de sus consejos. La entrevista con los agentes del FBI dura unos minutos. Mitch asiente todo el tiempo a lo que le dicen los agentes. De vez en cuando voltea la cabeza y, dirigiéndose a Felipe, le guiña el ojo izquierdo. Mr. Simms ha vuelto a parecer en escena y llama ahora a los dos cubanos a su oficina.

—Pueden ir a recoger su embarcación con este papel que les estoy entregando. Si, por culpa de ustedes dos, suena un tiro en Camarioca y a mí me cuesta mi reputación y mi empleo por haberlos dejado salir, pueden dar por seguro que no los voy a perdonar y de una forma u otra, me las van a tener que pagar. ¿Entendido? —les dice Mr. Simms usando una postura militar adquirida en sus años de juventud y clavando con su mirada toda su autoridad en los ojos ansiosos de los cubanos.

—No se preocupe. Lo único que queremos es traer a nuestros familiares sanos y salvos —le contesta Silvera.

—Vale más que así sea. Buena suerte.

Mr. Simms les estrecha la mano y los tres futuros navegantes abandonan el edificio dejando a la secretaria con una sonrisa en los labios y a los agentes del FBI con una mueca de disgusto.

Una vez que se alejan del muelle de Inmigración, notan que necesitan, antes de salir a altamar, hacer una última parada donde tengan acceso a realizar unas compras de última hora, como una soga de 30 pies de largo por si acaso tienen que remolcar o ser remolcados por otra embarcación. No encuentran ningún sitio apropiado hasta que un buen samaritano les hace seña desde su muelle particular para que se arrimen hasta donde él se encuentra. Una vez amarrados a ese muelle, consiguen todo lo que les hace falta y le hacen al barco las reparaciones definitivas antes de avisarle a la mujer de Silvera que ha llegado el momento de la partida.

No han recorrido ni unas veinte millas cuando observan en el aire unos helicópteros de la guardia costera haciéndoles señales de que regresen a tierra porque un fuerte «norte» se aproxima. Por medio de un altavoz de gran potencia y notas que dejan caer en recipientes flotantes, el guardacostas les advierte del peligro de la tormenta y les sugiere que esperen otra ocasión para salir o que desistan por completo, ya que lo de Camarioca está por resolverse en cualquier momento y sus familiares podrán venir por la vía normal.

Silvera y Felipe no hacen caso de las advertencias y

mantienen proa a Cuba. Casi al entrar la noche, rompe el norte con una violencia que eleva las olas a diez pies de altura. El *Seahawk* parece un carrito mecánico de montaña rusa, subiendo y bajando olas interminables. Felipe y Silvera vomitan las hamburguesas del Royal Castle y se aferran al timón para no resbalar por el barco. Mitch es el héroe del momento: se mueve por todo el barco con agilidad y lo mismo echa gasolina, que mueve las cajas de la comida y los tanques de gasolina de un lado a otro para mantener el equilibrio del peso del barco, que saca agua del piso utilizando la bomba de agua o uno de los cubos disponibles.

Al cabo de unas horas de intensa agonía, la tormenta se disipa pero notan que han perdido la dirección del barco. No saben dónde están. Silvera lleva sus cartas de navegación pero el timón no les responde. La luz de la mañana los sorprende extenuados por el cansancio, pero con la alegría de divisar tierra a su alcance. Encuentran un canal tranquilo y llegan a un muelle donde logran amarrarse. Después de haber estado doce horas navegando, han llegado a Cayo Largo. Necesitan a alguien que sepa de barcos y, después de indagar por el área, consiguen a un mecánico cubano que los ayuda a reparar una pieza que regula la dirección del timón la cual aparentemente se había zafado.

Estando Felipe y Silvera ocupados con la reparación del barco, no han notado la desaparición de Mitch. Al darse cuenta de su ausencia, Silvera increpa a Felipe:

—Tú eras el responsable de vigilarlo todo el tiempo. Te dije que «el Ajumao» no era de confiar. ¿Qué nos vamos hacer ahora sin el dueño legal de esta *mierda*? —le pregunta

Silvera con disgusto.

—Antes que nada, salir a buscarlo. A lo mejor está be-
biendo *scotch* en una barra —contesta Felipe no muy convencido de lo que ha expresado.

En el primer bar que encuentran, sentado en una mesa y
rodeado de pescadores, está Mitch tomando *scotch* e invitan-
do a todos los parroquianos a un trago por la libertad de
Cuba. El alma ha regresado al cuerpo de Felipe. Silvera está
galopando entre la rabia y la risa. Mitch, el pintor de brocha
gorda, convertido en corto plazo en dueño y capitán de una
embarcación que navega rumbo a Cuba, está feliz contando
sus hazañas patrióticas a aburridos pescadores que nunca
han oído nada semejante. Silvera le pide que regrese al barco para continuar el viaje y Mitch accede de inmediato, no
sin antes comprar dos botellas de *scotch* y meterlas en un car-
tucho.

Han estado un día en Cayo Largo. Temen que los familiares en Cuba, debido a la demora, estén preocupados al no
saber de ellos. Silvera piensa que tienen que apresurarse y
tira las nuevas coordenadas para llegar al puerto de Camarioca.

—¡Dentro de doce horas y media veremos las famosas
Tetas de Camarioca! —exclama Silvera con seguridad de navegante experimentado.

—No sabía que íbamos a un puerto erótico —contesta
Felipe.

—Las «Tetas» son unas lomas que tienen tres picos so-
bresalientes e inconfundibles, y son las marcas que necesi-
tamos para mantenernos dentro de la bahía. Ya verás que,

cuando menos lo pienses, te las pongo en tu boca para que les des ¡un buen chupón! —vuelve a exclamar Silvera con excitación.

A las seis y media de la mañana, Silvera abraza a Felipe y le dice gritando, «¡Llegamos, llegamos! ¡Cubita la bella! ¡Ahí están las lindas Tetas de Camarioca!».

La tierra cubana se ve a lo lejos. A medida que el barco avanza sobre las aguas, los contornos del paisaje se van aclarando y aparecen palmas reales y caseríos perdidos.

Ahí está la isla...

CAMARIOCA

La entrada al puerto de Camarioca es estrecha y difícil. Silvera va conduciendo el barco muy despacio, observando cualquier cambio de color en el agua que le pueda avisar de un bajo para evitarlo. Felipe ha podido distinguir a lo lejos un bote que se les va acercando, y se lo hace saber a Silvera para que disminuya más la velocidad. Es una lancha del gobierno tripulada por un comandante y cuatro soldados. El comandante los saluda y los invita a seguirlo para conducirlos a los muelles. Casi llegando, el motor de la lancha cubana sufre un desperfecto y deja de funcionar. La lancha queda a la deriva y golpea unas rocas. El comandante grita: «¡Mierda de bote!» y les pide ayuda a los exiliados. Felipe le alcanza un cabo y logra sacarlo de las rocas, pero es tan fuerte el halón que desprende la horquilla de donde estaba clavada. Más imprecaciones se escuchan de la boca del comandante: «¡Lancha de mierda! Aquí no hay nada que sirva, ¡coño!» Felipe y Silvera tienen que taparse la cara para no crear el incidente bélico que tanto temía Mr. Simms por motivo de una risa contrarrevolucionaria.

Los muelles de la dársena están abarrotados de los familiares que han sido reclamados, esperando ser llamados para subir a bordo de más de cuarenta embarcaciones de todo tipo y tamaño que aguardan ancladas, custodiadas por soldados del ejército rebelde. Una hilera de pinos silenciosos parece estar dispuesta a darles el adiós postrero. El panorama es sombrío. Las conversaciones son escasas y en voz baja. No se ven maletas ni se observan besos de despedidas. Pasados los trámites del registro de la embarcación, unos soldados los llevan en una guagua a una pequeña playa en la cual se encuentra una casa de madera, desvencijada y sin pintura, que le sirve al gobierno de oficina temporal para efectuar las reclamaciones de los exiliados. Han podido contar en los muelles de esta playa cinco barcos cuyas tripulaciones entran y salen de la oficina o permanecen en la playita sentados en unas sillas de madera esperando a qué atenerse. Han sabido que otras embarcaciones han podido recoger a familiares y regresar a salvo a Miami. Un barco PT de hierro se acababa de llevar 85 personas para Miami.

Los soldados les dicen que pueden reclamar a cuantos familiares quieran y, entre Silvera y Felipe, llenan formularios para más de sesenta personas. No saben cómo se las van a arreglar si se aparecen todos en Camarioca, pero en Cuba suceden fenómenos de la imaginación todos los días.

Es la primera noche en Cuba después de cuatro años. Felipe se transporta mentalmente a la Embajada del Uruguay donde estuvo varios meses durmiendo en un catre, rodeado por una alambrada custodiada por celosos guardias. No puede evitar las comparaciones. En aquel entonces estaba en calidad de asilado político, bajo la protección de otro país. Ahora se encuentra invitado por el gobierno en su propio país, para recoger a sus familiares. No hay cercas de alambres, aunque está explícito que no puede aventurarse más allá de la casa de madera. Prácticamente no está en Cuba. La playa de Camarioca no le trae ningún recuerdo. Camarioca no es más que una ficción de las tantas en este mundo surrealista…

Hay un guardia que no le quita la vista de encima a Felipe. Silvera se lo ha comentado y piensa que tiene que ver con los espejuelos calobares que Felipe usa para protegerse del sol. Felipe decide entablar conversación con el soldado en un momento en que están solos, y luego de mucho hablar, la pregunta del guardia confirma la sospecha de Silvera:

—¿De dónde sacaste esos espejuelos?

—Son de Miami. Son muy cómodos. Protegen mucho del sol —le contesta Felipe.

—¿Me los prestas un momento?

—Claro hombre, pruébatelos. Seguro que te quedan bien.

El guardia se ha puesto los espejuelos y Felipe adivina el instrumento de soborno que tiene en su poder.

—Compañero, necesito que me hagas un gran favor. Llegamos ayer y nuestras familias no saben que estamos aquí. Si yo te diera el número de teléfono de mi mujer, lo único que tienes que hacer es llamarla y decirle que Silvera y yo estamos aquí. Nada más. ¿Me harías ese favor? —le pregunta Felipe.

—Eso no lo puedo hacer. Me puedo meter en un lío —le contesta el guardia.

—Mira, vamos a hacer una cosa. Yo voy a ir al baño y voy a dejar una nota con el teléfono de mi mujer arriba del tanque del inodoro... Voy a dejar estos espejuelos olvidados junto con la nota.

Felipe no espera por la respuesta y se dirige al baño. Escribe el teléfono de Elena en un pedazo de papel y deja sobre el tanque los «flamantes» espejuelos que le habían costado dos dólares en una tienda Seven Eleven.

Silvera está al tanto de la operación y le dice a Felipe con sorna: «Hazte idea de que los olvidaste en Miami. Ese *hijo 'e puta* no llama a nadie».

A la caída de la tarde, unos empleados del puerto les traen una sopa de pescado la cual se toman con mucho deleite pese a no estar bien condimentada porque es la primera comida caliente que reciben. Ya entrada la noche, se escuchan unos disparos con ráfagas de ametralladora y se apagan las pequeñas luces del puerto. Silvera y Felipe se levantan como por un resorte de sus sillas y sin consultarse uno al otro, se arrastran por la arena en dirección al mar. Se hace un silencio. Después de un rato se escuchan voces de mando de los soldados y las luces se vuelven a encender. Desde el agua pueden observar el cuerpo ensangrentado de un joven que sacan de una de las lanchas. Con la ropa mojada, los dos exiliados regresan a la playita. Entre el cantar de los grillos y el rumor del mar, escuchan los comentarios de los soldados sobre otro cubano que intentó escapar. No hay que equivocarse. Nada ha cambiado: la represión sigue igual que siempre. Esa noche ninguno de los dos puede conciliar el sueño.

Mitch es cosa aparte. Desde que llegaron a Camarioca, el americano les cayó en gracia a los militares. Tenían en sus manos un instrumento de propaganda y el comandante le ofreció enseñarle La Habana para que conociera de los «logros» de la revolución. Mitch se despidió de los exiliados con un «*I'll see you later*». Felipe no tiene dudas sobre Mitch. Sabe que regresará y lo tendrán nuevamente echando gasolina y sacando agua del barco.

La mañana los sorprende con la noticia de que van a desalojar el área y los van a mudar a todos para el reparto Kawama en la playa de Varadero. El gobierno ha dispuesto de una guagua hecha en Rusia para efectuar el traslado de los veinticinco cubanos que se encuentran en ese momento en Camarioca. Les dicen que Cuba está sosteniendo conversaciones con los Estados Unidos y que todo se va a solucionar de una manera satisfactoria. Una vez montados en la guagua y listos para emprender el viaje, el motor de la guagua se niega a arrancar. Después de repetidos intentos, los dos soldados que custodian la guagua mandan desalojarla y les ordenan a los exiliados que la empujen. Éstos se niegan y uno de ellos, bajo de estatura y con un tabaco en la boca, les grita: «¡Cómprense una General Motors!» Otro les grita: «¡Aquí no somos bueyes!» Los soldados se sienten incómodos pero las órdenes del capitán Aragón, que funge como el responsable de la operación en Kawama, han sido claras: «Eviten confrontaciones».

Silvera y Felipe no participan de los gritos ni de las risas. Silvera, más que nadie, quiere pasar desapercibido por su largo historial en contra del gobierno y le ruega a Felipe que se mantenga callado. Felipe por su parte, tampoco quiere entorpecer el proceso con tonterías y burlas que puedan complicar las reclamaciones. Los dos acaban por reír ante el espectáculo inaudito de veinte milicianos que llegan de refuerzo, empujando la guagua mientras que los «gusanos» exiliados continuaban burlándose de la tecnología rusa.

A la entrada de Kawama, la guagua hace una parada de rutina para intercambiar papeles. Varios curiosos se acercan atraídos por el olor del humo de cigarro americano que se esparce a través de las ventanillas abiertas. Uno de los exiliados saca una cajetilla de Marlboro y le regala unos cuantos cigarros a un señor que ha extendido la mano. En cuestión de unos minutos, la guagua está rodeada de jóvenes, ancianos, mujeres y niños clamando por los ansiados cigarros americanos, ya desaparecidos del mercado cubano. La situación se ha convertido en algo intolerable para los dos soldados que custodian la guagua y ordenan al conductor proseguir de inmediato.

El capitán Aragón llama a todos los exiliados y les comunica que van a permanecer alojados en tres casas hasta que se defina la situación de las negociaciones con el gobierno americano para un éxodo ordenado. En estos momentos se ha cerrado el puerto en la espera de nuevos acontecimientos.

Silvera y Felipe se han mudado para la antigua casa de veraneo del que fuera Presidente de la Cuba republicana, Dr. Ramón Grau San Martín. Un día después, se les anuncia que los capitanes de embarcaciones van a ser recogidos diariamente por una patana para llevarlos a los muelles del hotel

Red Coach donde se encuentran los barcos para darles mantenimiento. Silvera y Felipe aprovechan esta oferta para regresar a su barco y poder comer de las latas que tienen almacenadas en varias cajas.

Han pasado cuatro días y las negociaciones están estancadas. La situación se hace difícil por la incertidumbre del regreso y la dieta diaria de sopa de pescado que no ayuda en nada a la espera de noticias. Silvera ha tenido problemas con el capitán de otra embarcación el cual se negó a prestarle una bomba de agua que necesitaba para su barco. El capitán y algunos de los tripulantes eran agentes de la CIA, y Silvera los conocía de andanzas contrarrevolucionarias que habían compartido en otros tiempos pero, aparentemente, el capitán había optado por no reconocerlo. Silvera, en un momento de desesperación, salta a su barco y agarrándolo por el cuello de la camisa le susurra al oído: «O me prestas la bomba del agua o el capitán Aragón va a recibir la sorpresa de su vida». A los pocos minutos están Silvera y Felipe conectando la bomba de agua.

Los ánimos están caldeados por todas partes. Un grupo pequeño intenta una huelga de hambre para protestar por el estancamiento de la entrega de los familiares. El capitán Aragón les advierte que ellos, como invitados por el gobierno, no tienen ningún derecho y que, por otra parte, al gobierno le consta que entre el grupo hay unos cuantos que debieron haber sido fusilados por delitos contrarrevolucionarios. Silvera y Felipe saben que se refieren a ellos y así se lo hacen saber a los huelguistas que prudentemente desisten de su empeño. Como para ponerle punto final a las tensiones, Mitch aparece de nuevo contando anécdotas interesantes de su viaje por La Habana, de la belleza de las mujeres, de lo grandioso de los espectáculos artísticos y, mientras reparte tabaco y ron, saluda y ríe a carcajadas con los soldados.

* * *

Los días se van sucediendo sin mucha diferencia, entre rumores y sopa de pescado, hasta que una tarde el nombre de Felipe Varona se escucha a través de los altoparlantes. «Atención: Felipe Varona, preséntese inmediatamente a la comandancia». Algo está pasando. Silvera no quiere que vaya solo y lo acompaña. Un guardia que custodia la oficina del capitán Aragón hace pasar solamente a Felipe.

—Mañana, a las nueve de la mañana, su esposa Elena va a estar del otro lado de la cerca para una breve visita. Tiene que estar aquí a esa hora si quiere verla —le dice el capitán Aragón a Felipe, mirándolo fijamente a los ojos.

—¿Cómo ha podido suceder? —pregunta Felipe con voz temblorosa.

—Su esposa parece que es muy convincente —comenta el capitán con una sonrisa sugestiva.

Un remolino de emociones es lo que encuentra Silvera cuando ve a Felipe salir de la oficina. «Elena va a estar aquí mañana». Silvera lo abraza fuertemente. Al regresar a las casas, los otros exiliados les dicen que acaban de oír por radio la cancelación oficial de Camarioca y el inicio de unos vuelos regulares a Miami partiendo del aeropuerto de Varadero. El gobierno cubano ha dado la cifra de dos mil novecientos setenta y nueve familiares que han logrado partir para la Florida. Otros dos mil ciento cuatro familiares que se encuentran en el puerto van a ser evacuados por embarcaciones fletadas por el propio gobierno de los Estados Unidos. El resto de los familiares que han sido reclamados tendrán preferencia en estos vuelos. La noticia se ha expandido por todo Kawama y aunque es motivo de frustración para muchos, el hecho de saber a qué atenerse y la esperanza de ver a sus seres queridos en esos vuelos, calma la situación.

Elena ha logrado llegar hasta Kawama gracias a los padres de Felipe que fueron a La Habana a buscarla para llevarla hasta el puerto. Una llamada telefónica desde Camarioca le informó que Felipe estaba allí. Los calobares de Felipe dejados en el baño cumplieron su misión. Una vez allí, se enteraron del traslado de los exiliados a Varadero y de la cancelación del programa para darle inicio a la salida ordenada de vuelos diarios directos a Miami. Elena pudo hablar con el capitán Aragón después de varios intentos fallidos. Una vez en su oficina no le costó mucho trabajo convencerlo de que aceptara dos botellas de ron Havana Club que había podido conseguir en el mercado negro a cambio de que le permitiera ver a su marido.

Los padres de Felipe han tenido tiempo suficiente para conversar largamente con Elena acerca de su decisión de no abandonar a su padre en la cárcel. Arturo y Mercedes hubieran hecho lo mismo. Mercedes la ha estado consolando todo el viaje desde La Habana hasta Camarioca, tratando de darle un poco de ánimo. Elena les ha dicho que no quiere ser obstáculo en la vida de su hijo y que va a empezar los trámites de divorcio. «No nos llegamos a casar por la iglesia», les ha dicho sollozando.

* * *

Elena está frente a él sin que sus rasgos se definan por completo. Felipe la va descubriendo poco a poco. Primero la voz. La voz que pronuncia su nombre como nadie puede hacerlo, luego sus ojos empañados una vez más por los encuentros y despedidas. El pelo suelto, con los mismos matices azulados. Su boca, tantas veces besada por sus labios y que ahora le sonríe como si el tiempo se hubiera detenido en el último adiós en aquel apartamento del cónsul español. Elena no ha cambiado. Son los ojos de Felipe los que la ven lejana. Quizás el vestido de mala calidad, un maquillaje descuidado, una piel que no recuerda. En el fondo de su alma, el viaje a Camarioca es un viaje interior consigo mismo. Ha ido a buscarla aún sabiendo que será inútil tratar de convencerla. Elena no deja a su padre. Ha ido porque tiene que cumplir con su conciencia. Él a su vez necesita demostrarle que es un hombre cabal.

Felipe está frente a Elena, tostado por el sol, con una barba de dos semanas. Ha perdido veinte libras, lo que lo hace lucir más alto. Elena lo encuentra más atractivo que nunca. Ha venido a comunicarle frente a frente su decisión irrevocable de permanecer en el país mientras su padre esté preso. Ha forzado a su espíritu para lucir alegre, segura de sí misma, contenta de regresar a los estudios, capaz de aceptar su destino y de decirle a Felipe que puede sentirse libre de continuar con su vida. Las palabras ensayadas la traicionan. Sus gestos la contradicen. Felipe ha sido su único amor y su constante pasión. El corazón parece que le va a estallar dentro del vestido. Se abrazan largamente, se besan, se miran...

—Felipe... no sabía que tenía un marido tan guapo. ¡Qué bien estás! —le dice Elena mirándolo de pies a cabeza.

—Y tú también, mi amor, igual que siempre, no... ¡mejor! —le contesta Felipe turbado por la emoción.

—No tenemos mucho tiempo. Solamente me han dado quince minutos.

—¿Cómo estás tú?... y tu padre ¿cómo está?

—Yo bien; Papá sigue en Boniato. Cada vez que puedo voy a verlo. Felipe, no puedo dejarlo. Créeme que no hay nada en la vida que desee más que estar a tu lado, pero...

—Lo sé. Sabía que no te podría llevar conmigo, pero necesitaba verte. Quiero que sepas que he reclamado también a tus hermanos y a tus tíos, los padres de Ricardo.

—Te lo agradezco.

Elena ha perdido el control de sus emociones. Cierra los ojos y respira profundamente tratando de poner en orden sus pensamientos. Con voz rasgada, casi inaudible, le pregunta:

—¿Hay otra mujer en tu vida?

—No, Elena —contesta Felipe con dulzura.

—Debes encontrarla. No es justo para ti. Es absurdo que continúes con esta atadura.

—¿Y tú... hay alguien en la tuya? —le pregunta Felipe tratando gentilmente de celarla.

—Tú sabes que no, Felipe, pero me han aceptado en la universidad con la condición de integrarme a la revolución. El estar casada con un exiliado es un impedimento. La única forma posible de continuar con mis estudios es rompiendo este compromiso.

Elena ha logrado pronunciar las palabras previamente ensayadas. Oye la voz de Felipe exaltada, reprochándola y a la vez comprendiéndola. Se abrazan otra vez. Las lágrimas finalmente acuden con todas sus fuerzas, ahogando la conversación que termina al expirar el tiempo de la visita.

* * *

El capitán Aragón ha ordenado desalojar Kawama para emprender el regreso a Miami tan pronto pasen unos nortes que acechan el estrecho de la Florida. Al efecto han instalado unas bombas de gasolina para llenar los tanques de las embarcaciones.

Felipe y Silvera comprueban que su embarcación tiene el mismo defecto que sufriera cuando llegaron a Cayo Largo. La única persona que sabe de estos menesteres es un hombre callado, de malas pulgas, que a regañadientes tiene a su cargo la distribución de la gasolina. Hay una cola de barcos bastante larga y Felipe, con mucho tacto, inicia una conversación con este sujeto mientras lo ayuda a llenar los tanques de las demás embarcaciones. Para sorpresa de Felipe, el hombre huraño tiene a su padre y a un hijo presos. Había sido el jefe del puerto antes de la revolución. Ese historial basta para establecer una gran simpatía. Han quedado en que, tan pronto termine con la gasolina, si ellos son capaces de zafar la pieza dañada del bote, él les puede instalar una exacta que pertenece a un barco abandonado.

Se han ido todos los barcos disponibles. Solamente queda el *Seahawk*. El mecánico les promete tenerlo listo para dentro de dos días. Felipe le ha regalado todas las caretas y las patas de ranas que había traído Silvera. Han quedado varias embarcaciones pequeñas o defectuosas en los muelles, abandonadas por exiliados que prefirieron irse con otros. Silvera ha hecho cuanto ha podido para dejarlas completamente inutilizadas, sacándoles a algunas la bovina y a otras echándoles azúcar en el tanque de la gasolina. «No quisiera que estos *hijo 'e putas* las utilicen en contra de nosotros en un futuro», le ha dicho Silvera a Felipe.

Elena, Arturo y Mercedes han ido a verlo al Red Coach. Felipe ha comprado a los guardias con cajetillas de cigarros americanos y los han dejado pasar a los muelles para despedirse. Los padres de Felipe están muy contentos de ver a su hijo, pero alarmados por su pérdida de peso. Elena les comenta que las libras de menos lo favorecen. «Nos vemos pronto», le dice Arturo a su hijo. «Adiós, Felipe, buen viaje, dale un abrazo a Ricardo y a Pili», se despide Elena con su mejor sonrisa, ahogando un «hasta siempre» en su corazón.

* * *

Silvera, Felipe y Mitch han arrancado los motores y Silvera marca las coordenadas de Miami. Es el quince de noviembre de 1965. Mitch regresa a su trabajo de pintor, Silvera a seguir soñando con la liberación de Cuba, y Felipe a Ohio a continuar sus estudios. Varadero va desapareciendo hasta perderse en el horizonte.

Entrada la noche, Silvera escucha un SOS por la radio a unas cinco millas de distancia. Al llegar al lugar, se encuentran con un barco mitad hundido y cuatro hombres desesperados encaramados en la parte saliente. Los ayudan a saltar al barco y uno de ellos pierde un pequeño maletín que llevaba en la mano. El hombre quiere tirarse al mar pero es sujetado por Silvera. Les dice que el maletín guardaba sus últimos cinco mil dólares producto de la venta de todas sus pertenencias en Nueva Jersey.

Cerca de Cayo Hueso, Silvera hace contacto con la guardia costera y les pide ayuda alegando que el motor no funciona. Tan pronto ven a lo lejos al remolcador, Silvera apaga el motor. Una vez amarrados al remolcador y a dos horas de Cayo Hueso, Felipe y Silvera cierran los ojos, logrando dormir profundamente por primera vez en diecisiete días.

Felipe le da a Mitch los cien dólares restantes del acuerdo inicial y algo más para cubrir el pasaje en guagua hasta Miami. Mitch le dice que los guardias costeros ya le han cubierto el pasaje y se despide de ellos con su sonrisa habitual. Felipe presiente que más nunca lo volverá a ver. Sus mundos son distintos y la posibilidad de que vuelvan a coincidir en la vida es muy lejana. Mitch ha sido una ayuda muy valiosa. Lo ve caminar hacia un bar cercano y está seguro de la gran audiencia que escuchará los relatos de su extraña aventura.

Silvera y Felipe dejan el *Seahawk* atracado a una marina y regresan a Miami con unos amigos que han ido a buscarlos. En el camino le pregunta Silvera a Felipe por las caretas,

las patas de ranas y un *jacket* de navegante que llevaba consigo en el barco y que no ha podido encontrar. Felipe le contesta: «Hay un señor que echaba gasolina y arreglaba botes
en el Red Coach a quien has hecho muy feliz con tu generosidad». Silvera finge indignación y lo golpea cariñosamente
en el hombro.

El automóvil se desliza por la carretera US-1 dejando en
su recorrido puentes y cayos pequeños, hasta encontrarse
con las luces de la gran ciudad de Miami.

REGRESO A LA REALIDAD

Después de una estadía de varios días en Miami, Felipe llega a Columbus a tiempo para la cena de Acción de Gracias, el tradicional *Thanksgiving*. Ricardo y Pili van a esperarlo al aeropuerto y se lo llevan para su casa a disfrutar de un buen pavo asado con puré de papas y maíz, acompañado de un arroz congrí para añadir a esta festividad netamente norteamericana un toque de sus raíces cubanas. El tiempo en Columbus es de un frío agradable. El termómetro marca 40 grados Fahrenheit. La pérdida de peso de Felipe sirve de comentario inicial para un interrogatorio exhaustivo al que se somete mientras todos disfrutan de un buen vino californiano.

Pili ha podido comunicarse con Cuba. En una conversación que sostuvo con Elena pudo enterarse de todas las peripecias que pasaron los padres de Felipe y ella para poder llegar hasta Camarioca. Elena le contó de su rompimiento con Felipe y le adelantó la noticia de los trámites del divorcio.

Han terminado de comer y Pili prepara el café cubano. Felipe está taciturno. Durante la cena, ha contestado casi todas las preguntas referentes a Elena con monosílabos. El tema de su matrimonio ha sido tratado con delicadeza: han comentado brevemente el regreso de Elena a la universidad y el problema que presenta estar casada con un exiliado. Pili no deja de pensar que la carta de Elena con la decisión de comenzar los trámites de divorcio debe de estar en el buzón de Felipe y prefiere no adelantarle la devastadora noticia.

* * *

Irene ha contado los días desde que se despidieron en los jardines del *college* y ha pasado más de un mes. Ya sabe por Pili que Felipe se encuentra en Columbus y que ha regresado solo.

—Pude hablar con Elena y el matrimonio ha terminado —le dice Pili—. Elena actuó como tú habías pronosticado, Irene.

—*Right*, pero el sentido común me dice que Felipe va a iniciar un período de ajuste y prefiero mantenerme fuera, ¿no crees? *I don't want to become his "transitional partner"*.

—Creo que estás en lo cierto. Va a necesitar tiempo.

* * *

La llave mueve la cerradura y la puerta del apartamento se abre. La ausencia de calefacción por dos semanas ha llenado la sala de humedad produciendo un olor desagradable. Acomoda la maleta en el sofá y regresa a su casilla de correo. Entre un fajo de cartas está una que se distingue entre todas por la mala calidad del sobre: es la carta de Elena. El matasellos de Cuba registra la fecha del 17 de octubre:

La Habana, 10 de octubre de 1965

Mi querido Felipe:

Esto no es fácil. Parece que nuestro destino es vivir en una decisión trascendental permanente. La mejor manera de poner las cosas es imaginar que aún somos novios y que la visita al notario nunca se efectuó. Nuestro «hotel de Varadero» fue una locura de juventud. Un noviazgo en la distancia, sin la esperanza de volver a verse es desgastador, poco funcional y, por lo tanto, perecedero.

Te estoy escribiendo esta carta sabiendo que estás en los preparativos de venir a buscarme. Posiblemente leas esta carta después que regreses de Camarioca. Tus padres podrán irse contigo y me consuela saber que no volverás a Miami con las manos vacías.

Después de mucha meditación y de haberlo consultado con mi párroco, he llegado a la determinación de iniciar los trámites de divorcio. Los papeles te llegarán algunas semanas después de recibir esta carta. No tienes que hacer nada, ni siquiera firmarla. Me han dicho que basta con que yo lo pida y lo ratifique para que sea válido.

Se que tú comprendes que en estas circunstancias en que estamos, esto es lo más sensato que podemos hacer. En Cuba no tengo otra alternativa que estudiar para poder abrirme paso en esta sociedad. El estar preso mi padre no es un impedimento, pero en la universidad me dicen que es inaceptable que continúe casada con un exiliado. Estás en plena libertad de continuar con tu vida. Si está de Dios que algún día nos volvamos a reunir, así será.

Espero que ayudes a que esta determinación que he tomado sea lo menos dolorosa para ambos.

Nunca te olvidaré, pero ruego a Dios que encuentres tu felicidad lejos de mí.

Elena

* * *

Los estudios de Felipe se han paralizado. No pudo terminar el semestre. La ausencia de tantas semanas sumergido en el viaje a Cuba y la llegada del documento oficial de divorcio, le han impedido concentrarse en los estudios. Desde que llegó la carta de Elena, está deprimido. No se ha afeitado la barba y ha perdido más libras. El proyecto de vida con Elena no se pudo consumar. Las imágenes se suceden unas tras otras: Elena en las fotos grises de los cumpleaños de la familia; Elena con su uniforme de las Teresianas y él con el de los Maristas, esperando la llegada de la «Vigía Granja», la guagua que los llevaba a la casa; Elena con el pelo suelto, en trusa, montando bicicleta en la playa; Elena en la Plaza Cadenas estudiando Ciencias Comerciales; Elena y él cogidos de la mano noviando en el Casino Español; Elena nerviosa en la oficina del notario; Elena con su *déshabillée* blanco; Elena toda la vida... «Elena, no fue culpa nuestra.»

Ricardo y Pili se han portado como dos hermanos dándole vueltas todos los días y tratando de elevarle el espíritu. Está en un estado de transición donde a duras penas es capaz de evaluar sus alternativas. La posibilidad de regresar a Miami dada su cercanía a Cuba es una opción. Allí están sus amigos, el español se escucha por toda la ciudad y el clima es agradable. Su fuente de trabajo continúa siendo el

Kahiki mientras se toma un tiempo para organizarse mentalmente.

Irene ha terminado sus estudios de Biología y se ha matriculado en Ohio State University para una maestría en Microbiología. No ha podido evitar ver a Felipe con frecuencia. Pese a que la razón le dicta mantenerse alejada de él por un buen tiempo, almuerza con él a cada rato, y algunos domingos se los dedica por entero. Su relación no se ha acercado a la intimidad física a fuerza de saber controlarse para darle más tiempo a superar su transición. El cariño y la ternura de Irene han confortado el alma de Felipe. Su alegría le ha hecho olvidar a Miami.

* * *

Irene ya tiene su maestría en Microbiología y está trabajando en los laboratorios de la universidad. El trabajo le consume gran parte del tiempo. Ha logrado que su vida social no dependa del estado de ánimo de Felipe: ha aprendido a no ser codependiente. Se ha mudado sola para un apartamento cerca de la universidad. En su edificio de apartamentos y en el trabajo, se ha relacionado con muchas personas. Una de ellas, Frank, ha aparecido en su vida de manera sorpresiva. Lo conoció mientras asistía a una de sus conferencias de Hematología y descubrió que este profesor era su vecino. Comenzó por topárselo en el elevador y en el gimnasio del complejo. Hicieron amistad y comenzaron a citarse para hacer ejercicios y jugar tenis por las tardes. Irene ha dejado de ser la sombra de Felipe, su pareja oficial, para convertirse en una amiga que lo estima y lo quiere.

—Felipe tiene que soltarse a vivir. No puede brincar de una relación seria a otra igual. Tiene que adentrarse en nuestra cultura, conocer más chicas —le dice Irene a su madre cuando le pregunta por él.

—¿Y cómo se siente Irene? — pregunta la madre.

—Me casaría con él mañana, mamá, pero resultaría en un divorcio seguro. Todavía vive en Camagüey.

* * *

Por más que le ha suplicado Irene, Felipe se ha negado a asistir a su propia graduación de *Bachelor in Arts,* aduciendo que esa no es su meta. Inmediatamente solicitó una ayudantía en Ohio State para realizar estudios de posgrado en Literatura Española, y se la otorgaron.

La maestría en Literatura Española le ha dado a Felipe la oportunidad única de leer libros que de otra manera jamás hubiera abierto y de conocer el pequeño mundo de la intelectualidad académica liberal. El departamento de Lenguas Romances está constituido por un abanico muy interesante de profesores de distintas nacionalidades, unidas en la base del amor al idioma y la pasión por la literatura. El edificio *276 Kunz Hall* que sirve de albergue a este departamento está localizado a poca distancia del estadio de *football,* la famosa herradura *Horseshoe* donde se reúnen los sábados de juego más de ochenta mil fanáticos a gritar por el equipo local. La mayoría de los profesores permanece ajena a este despliegue de banderas, camisas y gorros de color rojo escarlata y gris, sumergidos algunos en descubrir algún nuevo matiz de la estructura circular del *Quijote* o de la manipulación del azar en *Los Miserables*. *Kunz Hall* tiene un ritmo interior donde el tiempo parece columpiarse lo mismo en el trapecio del Renacimiento que en el del Romanticismo. Fuera de *Kunz Hall* están los estudiantes que protestan la guerra de Viet Nam, que se dejan crecer el cabello, que cuestionan la moral del *establishment* y se sumergen en la cultura de la marihuana.

Felipe está siendo asediado por las nuevas corrientes liberales que traen los nuevos aires de la ola *hippie*. El haber vivido una revolución en Cuba y haber tenido que apresurar su adolescencia para lidiar con los cambios, le ha proporcionado un escudo de cautela e inteligencia para no dejarse arrastrar por la nueva visión de la sociedad. La revolución sexual con toda la gama que ésta abarca, desde la abolición del ajustador y los inquietantes *hot pants* en el vestir hasta el amor libre en comunas, ha tratado de penetrar los muros de *Kunz Hall* para retar las hormonas soñolientas de los profesores.

Felipe tiene 26 años, es divorciado, bien parecido, y podría ser el caballero español o amante latino por excelencia, favorito de muchas de las americanas que estudian o enseñan idiomas en la facultad. Se ha dejado crecer la barba definitivamente para contrastar la pérdida del cabello, lo que le ha dado un aspecto más intelectual y misterioso. Su ayudantía consiste en enseñar dos clases al día. El resto del tiempo se lo pasa en la biblioteca estudiando o asistiendo a seminarios, y aceptando o cancelando citas amorosas.

* * *

En poco más de un año, Felipe ha pasado exitosamente

los exámenes finales y ha sido invitado al programa del doctorado. Lo vemos ahora más maduro, con el aire sofisticado propio de los candidatos al *Ph.D.* Las mujeres de su entorno lo encuentran exóticamente guapo y se lo hacen saber directamente, convidándolo a escuchar discos de Vicky Carr cantando boleros en español, o propiciando encuentros casuales bajo el estímulo del vino y los cigarros de marihuana que generalmente conducen a tardes íntimas de cerrar persianas.

La etapa de acostarse con cualquier mujer sólo para resolver sus necesidades de hombre ha quedado atrás. Se ha vuelto selectivo al escoger a su compañera de cama. Del ambiente trasnochado de perfume barato y alegre de los años del Kahiki sólo le queda un leve recuerdo de mujeres sin rostro, nombres sin apellidos, historias sin compartir. El Felipe de Camagüey, de la Universidad, de la clandestinidad, que nunca existió en aquellas noches anónimas, ha surgido nuevamente. Ya no es un hombre encerrado en una máscara: ahora es diferente. Es un hombre libre que quiere contar su vida, que quiere tener muchas amigas y divertirse. Felipe ha sabido mantener la cordura dentro del tiempo de la historia que le ha tocado vivir: tiempos de revolución sexual, de destape y de amor libre, donde no es necesario refugiarse en la hipocresía, donde se puede iniciar y terminar una relación basada en el principio de «*nobody gets hurt*».

Según Irene, Felipe necesitaba pasar por una etapa de transición la cual ahora ella se niega a aceptar. En conversación con su madre, le reprocha: «Mamá, creo que está desorbitado. Una cosa es no comprometerse hasta haber pasado por más experiencias y otra cosa es estar saltando de cama en cama. Creo que se le ha ido la mano». La madre de Irene conoce a Felipe y sabe que es un gran muchacho. Está convencida que su hija tiene una fijación especial con este joven y los celos la han hecho exagerar.

Las relaciones de Irene con Frank se han mantenido. Frank es lo sensato, lo conveniente: médico, inteligente, soltero, buen tipo, atleta, nacido y criado en Ohio, proveniente de una conocida familia de galenos, y al cual el destino ha puesto en un apartamento al lado del suyo. Frank le ha hecho saber que sus intenciones son serias. Ella ha pedido más tiempo. Necesita solucionar el problema del cubanito sin familia conocida, divorciado y con raíces distintas, que muchas veces la saca fuera de sus casillas; más ahora, con los nuevos aires de «Don Juan» que ha adquirido.

* * *

Los padres de Felipe, junto con los de Ricardo y los dos hermanitos de Elena, han llegado a Miami procedentes de Varadero en los llamados «Vuelos de la Libertad». Arturo y Mercedes no pudieron convencer a la madre de Arturo de que saliera con ellos para Miami, pero al menos lograron que se mudara para la casona de ellos en Camagüey unos meses antes de la partida para que, al establecer allí su domicilio permanente, no pasara a manos del gobierno cuando ellos se fueran. Por suerte, todavía quedan muchos amigos en el barrio que les prometen cuidar de la anciana.

Arturo tiene algunas conexiones en Miami de compañías americanas que comerciaban con su empresa ganadera en tiempos de Batista. En el primer contacto telefónico con su hijo, Arturo le manifiesta el potencial de negocios que cree tener en sus manos: «...mucho más que en Texas; son factores que hay que considerar, pero tu madre y yo estamos desesperados por verte y nos vamos a pasar una temporada contigo».

Los padres de Ricardo y los hermanos de Elena ya están en Columbus en casa de Ricardo y Pili. El encuentro de Felipe con Robertico y David ha sido muy emotivo. Robertico lo ha abrazado llorando y no ha hecho más que decirle lo mucho que extraña a sus padres, a su hermana, a su barrio y a su colegio. Felipe lo consuela y le asegura que sus padres han tomado la decisión correcta de sacarlos del país: «Al principio es duro, pero ya verán cómo se adaptan y lo felices que van a ser». Felipe les ha dicho esa frase cliché sin creer en ella. Un exiliado es un hombre sin raíces, y aunque no es un árbol plantado en su lugar de nacimiento y hay muchos caminos que recorrer, no camina por el deseo de sitios nuevos, sino por la falta de arraigamiento en donde vive. Ha visto a Elena en los ojos de sus hermanos y ha vuelto a sentir a Cuba. El salitre del mar impregnado en la piel de Elena que tantas veces invadió sus sentidos... lo ha vuelto a percibir al abrazarlos.

Arturo y Mercedes se han instalado en el único cuarto del apartamento debido a la insistencia de Felipe. Éste ha pasado a dormir a la sala en un sofá-cama que había comprado semanas antes previendo la llegada de sus padres. Felipe sabe que es muy difícil que su padre pueda encontrar un buen trabajo en Miami. Las conexiones de negocios, una vez que se «cruza el charco», generalmente no funcionan.

Arturo está llegando a los cincuenta años y los Estados Unidos es un país para gente joven. No quiere quitarle sus ilusiones, pero lo prepara para que no reciba desengaños.

Irene ha ido a conocer a los padres de Felipe y ha regresado encantada con la pareja. Arturo le ha parecido muy simpático y Mercedes muy señorona. Una vez en su apartamento, marca el número de teléfono de su madre y le comenta con alegría: «Mamá, al fin conocí a sus padres. Son encantadores. Ya no se puede decir que es de familia desconocida. Felipe está durmiendo en el sofá y al menos su cama va a estar muy tranquila por largo tiempo».

* * *

«Las Cuatro Estaciones» de Vivaldi no solamente se han escuchado en el tocadiscos de Felipe, sino que la naturaleza se ha encargado de sucederlas sutilmente sin que Felipe se haya percatado de los cambios en el paisaje que le rodea. Ya es todo un *Ph.D.* Ha terminado su tesis sobre la poesía de Doña Gertrudis Gómez de Avellaneda, la gran poetisa camagüeyana del siglo diecinueve. La graduación tiene lugar en el *St. John's Arena*. Felipe luce muy profesoral con la toga y el birrete, y con su diploma en la mano. Los clics de las cámaras congelan el momento solemne. Felipe está rodeado por Irene y por sus padres que lo abrazan y lo colman de halagos.

—Tu nueva novia, la Avellaneda, tenía que ser del «puñetero» Camagüey —le dice Irene besándolo y haciéndole un mohín con mucha coquetería.

—Quiero que le digas al tal Frank que el Doctor Varona

lo reta en singular duelo en aras de la mano de la Condesa Irene —le contesta Felipe haciendo una reverencia de caballero andante.

Irene se ha sorprendido por esta broma inesperada de Felipe y le sigue la corriente:

—¿Se puede tomar ese recado como una proposición formal de su realeza? —le pregunta Irene con otra reverencia.

—Ahora tengo algo que ofrecerte. Vas a tener que cargar con este cubanito por largo tiempo —le dice Felipe con firmeza, mirándola fijamente a sus ojos.

* * *

En casa de Elena, en la calle Libertad del barrio de Santos Suárez, un apuesto joven llamado Osvaldo está abriendo una botella de sidra que Sofía tenía olvidada en un estante de la cocina. A la mesa están sentadas Sofía y Elena. Frente a ellas están tres copas de cristal. Si el lector se acercara un poco a esta escena, podría notar un calendario colgado en la pared que marca la fecha 3 de septiembre de 1972. Los exámenes finales para obtener su Maestría en Bibliotecología han terminado, y Elena ha conseguido con mucho sacrificio finalizar como primer expediente de su clase. Automáticamente se le ha concedido un puesto de Asistente del Director de la Biblioteca Nacional.

Osvaldo tiene 32 años de edad y es profesor de francés en la Escuela de Letras de la Universidad de La Habana. Conoció a Elena hace algunos años cuando los dos estudiaban en la Alianza Francesa y leían *El Extranjero* de Camus. Cuando Elena llegó a la universidad, Osvaldo estaba en plena disertación de su tesis sobre el teatro de *Molière*, pero hizo tiempo de donde no había para orientarla en sus primeros pasos. Osvaldo pertenecía a la Federación Estudiantil Universitaria (FEU) en esa época y desde hace un tiempo forma parte del Sindicato Nacional de Trabajadores de la Educación, la Ciencia y el Deporte (SNTECD). Es un comunista convencido de la maldad del imperialismo yanqui y del triunfo definitivo del socialismo en el mundo. Muy adentro del ropaje político, Osvaldo guarda un corazón de oro que ha puesto a disposición de Elena.

Ella, por su parte, se ha incorporado a las tareas impuestas por la revolución y pertenece a las organizaciones de masa imprescindibles para poder funcionar dentro del sistema. La doble moralidad le ha permitido hacerse de un título universitario que podrá utilizar en cualquier parte el día en que se le presente la oportunidad de abandonar el país. Osvaldo representa lo bueno que podría salvarse dentro del nuevo orden. Elena piensa que podría llegar a quererlo si fueran otras las circunstancias, y no fuera tanta la intransigencia de sus convicciones. «Es posible que algún día despierte y se dé cuenta del error. Ojalá que el desengaño no lo lleve a la cárcel» —le ha comentado Elena varias veces a su madre. Su padre saldrá libre dentro de un año y piensa que, si prosiguieran los Vuelos de la Libertad y su madre se sintiera mejor de salud, podrían intentar de nuevo salir de Cuba, aunque se ha enterado con mucho dolor que Felipe está muy contento y que existe otra mujer en su vida.

CAMINOS SEPARADOS

Una tarde de intensa nevada, Felipe ha sido invitado a comer al apartamento de Irene. La libreta de recetas de comida española de su abuela le sirve para preparar un delicioso cocido madrileño. Abren una botella de vino tinto y sin darse cuenta se la toman en un santiamén. El cocido no puede haberle quedado mejor a Irene, la cual trató de conseguir todos los ingredientes para ajustarse lo más posible a las indicaciones de la abuela.

A través de la ventana de la sala se ven copos de nieve cubriendo los árboles y alfombrando de blanco el pavimento.

—¿Sabes qué, Irene? Este cocido nunca lo ha visto nadie en esta ciudad. Columbus no puede seguir divorciada de la gastronomía. Aquí no hay un solo restaurante español, y tu abuela está clamando desde su tumba en Madrid que se le haga justicia a su arte culinario. ¿Qué tu crees? —pregunta Felipe cerrando los ojos y moviendo la cabeza en señal de deleite.

—Si no fuera por lo mucho que hay que sacrificarse, ya mi madre lo hubiera hecho —responde Irene.

—Ya tengo casi un año enseñando en el *college* y todavía

no me han renovado el contrato. Suponte que no me lo ofrezcan... ¿Qué voy a hacer? ¿Solicitar trabajo en la Universidad de Nebraska o en la de Idaho? ¡No existe! Si me quedara sin este trabajo, me encantaría aplicar mi experiencia del Kahiki y abrir una tasca madrileña con su detallito cubano. Te apuesto a que en unos años nos hacemos ricos.

—«Nos hacemos...» ¿Qué quieres decir con eso? —le pregunta Irene, mirándolo con extrañeza.

—Que yo solo no podría, pero que con mi esposa ayudando y tu abuela desde el cielo dictándonos las recetas, no tendríamos problemas.

—Felipe, en este país se acostumbra proponer matrimonio primeramente arrodillado y con un anillo de compromiso en la mano.

—Cada cosa a su tiempo. Todavía estoy pagando el *Cuban loan*.

Los dos ríen y se abrazan. En el tocadiscos de Irene está girando un disco de Lucho Gatica que trajo Felipe de Miami y se escucha la canción «Encadenados». Bailan casi sin moverse, salvo unos ligeros pasos que marcan el ritmo lento y cadencioso del bolero. La pieza ha terminado y han seguido abrazados. Los labios de Felipe rozan los de Irene, que se abren y una lluvia tibia con sabor a fruta fresca los mantiene unidos hasta que el sonido de la nieve golpeando la ventana los obliga a separarse.

—Con esta nevada es peligroso conducir un auto —dice Felipe, acercando su boca al oído de Irene.

—¿Quién te ha dicho que te vas a ir? —le pregunta Irene estremecida, conduciéndolo lentamente a su habitación.

* * *

Como todas las noches, Sofía reza el santo rosario antes de acostarse. Siente mucho cansancio y le cuesta trabajo respirar. Una ligera pena en el pecho y un calambre que le recorre el brazo izquierdo le está indicando otra leve angina de pecho. No quiere alarmar a su hija porque piensa que todo pasará pronto como en ocasiones anteriores. Con los ojos cerrados se encomienda a Dios. No quiere morirse sin volver a ver a sus hijos y a su marido sentados alrededor de la mesa de comer como en épocas felices, dando gracias a Dios por los alimentos, bendiciendo la cena y bromeando unos con otros. Ahora los ve a todos con claridad: primero a Roberto que la besa en la frente, a sus hijos Robertico y David que la abrazan con ternura y luego a Elena, que le sonríe al lado de la cama y la besa también. El cuarto parece flotar en el aire y todo se llena de un perfume de rosas. «Debo de estar soñando con el cielo», piensa. El alma de Sofía se entrega a la eternidad.

* * *

Osvaldo se ha convertido en el bastón de apoyo de Elena. Se ha ocupado personalmente de todos los arreglos con la funeraria y el cementerio. Desde el primer momento en que Elena lo llamó para informarle del fallecimiento de su madre, no ha dejado de estar a su lado y se ofrece a llevarla a Boniato a darle la noticia personalmente a su padre.

Roberto acepta la tragedia estoicamente. Ya estaba preparado para recibirla. En la cárcel ha conocido a un señor de Bayamo, de gran fe religiosa, que funcionaba como diácono en su parroquia, quien lo ha ayudado mucho a aceptar la separación de su compañera de toda la vida. Irónicamente, faltan sólo unos meses para se cumplan sus diez años de condena. El deseo de reunirse con Robertico y David se ha convertido en una obsesión.

—Tan pronto salga de la cárcel, solicitamos permiso de salida para aprovechar los Vuelos de la Libertad antes de que los vayan a cancelar —le dice Roberto a su hija. Elena no tiene valor de decirle la verdad: los Vuelos de la Libertad terminaron el pasado 7 de abril y las salidas por terceros países se han hecho extremadamente difíciles.

Osvaldo no comprende cómo es posible que, siendo la revolución tan generosa, no sea capaz de propiciar algún tipo de diálogo para resolver la reunificación familiar. «Nuestro líder sabe por qué lo hace», es la respuesta que se da a sí mismo cuando encuentra una contradicción.

Elena se ha acercado más a Osvaldo con la pérdida de su madre, pero no lo suficiente como para romper las barreras ideológicas que surgen como grandes obstáculos cada vez que intentan formalizar su relación. La discusión política para Osvaldo es la batalla de ideas, no el debate: Él está entrenado para combatir las ideas, no para debatirlas. Elena piensa que, hasta que Osvaldo no encuentre la duda y deje de racionalizarla por medio de consignas, no podrá iniciar el proceso necesario para su liberación intelectual.

Elena está al cumplir los treinta años y ha perdido ya a su esposo, a su padre, a sus hermanos, y ahora a su madre. Ha sabido desarrollar una firmeza de carácter capaz de mantenerla en control de su vida sin permitir que sus nervios se resquebrajen. Nunca ha perdido la fe en Dios ni en sí misma. Se ha caído muchas veces y siempre ha logrado levantarse con más fuerzas. Los avatares de la vida los ha enfrentado como pruebas y se ha sentido llegar victoriosa al final de ellos. Lo de su madre ha sido la peor prueba, pero ahí está... esperando por su padre y pensando en el futuro.

* * *

Felipe se ha mudado al apartamento de Irene. Muchos han sido los motivos. El de índole práctica es la llegada de Arturo y Mercedes a vivir en el apartamento de un solo cuarto de Felipe. Pensaron en alquilar uno más grande, pero Felipe se dio cuenta que le era imposible compartir la vida cotidiana con sus padres. No solamente el hecho de que Felipe es un hombre, un Doctor en Filosofía, sino que estos años en los Estados Unidos lo han acercado a la cultura americana y no se encuentra a gusto con la falta de adaptación de sus padres. Cada vez que puede, se queda un rato por las tardes en el *college* a jugar basquetbol con otros profesores y algunos alumnos. Después que terminan, se quedan un rato analizando y discutiendo los pormenores del juego. Conversan además sobre el fin de la guerra de Viet Nam, sobre el juicio de los ladrones de *Watergate,* las ventajas y desventajas del bateador designado en la liga americana, o los premios *Emmys* de televisión: que si los *Waltons* es mejor programa que *All in the Family* o que si el show de Mary Tyler Moore no merecía estar incluido entre los ganadores. Felipe lleva muy bien la temperatura del acontecer diario y se siente parte de la sociedad americana, pero hay momentos en los cuales le brota del cuerpo la sangre latina, como cuando se hizo ciudadano americano: tuvo que pasar por una entrevista con un oficial de Inmigración el cual, pese a tener en sus manos todo el historial de Felipe con sus diplomas de universidades americanas, quiso estar seguro que sabía escribir el inglés y le ordenó que escribiera en un papel, «*I want to go to the store to buy some milk*».

* * *

Está corriendo el verano de 1973. Felipe e Irene deciden pasarse unas semanas en Miami. Es la primera vez que Felipe tiene la oportunidad de visitar la ciudad como turista. Es el año del equipo profesional de fútbol *Miami Dolphins*. El 14 de enero vencieron al equipo de Washington en el *Super Bowl* completando, por primera vez en la historia de este deporte, la temporada perfecta. Los cubanos en Miami han adoptado este deporte como propio y son verdaderos expertos en estrategias. Don Shula, el coach de los *Dolphins* es llamado por los amigos de Felipe: «el Chulón».

Miami ha cambiado considerablemente. Los negocios cubanos florecen por todas partes. Los cubanos que tenían empresas en Cuba, las han vuelto a establecer en Miami. Aquellos que estaban estudiando en Cuba, como los de la generación de Felipe, en su mayoría han podido regresar a los estudios. Tres de sus amigos han terminado su carrera de Medicina en España y han hecho la reválida en la Florida; otro se ha hecho veterinario mediante un plan del gobierno; los demás se la han agenciado para terminar *college* y trabajar con empresas multinacionales. Aquellos que decidieron no continuar los estudios, se han hecho vendedores, contratistas o técnicos especializados, alcanzando todos un alto nivel socioeconómico.

El primer día de vacaciones, Felipe e Irene entran en una heladería cubana con la intención de probar un helado de mamey en barquilla. El empleado se los sirve en un recipiente plástico.

—Perdóname chico, pero te lo pedí en barquilla —le dice Felipe mostrándole el helado.

—¿Pa' qué? Te embarras to', viejo. Así no te ensucias la ropa —le contesta el dependiente con la mayor familiaridad.

Irene, indignada, no puede creer lo que está oyendo. Los colores le brotan a la cara por la desfachatez del dependiente. Asombrada, ve como Felipe se ríe a carcajadas y le contesta:

—Tienes razón, mi hermano. No había pensado en eso.

Irene no comprende que para el cubano exiliado no existen las formas habituales de cortesía. El haber abandonado la isla por la misma causa parece conferirles una camaradería en la cual todos se tutean como si se hubieran conocido de toda la vida.

Desde que llegaron no han podido bañarse en el mar aunque están alojados en un hotel *art decco* de Miami Beach con una hermosa playa al cruzar la calle. Por el día visitan a los familiares de Felipe, pese a que nunca se había sentido obligado a verlos cuando vivía en Camagüey. Las tardes están comprometidas con los amigos. Todas las noches hay una comelata en casa de alguien y los fines de semanas se reúne todo el grupo a conversar de las vivencias compartidas en la adolescencia.

Irene se siente fuera de ambiente. No conoce los lugares ni las personas que sirven de temas de conversación. Está en una ciudad del estado de la Florida y se siente como si visitara un país extranjero. Felipe no parece ser la misma persona que vive con ella y enseña en el *college*. Por primera vez lo ve ajeno, lejano, completamente feliz, riendo, haciendo chistes que no entiende, cantando canciones que a ella no le dicen nada y rodeado de gente, de amigos que se criaron con él, que lo abrazan, que lo besan... y a quienes ella acaba de conocer.

Felipe le ha prometido un día de playa dedicado por entero a ella. Le ha hablado de ir a Cayo Hueso los dos solos. Irene hace un esfuerzo por parecer complacida.

* * *

Es un día de sol. El mar está agitado y las olas, que rompen estrepitosamente sobre la arena, armonizan con el graznar de las gaviotas produciendo una bella sonoridad. Están los dos acostados sobre una toalla y protegidos del sol por una sombrilla. Felipe ha cumplido su promesa. Ambos están leyendo. Irene tiene en sus manos una novela de Sidney Sheldon, *The Other Side of Midnight*, y Felipe lee *El Diario de las Américas* que, aunque lo acaba de comprar, tiene fecha de mañana y noticias con un día de atraso.

Felipe decide caminar un rato por la arena ya que el viento no le deja leer con tranquilidad, moviéndole el periódico de un lado a otro y amenazando con volar y escaparse de sus manos.

Ha pasado más de una hora e Irene comienza a preocuparse, cuando a lo lejos ve la figura de Felipe que se acerca, acompañado de una pareja. Se trata de Miguel, el líder estudiantil de la época de la clandestinidad y su esposa, que están de vacaciones, procedentes de Nueva York y hospedándose en el mismo hotel.

Irene ha cerrado el libro para dar paso a una larga conversación en la cual vuelve a escuchar las repetidas historias de Miguel y Felipe durante la clandestinidad. Miguel tiene mucho que contar. No le alcanzan unas horas con su amigo y acuerdan proseguir la conversación a la mañana siguiente.

De regreso en la habitación del hotel, Irene se echa a llorar reprochándole el haber hecho planes con Miguel, olvidándose del paseo a Cayo Hueso.

—Parece que nuestros planes dependen de tus amistades, ¿no? —le dice Irene con la voz impregnada de llanto.

—Mi vida, a ti te tengo constantemente. A Miguel no lo veo nunca. Si nos vamos a Cayo Hueso, no voy a poder verlo. ¿No puedes comprender esto, que es tan sencillo? —le dice Felipe tratando de consolarla.

—Lo único que comprendo es que en este viaje no ha habido el debido equilibrio entre tus amistades y yo.

—¿Qué te parece si nos vamos solos esta noche al restaurante que tú escojas? Cayo Hueso está a tres horas. Podemos irnos mañana después de almorzar con Miguel y regresar tarde al otro día.

* * *

Irene ha escogido El Centro Vasco, un restaurante español situado en la Calle Ocho del suroeste de la ciudad. Los dueños de este restaurante son los que tenían en La Habana el mismo negocio con el mismo nombre. Felipe recuerda un día, cuando estaba en su primer año de Derecho en La Universidad de La Habana, que su padre lo llamó por teléfono, desde un cafetín situado en las cercanías del Capitolio Nacional, al apartamento que compartía con tres amigos. Se encontraba en viaje de negocios y había roto otros compromisos para poder almorzar con él. Quedaron de verse en el cafetín. Felipe tomó una guagua y en media hora se encontraba con su padre, sentados en una mesa disfrutando de dos mojitos. Era la primera vez que bebía con su padre. Tenía diecisiete años y se sentía todo un hombre. Del cafetín tomaron un taxi y se fueron a almorzar al Centro Vasco. En la barra del restaurante pidieron otros tragos y su padre ordenó una paella al camarero, pidiéndole que le avisara a la barra cuando estuviera lista. Conversaron como dos amigos y al cabo de una hora les informaron que en su mesa estaba esperándolos «la mejor paella de La Habana». Era la primera vez que su padre lo trataba como un adulto.

* * *

Felipe entra al restaurante de la mano con Irene. Pide una mesa para dos, y el *maître d'* les dice que hay una hora de espera, pero que pueden aguardar en la barra si así lo desean. Felipe ordena dos mojitos y manda a preparar una paella. En la barra hay un guitarrista español cantando cante jondo, cuyas notas angustiosas le dan al salón un aire sofisticado de Andalucía. Es una noche de alegría. Irene disfruta plenamente de la compañía de Felipe. Hace palmas y pretende tocar las castañuelas con los dedos. El *maître d'* les avisa que su mesa está lista. Pasan al comedor y una Tuna Española, procedente de la Universidad de Salamanca, les anima la comida con sus coplas y pasodobles.

—Esto es lo que necesita Columbus, y este es el negocio que Felipe e Irene van a tener dentro de uno o dos años — dice Felipe alzando la copa de vino y brindando por el futuro.

—¡Olé! — exclama Irene chocando las copas.

La noche terminó con los dos profundamente dormidos, disfrutando del sueño apacible que proporciona hacer el amor después de una velada alegre, íntima y romántica.

El almuerzo con Miguel fue muy revelador. Felipe pudo atar muchos cabos que tenía sueltos de compañeros de la resistencia de quienes había perdido la pista. Lo más significativo fue conocer el paradero del Galleguito. Miguel le contó que el muchacho pudo conseguir un bote y se apareció en Miami unos meses después de la traición. Logró penetrar varios grupos de la resistencia y después de adquirir las informaciones que buscaba, regresó a la isla para ponerlas en manos de la inteligencia cubana. El personaje del Galleguito había terminado como oficial de la Seguridad del Estado. Miguel y Felipe comentaron la ironía de haberle salvado la vida a aquel chiquillo irresponsable.

Después de despedirse de Miguel y ya de regreso de Cayo Hueso en el *Beetle* de Felipe, decidieron adelantar un día el regreso a Columbus para poder descansar antes de volver al trabajo. Cancelaron la comida de despedida que les tenían las amistades y luego de largas excusas emprendieron el viaje de regreso, pasando la noche en un motel cerca de Atlanta donde volvieron a disfrutar de la soledad. Irene volvió a sonreír.

* * *

Felipe lo tiene todo planeado. Desde que llegó de Miami no ha hecho otra cosa que pensar en el restaurante. La comida con Irene en «El Centro Vasco» sirvió para darle el impulso que necesitaba. Se ha asesorado por todas partes. Ha hablado con el *Small Business Administration*, ha visitado diferentes bancos, ha hecho contactos con contadores profesionales, con expertos en mercadeo y está convencido de que no puede fracasar. El secreto consiste en conseguir un buen cocinero y crear una buena base: empezar pequeño e ir creciendo a medida que el negocio se lo pida. Buena comida, buen ambiente, buena localidad y buen servicio... son los ingredientes para el triunfo. Felipe conoce a varios cocineros en Miami a quienes podría convencer de venir a trabajar en Columbus, y mantiene contacto con profesores de Español de Ohio State y de Ohio Dominican que a su vez tienen relaciones con los de las escuelas secundarias. Estos profesores y sus alumnos serían los primeros en convertirse en fieles clientes de un restaurante cargado de los sabores de España y Cuba, pequeño, barato y con excelente comida. De ahí emprendería un mercadeo agresivo que cubriría las oficinas y edificios de apartamentos del vecindario, y así sucesivamente.

Felipe está conversando con Pili de su viaje a Miami, de

la comida en el «Centro Vasco» y de sus planes futuros.

—¿Qué nombre le vas a poner al restaurante? —le pregunta Pili entusiasmada.

—Estoy pensando en algo que identifique a Cuba y que al mismo tiempo le sea fácil de pronunciar a los americanos —contesta Felipe.

—¿Como qué?

—«El Bohío, *Spanish and Cuban Cuisine*».

—Me parece formidable. Los americanos asociarán el nombre con Ohio y algo raro saldrá en la pronunciación. Creo que puede pegar. ¿Cuándo va a ser la apertura?

—Si todo sale bien, en las Navidades del año que viene, del 74, estaremos inaugurando el establecimiento y... «*Ladies and Gentlemen of the Midwest: Welcome to the intriguing flavors of Spanish and Cuban food!* »

—¿Y qué piensa Irene? —pregunta Pili.

—Ella desea ayudar en todo, pero yo no quiero que deje su trabajo. Con uno que lo deje basta. Tampoco quiero que invierta dinero. El restaurante va a ser una pequeña tasca y no se necesita pedirle mucho dinero al banco. Mis padres me van a ayudar en la cocina. Esto es un proyecto mío y, si fracaso, lo vendo y regreso a la enseñanza.

Pili siempre supo que ese era el sueño de Felipe desde los tiempos en que trabajaba en el restaurante polinesio. Lo que no acaba de comprender es cómo se puede dejar una carrera que ha costado tanto trabajo por un negocio tan difícil y tan esclavo.

—¿No te da pena abandonar tu carrera? —le pregunta Pili.

—La carrera me deja a mí. No me van a renovar el contrato, porque este sistema funciona a base de profesores visitantes que enseñan por uno o dos años con un salario bajo, y luego los reemplazan con otros por el mismo sueldo. Para alcanzar el *tenure* que significa seguridad y buen dinero, tienen que hacerme *full professor* con publicaciones todos los años en prestigiosas revistas. Esa posibilidad está lejos por ahora.

Aparentemente, Pili comprende la simple explicación que le da Felipe y le promete que será una clienta habitual:

—El tiempo se va volando y ya estoy viendo colas para entrar al *B'Ohio* —dice Pili, pronunciando el nombre del restaurante en inglés, como ella cree que lo harán los americanos—. Espero tener siempre mi mesa reservada.

* * *

Roberto ha salido de la cárcel. Recientemente había sido trasladado de Boniato a La Cabaña, donde hubo de cumplir sus diez años de condena, más otros tres de castigo por haber iniciado protestas después de la muerte de un compañero de celda debido a la falta de atención médica. Han sido trece años de prisión por el solo hecho de visitar a un amigo en un momento inoportuno.

Elena ya tiene treinta y tres años. La revolución ha marcado a su familia dejando huellas profundas en su alma. Los tres años de añadidura a la condena de su padre han sido el toque de injusticia más doloroso que ha tenido que afrontar. Osvaldo le brindó todo su apoyo e inmenso amor. Gracias a su bondad, Elena pudo afrontar esta última bofetada de la «generosidad» de la revolución. Osvaldo había comenzado a dudar de las buenas intenciones de los dirigentes, y eso bastó para que se desmoronara en su mente todo el andamiaje del sistema socialista que sólo era capaz de traer dolor y miseria, en lugar de justicia y bienestar social. Una mañana del mes de mayo del setenta y tres firmaron los papeles de matrimonio. Elena prefirió no decirle a su padre lo de la boda hasta que saliera de la cárcel. Nunca llegó a hacerlo porque a Roberto le extendieron la condena y Osvaldo murió un año después de casados, en un accidente de tren cuando se dirigía a una conferencia de Educación en la Universidad de Santiago de Cuba.

* * *

Roberto ha perdido peso pero se mantiene fuerte. Está muy taciturno y mira para todas partes antes de hablar. No le ha empeorado la visión, pero necesita atención médica. Elena le ruega que se deje llevar al policlínico.

—No quiero que me toque ningún médico cubano. Quiero arreglar nuestros papeles lo más rápido posible y largarnos cuanto antes de esta *mierda*. Salí de la pequeña cárcel, pero hasta que no salga de la grande, que es la isla entera, no me voy a sentir libre. Han pasado muchas cosas en estos largos años. Ustedes debieron haberse ido todos para los Estados Unidos. A lo mejor Sofía no se habría muerto si hubiera podido tener un buen tratamiento médico en Miami —le dice Roberto a su hija.

—Papá, no digas eso. Mamá no iba a dejarte nunca, ni yo tampoco. Aquí los médicos hicieron todo lo posible —le responde Elena con cariño.

—Si te hubieras ido cuando te llegó tu permiso de salida, estarías ahora con tu marido, no con el «comuñángara» ese, amigo tuyo, que tú dices que es buena gente. No hay ninguno que valga la pena.

—Papá, hay algo que debes saber...: Osvaldo murió. Te aseguro que era un hombre bueno y lo que es más importante: no era solamente mi amigo, fue más que eso... fue mi esposo. Nos casamos poco después de que te prolongaran la condena. Fue mi apoyo y mi paño de lágrimas. Con lo de mamá, no pudo portarse mejor. Si no hubiera contado con su ayuda, no sé lo que hubiera sido de mí. Quise decírtelo muchas veces pero no me atrevía.

Roberto se reprocha el haber sido duro e injusto con su hija, y le dice arrepentido:

—Perdóname, hija; tienes que haber sufrido mucho. Quizás debiste habérmelo dicho, creo que hubiera comprendido... Lamento no haber podido conocerlo.

Los dos están sentados en los balances de la sala. Han almorzado arroz con huevos fritos y una sopa de chícharos. La ciudad está en pleno verano y el calor se apodera de los hábitos de los habaneros. En las calles nadie camina por la acera del sol y los niños visten muy poca ropa. Todo el que puede, se va para la playa o pasea por el Malecón para sentir la brisa marina que acude siempre a refrescar las penas del estío.

Elena se siente muy tranquila con su padre en la casa, aunque no ve con mucha claridad la posibilidad de abandonar el país. Conseguir visa de un tercer país es muy difícil, pero está haciendo gestiones con la Embajada de Israel con la cual conserva algunos vínculos de cuando enseñaba inglés a las esposas de dos funcionarios israelitas que trabajaban en un programa agrícola. También ha contactado a amistades relacionadas con la Embajada Mexicana. Sus hermanos también han hecho cuanta gestión han podido a través de México y España, pensando que pronto lograrían abrazarlos. Nada ha podido cristalizar. Existe siempre la esperanza de que a su padre, por ser ex prisionero político, le otorguen el permiso de salida con más facilidad. El hermano de Roberto, padre de Ricardo, logró marcharse de Cuba en uno de los últimos Vuelos de la Libertad.

A Elena no le queda en Cuba más familia que su padre. Por Pili se ha enterado que su hermano Robertico se dejó arrastrar por la cultura *hippie* y experimentó con la marihuana por un tiempo. Sus calificaciones en la universidad fueron desastrosas y fue puesto en probatoria. Por suerte, le hizo caso a los consejos de Felipe y logró graduarse de Ingeniero. David ha ingresado en la escuela de Medicina de la Universidad de Ohio. De Felipe sabe que es todo un profesor de literatura en una universidad y que está vinculado románticamente a una americana llamada Irene. «Las vueltas del destino... Parece que fue ayer cuando nos despedimos en Varadero. ¿A dónde se han ido estos nueve años?»

* * *

El restaurante de Felipe se ha convertido en un negocio redondo. El libro de reservaciones se llena todas las tardes. Irene está muy orgullosa del trabajo y del éxito alcanzado por su cubanito y, aunque no se han casado, viven juntos desde hace años. Ella no cree en papeles pese a su educación en escuelas católicas: los aires liberales de los sesenta le cambiaron su visión de la vida. «Estamos juntos porque nos queremos, no porque la ley nos lo exija». Felipe, mucho menos liberal, ha querido casarse y le ha propuesto matrimonio ofreciéndole un anillo de compromiso. Ella se lo puso en el dedo y se consideró su esposa desde ese momento. Irene está muy involucrada en su trabajo de microbióloga. Ha pensado muchas veces en seguir al doctorado, pero los aumentos de sueldo la han disuadido cada vez que amenaza con volver a los estudios. Hace tres años que fueron a Miami y recuerda cómo estuvo a punto de terminar su relación con Felipe al sentirse excluida de un círculo de amistades cuya carga emocional ella nunca había presenciado. Ahora, cuando cree que el problema está superado y piensa que todo marcha por buen camino, Irene ve cómo el trabajo del restaurante lo aleja más de ella. Las horas de trabajo son interminables y, en el poco tiempo que está en la casa, Felipe luce ausente y casi no habla, pero tan pronto llega al restaurante cambia de actitud y se convierte en otra persona. Parece que el aceite de oliva con el ajo machacado y los tostones fritos en manteca se han confabulado para transportarlo a otro lugar que podría ser La Habana, Camagüey o Miami, ¿quién sabe?, pero decididamente no está con ella. Les hace falta alejarse de la rutina, sacar a Felipe del restaurante y encontrar tiempo para ellos. No han podido tomarse unas vacaciones en varios años por la esclavitud del trabajo. A duras penas lo ha convencido de escaparse por un tiempo

y ha estado hojeando varios libros de *Frommer's* tratando de
encontrar el lugar perfecto para descansar. Felipe, sorpresi-
vamente, le dice que quiere regresar a Miami. Irene traga en
seco ante la perspectiva de enfrentarse de nuevo al mismo
problema y, sin mediar palabra, lo conduce hasta un mapa-
mundi que tienen en el cuarto de oficina, en el que le señala
varios países de Europa, otros de la América del Sur, las islas
de Las Bahamas, México, el Canadá y varias ciudades de Estados Unidos que nunca han visitado. Con voz áspera, le
dice:

—«*Fucking Miami*» no es la meca del turismo mundial.

—No pienso hacer turismo. Estoy pensando en negocios
—le contesta Felipe, adoptando un aire de ejecutivo de empresa que Irene no resiste—. El Bohío donde realmente debe
estar es en Miami. Voy a ir a cerciorarme del mercado. Estoy cansado de explicarles a los americanos cuáles son los
ingredientes de la paella, del gazpacho, y la diferencia entre
plátanos maduros fritos, chatinos, hervidos, fufú y tostones... *enough*!

—Pues creo que vas tener que ir solo, Felipito. Hace
tiempo que quiero visitar Londres y me gustaría irme con
unas amigas —le responde Irene con una mueca de sonrisa,
tratando de controlar la frustración que le invade. Felipe la
ve desaparecer en su habitación y siente el sabor amargo que
precede a las rupturas.

MIAMI

Irene ha conseguido trabajo en su especialidad en la Universidad de Miami. El sueldo es menor que el de Ohio State, pero tiene mejores condiciones de trabajo. Felipe ha logrado su sueño: compró dos acres de tierra en la barriada de Westchester y ha construido «El Bohío» con un nuevo concepto nunca antes visto en Miami y que ha cautivado a los clientes. El restaurante consta de un bohío central con capacidad para sesenta personas y seis pequeños bohíos para grupos particulares. Todos están rodeados por puertas corredizas de cristales y cubiertos con techos de guano. Si la temperatura es agradable, las puertas se abren y se disfruta a plenitud de la naturaleza. En el verano las puertas se mantienen cerradas y se enciende el aire acondicionado, pero dejando ver, a través de los cristales, los árboles frondosos y un pequeño canal que corre entre los bohíos que se mantienen unidos a través de pintorescos puentes. La comida es criolla, con especialidad en lechón asado en vara a la vista de los clientes. El decorado es a base de monturas, sombreros guajiros, machetes, herraduras y lazos. Los camareros visten guayaberas con sombreros de yarey. Los fines de semanas hay un trío que toca las canciones del Trío Matamoros, alternando con otro de canciones modernas. El restaurante tardó un poco en despegar, pero al cabo de un año se convirtió en el lugar preferido de los políticos locales y los hombres de empresa. El antiguo restaurante de Columbus se lo vendieron a uno de sus empleados que acabó convirtiéndolo en un restaurante mexicano. El nombre del Bohío fue sustituido por el de «Acapulco», y los cocidos madrileños, por los tacos y burritos mexicanos. Los padres de Felipe se trasladaron desde el primer día para Miami y son imprescindibles en el manejo del negocio.

* * *

La WQBA (La Cubanísima) acaba de dar la noticia de la muerte del Dr. Carlos Prío Socarrás. Es el cinco de abril de 1977. La noticia ha pasado casi inadvertida en Miami. El exilio cubano ha perdido la combatividad de los años sesenta. El Miami actual dista mucho de parecerse al de los primeros años. Los cubanos en casi veinte años han construido su «Pequeña Habana», abriendo negocios de todo tipo: restaurantes, panaderías, ferreterías, gasolineras, tiendas de ropa... utilizando los mismos nombres que tenían en la Cuba democrática. Edificios dedicados a consultas médicas muestran nombres de médicos cubanos anunciándose en los directorios. La música cubana se escucha en todas partes y los estanquillos de café cubano pululan por doquier. El cubano sigue con su obsesión por la isla pero, convencido de que la perdió para siempre, trata de reconstruirla donde quiera que esté. Felipe contempla su restaurante sentado dentro de su carro en el amplio parqueo. Se siente muy orgulloso de la labor realizada y ve el fruto de su trabajo. Los cubanos han triunfado. Han creado su propia música, la cual no se permite escuchar en Cuba: Willie Chirino, The Miami Sound Machine, El Grupo Clouds, Los Sobrinos del Juez, todos con un estilo y un ritmo distinto a la música que se toca en Cuba, la cual tampoco se escucha en las emisoras de Miami. Se han creado dos Cubas que no se conocen. Desde que suspendieron los Vuelos de La Libertad, el contacto entre los cubanos de ambos lados del mar ha sido muy poco. Las noticias son muy escasas. En la isla, el gobierno le ha hecho creer al pueblo que el «gusano exiliado» es un sujeto discriminado que continúa trabajando de taxista o limpiando pisos en los hoteles. Fuera de la isla, el exiliado sólo conserva en su memoria el recuerdo congelado de la Cuba que dejó.

GUSANOS Y MARIPOSAS

En el mes de mayo, la periodista norteamericana Barbara Walters es invitada a Cuba y entrevista al Comandante en Jefe. El comandante admite tener las cárceles llenas de prisioneros políticos y le dice a la Walters que él espera que algún día ambos pueblos puedan ser amigos. Elena y su padre siguen atentamente la conversación por la televisión cubana y no pueden creer lo que están oyendo.

—Algo está pasando o va pasar —le dice Roberto a Elena.

—No hay duda. En este país las cosas no suceden casualmente. Te aseguro que en unos meses vamos a ver cambios —contesta Elena.

—Ojalá que se produzca algo para liberar a mis hermanos de prisión. No dejo de pensar en ellos un instante —dice Roberto con pesadumbre.

Los dos tenían razón. El seis de septiembre del siguiente año se anunció, en una conferencia de prensa en La Habana, el diálogo entre el gobierno cubano y representantes del exilio. Un mes después, cuarenta y seis prisioneros fueron liberados y entregados al grupo de Miami. Tony Cuestas, líder de los «Comandos L», manco y ciego producto de la metralla de una bomba que le explotó encima cuando realizaba una operación de comando frente al Malecón habanero, descendía del avión en Miami. El 8 de diciembre, representantes del exilio —El Comité de los 75— y el gobierno cubano firmaron un acuerdo que resultó en la liberación de muchos prisioneros políticos y en permitir que los cubanos en el exterior pudieran visitar a sus familiares en la isla. Después de un aislamiento de muchos años, los cubanos de ambos lados del estrecho de la Florida podrían verse de nuevo. Los antiguos «gusanos» ahora convertidos en mariposas radiantes eran bienvenidos como la «Comunidad Cubana en el Exterior».

* * *

Doña Rosario está muy enferma. Cuando su hijo Arturo decidió abandonar el país, le pidió que cerrara su apartamento en La Habana y se fuera a vivir con ellos en Camagüey. La anciana no lo pensó dos veces, porque no podía concebir que la antigua casona de tres generaciones de su familia pasara a manos del gobierno cuando se fuera su hijo, y no quería que la enterraran en otro lugar que no fuera el Cementerio del Cristo, donde se encontraban los restos de su marido y de sus padres. Doña Rosario le ha pedido a su médico de cabecera que se comunique con su hijo y le diga que no quiere morirse sin darle un beso.

—Su salud está muy resquebrajada. Puede fallecer en cualquier momento —le dice el Doctor Pérez-Ramos a Arturo—. Sin embargo, tu mamá tiene su mente muy clara. No hace más que hablar de ti y de Felipe. Deberías considerar venir a verla. Puedes aprovechar esta nueva oportunidad de los vuelos de la comunidad.

Arturo está desesperado. Cuando salió de Cuba pensó que no regresaría mientras durara el comunismo. Ha hablado recientemente con su madre y ésta se le ha echado a llorar en el teléfono. Su esposa Mercedes le sugiere que vaya a verla: «Debes irte a Camagüey lo más pronto posible. Tú sabes que yo quisiera acompañarte, pero mi salud me lo impide. Quizás Felipito pudiera ir contigo».

Felipe está en desacuerdo con el diálogo. Negociar con la dictadura como si nada hubiera pasado es algo que no puede asimilar. En las discusiones con sus amigos ha definido muy claramente su posición: «El gobierno de Cuba no negocia algo si no le conviene, y todo lo que le convenga al régimen nos perjudica». La mayoría de sus amigos está de acuerdo con Felipe. La prensa y la radio de Miami también han criticado el diálogo. Un exiliado y respetado líder de la comunidad que iniciara las conversaciones con Cuba ha sido acusado de ser agente comunista. Felipe no cree que lo sea. Piensa que el Comité de los 75 ha actuado de buena fe y que la salida de los presos es motivo de alegría, pero está convencido de que negociar con la dictadura es reconocerla y ayudarla. Su tío piensa distinto: cree que este tipo de apertura pudiera resultar una oportunidad para la penetración ideológica y para demostrar el bienestar social que se alcanza en la democracia. Una noche en el restaurante, casi a la hora del cierre, el tío se le aparece a tomar café y le comenta:

—Felipe, tienes que darte cuenta de que la guerra terminó. Ellos ganaron y son los que dictan las reglas.

—A mí no me dictan nada. Habrán ganado la guerra,

pero ellos allá y yo aquí con mi restaurante.

—Ahí está el problema. Ellos allá y nosotros aquí. Mientras más tiempo sigamos así, más se consolidan. Hace falta mezclarse con ellos, cambiar impresiones, mostrarles sutilmente nuestros modos de vida. Los sistemas totalitarios se fortalecen con el cierre de las puertas. Las aperturas los debilitan. Este puede ser el principio del resquebrajamiento del régimen.

—¡O el principio de nuestra falta de vergüenza! —le responde Felipe con indignación.

El tío se ha marchado y los camareros han comenzado a apagar las luces. Felipe Varona parece un hombre seguro de sí mismo. Es un triunfador. Se le escapó al G-2 de entre las manos. Llegó a los Estados Unidos y se ha hecho de títulos universitarios. Ha enseñado en un *college* y es hoy un respetable hombre de negocios con una sólida reputación financiera. Aún no ha llegado a los cuarenta años y ya se encuentra en la cima del mundo. «Negociar con los comunistas, pedirles permiso para regresar... *No way, José!*» — piensa Felipe mientras parquea su auto en el garaje de su casa.

Irene lo está esperando con la noticia de la gravedad de su abuela y los planes de su padre de ir a verla. Felipe se sienta en el sofá de la sala y busca automáticamente un cigarro que no encuentra en el bolsillo de su camisa, sin acordarse de que hace dos años dejó de fumar.

Alguien ha dicho que no se debe regresar a los lugares donde se ha sido feliz porque los fantasmas que cuidan del tiempo se encargan de alterar el entorno, distorsionándolo para que nadie encuentre aquellos rincones donde forjaron sus sueños juveniles. Sin embargo, Felipe sabe que tiene que regresar, comprende que la política no tiene nada que ver cuando se trata de la familia. La abuela está por encima de cualquier beneficio que pueda obtener el sistema. Su deber es acompañar a su padre y despedirse de su adorada abuela. Si por algún sortilegio lo pudiesen trasladar a la habitación donde yace la anciana para poder besarla, cuidar de su sueño y darle todo su cariño, no habría nada que objetar, pero Felipe sabe que existen los trámites, las aduanas, los agentes de Seguridad del Estado y sobre todo... los recuerdos. Cuando fue al Puerto de Camarioca, no experimentó Cuba verdaderamente; podría haber sido Santo Domingo o cualquier otra ciudad del Caribe. Para Felipe, Cuba, su Cuba, es Camagüey o La Habana, las dos ciudades donde ha vivido: su patria chica. Regresar al Parque Agramonte, a la calle Cisneros, a su casa, al Malecón, a la universidad, es tocar el ensueño que ha vivido en sus largas noches de desvelo.

Al día siguiente, como de costumbre, Felipe llega al restaurante bien temprano y nota que el carro de su padre ya está en el parqueo. Arturo lo está esperando sentado en una de las sillas de su oficina.

—Felipe, hijo, tenemos que hablar de algo muy importante —le dice Arturo tratando de adivinar en el rostro de su hijo un gesto que anticipe la respuesta a su futura pregunta. Felipe se sienta despacio en el sillón de su escritorio y le dice cariñosamente:

—Papá, se lo que me vas a hablar y he estado pensando mucho en eso. Créeme que no he podido dormir en toda la noche.

—Yo te necesito y tu abuela te necesita. Tu madre no quiere que vaya solo y yo... a decir verdad, me sentiría más cómodo viajando contigo. ¿Qué me dices?

—Papá, yo estoy en contra del diálogo, en contra de regalarle los dólares a los comunistas, pero... ¿Sabes qué? Mi familia es mi familia.

No le costó mucho trabajo a Arturo convencer a su hijo para que lo acompañara. Saber que su abuela lo menciona constantemente le ha quebrado toda voluntad de resistencia. Irene le ha dado todo su respaldo: «La abuela bien vale que el gobierno te robe los ochocientos y pico de dólares que te cuesta el pasaje. Yo en tu lugar haría lo mismo».

* * *

El espectáculo en el aeropuerto de Miami de largas colas de exiliados que viajan a Cuba a ver a sus familiares es dramático: hijos que no han visto a sus padres en quince o veinte años, hombres que regresan a sus esposas e hijos por primera vez. Todos comentan la situación, las pocas libras que se les permite llevar en el «gusano» de lona, las listas de medicinas para los enfermos, y la situación a veces desesperada en que se encuentran sus familiares. Felipe conversa con una señora de unos cuarenta años de edad que va a ver a su madre y le confiesa que lleva tres faldas, cuatro *bloomers* y tres ajustadores debajo del vestido. Le sigue contando que, escondidos dentro del dobladillo de la falda, lleva chicles para sus sobrinos. Felipe solamente lleva lo reglamentario: cuarenta y cuatro libras de ropa y veintidós de medicina que su madre le ha empacado cuidadosamente. Lo último que quiere Felipe es verse en problemas con la Seguridad del Estado en el registro de aduanas.

En menos de una hora de vuelo se divisa tierra cubana. Los trámites de llegada en el Aeropuerto Ignacio Agramonte de Camagüey son largos y tediosos. Una por una, hombres uniformados revisan minuciosamente cada maleta después de pesarla. La señora de los tres ajustadores lleva en la mano una revista *Better Homes and Gardens* que estuvo leyendo durante el viaje, y uno de los milicianos se la confisca.

—¿Qué pasa con la revista? —pregunta la señora.

—Compañera, la orientación del gobierno es la de no permitir el desviacionismo ideológico de este tipo de revista —le dice el miliciano con aire académico.

—Mi intención es solamente mostrarle a mi madre un tipo de mueble que aparece allí que es muy parecido al que tengo en mi casa —le responde la señora, indignada.

—Lo sentimos, compañera. Prosiga adelante —le dice el miliciano marcialmente.

—No se preocupe, quédese con ella, pero le advierto que no somos compañeros —le contesta la señora, visiblemente irritada.

Felipe y Arturo a duras penas pueden contener una sonrisa ante la cara sorprendida del miliciano.

El Chevrolet Impala del año 1958 del doctor Pérez-Ramos los está esperando en la rotonda de la entrada para llevarlos a la casa de la abuela. La primera impresión de la ciudad es patética ya que, casi en frente del aeropuerto, está la tétrica prisión de Kilo 7. Felipe recuerda haber leído en alguna parte que hace unos pocos años murieron 40 prisioneros en una rebelión dentro de esa cárcel. Un poco antes de llegar a la estación de ferrocarril se distingue un hospital que no conocen.

—Es el Amalia Simoni —les aclara el doctor Pérez-Ramos, añadiendo en tono apesadumbrado—: En este país hay dos cosas que se deben evitar a toda costa —caer preso e ingresar en un hospital.

Felipe le ha pedido al doctor Pérez-Ramos que pase por Los Maristas, donde estudió por doce años, que siga por la calle República a tomar la calle Estrada Palma, y que de ahí continúe hacia la calle Cisneros donde está la casa de la familia. «Era mi camino a la escuela» —les dice Felipe. El auto hace el recorrido siguiendo la ruta señalada y Felipe va mirando a través de la ventana cómo la ciudad ha cambiado: casas de fachadas descoloridas, tiendas con nombres irreconocibles, calles desiertas de automóviles pero llenas de baches, rostros desconocidos, hombres y mujeres mal vestidos cargando jabas vacías. En sus recurrentes pesadillas de exiliado, siempre se encuentra caminando por una de estas calles hasta ser reconocido por un miliciano que lo detiene y lo interroga. Entre la desesperación de no poder darle una explicación y el temor al arresto, se despierta sobresaltado, resultándole difícil volver a conciliar el sueño. Esta vez, Felipe ha confrontado su pesadilla. Está en Camagüey, pero nadie lo detiene. De ser un elemento contrarrevolucionario, enemigo del pueblo, ha pasado a ser un distinguido miembro de la «comunidad cubana en el exterior».

El auto se detiene frente a la casa de los Varona. La

puerta la abre Rosita, una vecina de toda la vida, cuyo marido falleció hace varios años y se pasa la mayor parte del tiempo acompañando a la abuela.

Doña Rosario está muy débil. Rosita ya la había preparado para la llegada de su hijo y de su nieto. Desde que supo la noticia del viaje, Rosita pudo observar cómo se le alegraba el alma. Cada vez que se mencionaban sus nombres, Doña Rosario parecía que viviría veinte años más. Cuando los vio a los dos en su cuarto, sus ojos cansados se llenaron de lágrimas de alegría. Los abrazó largamente con mucha ternura y estuvo conversando con ellos durante largo rato. Felipe notó en el dedo de su abuela el anillo de platino y diamantes que él le había dado a Elena el día de su boda. Doña Rosario le dijo: «Elena me lo devolvió llorando cuando estuvo a verme. Ella te quiere mucho. Quiero que lo guardes y ojalá que algún día puedas ponérselo otra vez». Doña Rosario sintió que su tiempo en la tierra ya se había cumplido y así sucedió a los dos días del encuentro: murió mientras dormía el lunes por la noche.

* * *

Arturo y Felipe han regresado del Cementerio del Cristo. El entierro fue sencillo y pocas personas asistieron a despedir a Doña Rosario. La Catedral dobló sus campanas dándole el último adiós a una señora que con su vida ejemplar, dedicada a los necesitados, pudo tocar muchos corazones y realizar innumerables obras sociales.

Rosita se ha hecho cargo de las pertenencias personales de Doña Rosario. En una carta muy bien redactada para su avanzada edad, había dispuesto de lo poco que le quedaba para ser repartido entre las vecinas que tanto se ocuparon de ella. Arturo no ha querido regresar a la casa para no intranquilizar a los fantasmas del recuerdo. El motivo de su viaje era ver a su madre antes de que muriera y nada más, pero ahora se encuentra en la inesperada situación de disponer de cuatro días más en Camagüey antes de su regreso a Miami, señalado para el sábado 5 de abril.

Los pasajes adquiridos en Miami incluían obligatoriamente los costos de hospedaje en el Hotel Camagüey, aún cuando no se utilizara. A Arturo le encantaría viajar a La Habana para ver a su amigo Roberto y a Elena, pero no quiere influenciar en su hijo. Salen caminando juntos del cementerio y poniéndole su brazo por encima del hombro le dice a su hijo:

—Felipe, creo que lo mejor es pasar estos pocos días que nos quedan en ese hotel que hemos pagado y tratar de no meternos en ningún problema hasta que salgamos de aquí.

—Papá... ¿Qué tú crees de ir a La Habana y ver a Elena y a su padre? —pregunta Felipe, tratando de ocultar la inmensa ansiedad que lo embarga ante la oportunidad de ver a Elena. Arturo suspira y lo estrecha fuertemente.

—Me alegra oírte decir eso. Ya lo había pensado, pero no sabía cómo lo ibas a tomar. Deben tener muchas necesidades y podríamos ayudarlos.

—Lo voy a tomar como lo que es: algo que pasó hace mucho tiempo. Sencillamente, lo nuestro no pudo ser; la revolución se encargó de ello. He aprendido a seguir con mi vida... ¿Tú crees que el Doctor Pérez-Ramos nos quiera alquilar su máquina?

—Ya se ofreció. La tenemos a nuestra disposición. Me dijo que mecánicamente es la obra maestra de la «General Motors». Podemos irnos mañana miércoles y regresar el viernes por la noche, para dormir en este hotel y esperar el autobús que nos llevará al aeropuerto el sábado por la mañana como está estipulado. Serán dos noches en La Habana, así que debemos hacer los arreglos de hotel cuanto antes.

—Papá, si no te importa, ocúpate de esto con la ayuda del doctor. Yo me voy a caminar.

— ¿Por dónde, hijo?

—Voy a ir hasta la Plaza de la Caridad y de ahí al Casino Campestre, al Instituto... pasar por las calles Cisneros, Comercio, República hasta llegar a los Maristas, y de vuelta otra vez hasta que me canse y consiga un taxi para el hotel. Esas calles tienen mis huellas por todas partes y necesito encontrarlas.

—Ojalá las encuentres. La casa nuestra la acabo de quemar junto con toda esta ciudad que no tiene ya nada que ver conmigo. Mi Camagüey, mi finca, mis amigos, esos siguen viviendo en mi corazón y nadie podrá arrancármelos. Después que pueda abrazar a Roberto y pedirle perdón por haber aceptado aquella invitación a almorzar mariscos que tan caro le costó, no creo que regrese más a este país.

Arturo no tiene problemas de desarraigo. Sabe perfectamente que ha pasado por dos vidas. La primera fue en Cuba, donde era respetado y admirado por sus amigos, donde supo mejorar la finca de la familia importando ganado cebú de los Estados Unidos para convertir su ganadería en una de las mejores de la zona. Esa vida terminó el día que tomó el avión en Varadero para los Estados Unidos. Pudo armar una carpintería lo suficientemente fuerte como para bloquear cualquier sentimiento de nostalgia. Tan pronto vio alejarse la isla a través de la ventana del avión, se dijo para sus adentros como decía «Chicharito», aquel personaje inolvidable de la radio cubana: « ¡Allá va eso!». La segunda vida se le abrió a Arturo como otra oportunidad en la tierra para probarse a sí mismo. Así lo entendió desde ese instante y, cuando se vio administrando con su hijo El Bohío y recibiendo a los clientes, dio gracias a Dios por haberle dado tanta felicidad.

Felipe es otra cosa. Es la historia universal del exiliado, del desterrado, del hombre que no ha terminado su misión, su proyecto, su sueño, y lo trasladan en desacuerdo con su voluntad a otras tierras, a otro idioma y otras costumbres. En Columbus, pese a todos sus títulos universitarios, siempre fue «el cubanito», como le decía Irene haciendo mohines. En Miami es el *entrepreneur* cubanoamericano que parece poseer un comodín para utilizarlo cuando le conviene hacer negocios con latinos o norteamericanos. No ha podido terminar su primera vida que quedó inconclusa en la Embajada de Uruguay. Su segunda vida la ve como supervivencia, como algo siempre en movimiento que le impide mostrar su verdadera seña de identidad. Es por ese motivo que necesita caminar por esas calles tortuosas de Camagüey con sus callejones inesperados y sus iglesias vigilantes. Es la necesidad existencial de rescatar los pedazos de aquel joven que jugaba baloncesto y leía las rimas de Bécquer en otro tiempo pero en el mismo espacio.

La calle Cisneros lo conduce al puente sobre el río Hati-
bonico que atraviesa la ciudad. Las pocas aguas del río parecen de chocolate. Felipe se detiene en el medio del puente
y se apoya en su baranda. Sus ojos buscan las sombras de
una familia muy pobre que vivía debajo de ese puente.
«¿Dónde estarán? ¿Qué habrá hecho la revolución por
ellos?» Recuerda haberse prometido en sus años de bachillerato trabajar por la erradicación de ese tipo de miseria. El
Bar Casino, a la entrada de la avenida de la Libertad, está
cerrado. No hay nadie en sus alrededores. Lo que fuera el
centro de actividad de esa zona en otra época es hoy una esquina triste y desolada. Felipe busca, en cada rostro que se
encuentra, algún rasgo que le permita adivinar un nombre
para llamarlo y decirle: «Aquí estoy, nada ha cambiado,
nunca me he ido de este pueblo». Felipe no conoce a nadie,
no puede identificar ninguna de las casas donde vivían sus
amigos en esa ancha avenida que conduce a la plaza de La
Caridad. Es la misma ciudad y es otra al mismo tiempo. Es
como si hubieran vestido a la ciudad para un baile de carnaval, o como si empezaran a pintarla y a despintarla sucesivamente. Los colores del recuerdo lo traicionan en azules
estrambóticos y amarillos desajustados.

Felipe ha notado que la gente lo mira como si fuera un
turista extranjero. Su ropa lo denuncia, su piel quizás... pero es la misma piel. «Tiene que ser la ropa». Cuando habla
con alguien, su manera de expresarse lo delata como un extranjero. « ¿Quién es Felipe Varona? A lo mejor estoy ente-
rrado en El Cristo, junto a mis abuelos, y no me he dado

cuenta».

Ya entrada la noche, el taxi que lleva a Felipe al hotel Camagüey se detiene. Este hotel es nuevo, pero ha sido edificado en una quinta que su padre conoce muy bien porque era propiedad de uno de sus mejores amigos. Arturo lo está esperando y le muestra excitado el Impala que el Doctor Pérez-Ramos gentilmente les ha alquilado para el viaje a La Habana al día siguiente.

El miércoles 2 de abril del año 1980, Felipe se despierta confundido. Abre los ojos y le cuesta trabajo identificar los muebles oscuros de la habitación del hotel. No sabe en qué ciudad se encuentra. Ha perdido momentáneamente el sentido de ubicación. Entra en el cuarto de baño, abre el grifo del agua y hunde la cabeza en el líquido transparente que lo despierta completamente. «Estoy en Camagüey y esta tarde veré a Elena... estoy vivo.»

REENCUENTRO

El Impala 58 es de color crema y se conserva en tan buen estado que cualquier coleccionista de automóviles pagaría una cuantiosa suma por poseerlo. Es un coche amplio, deportivo, de dos puertas, con la famosa cruz achatada de la marca *Chevrolet* colocada al frente, sobre el vértice del ángulo de la insignia militar en forma de V que en el idioma inglés llaman «chevron». Felipe no deja de mirarlo por todas partes. Cuando lo vio por primera vez en el aeropuerto, estaba tan turbado por la llegada a Camagüey que no pudo disfrutar de su belleza; ahora, con más calma, deja que sus ojos recorran toda la geometría de esa obra maestra. Mecánicamente está en perfecto estado. El motor ha sido reconstruido gracias al ingenio cubano que, con la necesidad producto de la escasez, ha florecido por toda la isla.

Arturo y Felipe han dejado atrás el hotel y entran en la carretera central que los conduce a La Habana. Felipe va al timón y le dice a su padre:

—En siete u ocho horas estaremos entrando en La Habana. Son las diez de la mañana y espero que lleguemos antes que caiga la noche.

—Todo depende de lo que nos encontremos en el camino. Vamos a ir despacio. Tener un accidente en este país... no quiero ni pensarlo.

—Si vamos a ver, es un solo día lo que vamos a estar en La Habana. Esta noche no creo que podamos hacer gran cosa —dice Felipe mirando a la distancia.

—Llamaré a Roberto apenas llegue y nos pondremos de acuerdo para vernos mañana. Tenemos que hacer algo por ellos —le dice Arturo preocupado.

—Papá, tengo que decirte que me está afectando saber que voy a volver a ver a Elena. No me la puedo quitar de la cabeza ni un instante.

—Hijo, esa es tremenda confesión y merece una aclaración rápida: es muy natural. Yo estoy seguro que después que la veas y hables con ella, se te quitará la ansiedad. Fue tu mujer y la quisiste mucho. ¿O es que todavía la quieres? —le pregunta Arturo mirándolo con cariño.

—Nunca he dejado de quererla... pero también quiero mucho a Irene, Papá, ¿puedes entender?

—¡Claro, m'hijo! La vida está llena de ambigüedades, dualidades, paradojas, dudas... Nada es blanco y negro, solamente este sistema comunista es el que tiene un solo color: ¡el de la mierda!

—En eso estamos de acuerdo —contestó Felipe sonriendo.

El viaje transcurre sin muchas novedades. Los paisajes de la llanura camagüeyana a lo largo de la carretera recta entre Florida y Ciego de Ávila, les traen a los Varona las añoranzas de los viajes que la familia solía hacer a una quinta, propiedad de una prima de Doña Rosario, cerca de Jatibonico.

—Ciego de Ávila ya no pertenece a nuestra provincia. Estos *hijos de putas* que todo lo han cambiado, con la única intención de joder, ahora han añadido unas cuantas. Creo que suman catorce» —dice Arturo.

—Es muy posible que ese cambio lo hicieran por el aumento de la población. Eso tendría cierto sentido —comenta Felipe.

—Esta gente lo que quiere es reescribir la historia, borrarlo todo. Aquí nada tiene sentido. No sé cómo no le han puesto a La Habana el apellido del Comandante, como hizo Trujillo, que por cierto era un «niño de teta» en comparación con esta bestia.

—Lo que no pueden cambiar es esta belleza natural que estamos contemplando, este cielo y este sol.

—Sí pero ¿tu sabías que de acuerdo con el gobierno, el ciclón Flora fue enviado por la CIA?

Los dos ríen mientras el Impala devora los kilómetros de carretera que faltan para llegar a Santa Clara.

La carretera les parece sumamente estrecha, solitaria y llena de baches. Unos cuantos camiones circulan cada cierto tiempo, algunos de ellos transportando trabajadores en vez de ganado o caña. El verdor de los campos es inagotable; los sembradíos, escasos. Tractores abandonados por falta de piezas de repuesto aparecen a los lados de la carretera como vacas surrealistas pastando en la yerba. Guajiros cabizbajos, conduciendo carruajes improvisados y tirados por caballos famélicos, completan el panorama triste de la nueva campiña socialista.

Han atravesado varias ciudades: Sancti Spíritus, Guayos, Cabaiguán, Placetas y Falcón. Es la una de la tarde y ven un letrero que dice: «Bienvenidos a Santa Clara».

—Aquí debemos almorzar cualquier bazofia socialista, echar gasolina e irnos *p'al carajo* —exclama Arturo.

—De acuerdo.

* * *

La situación en La Habana está muy complicada. El día del entierro de Doña Rosario, un autobús con seis cubanos buscando asilo político atravesó la verja de la sede de la Embajada del Perú dejando como saldo un guardia cubano muerto, al parecer por los efectos de un disparo producido por uno de ellos mismos. La situación está tensa. Elena ha oído en la radio cubana la noticia del incidente en donde se acusa a uno de los contrarrevolucionarios de haber asesinado al guardia cubano. El gobierno ha demandado al embajador del Perú que les entregue a los asaltantes y hasta el momento no ha habido respuesta de la embajada.

Elena ha sabido por su primo Ricardo todos los pormenores del viaje de Felipe a Cuba para ver a su abuela. Conoce que el doctor Pérez-Ramos les alquiló el auto para ir a La Habana y está esperando noticias en cualquier momento. Aunque está en la Biblioteca Nacional trabajando en unos archivos de principios de siglo, su mente está fija en la carretera central. «Esta noche seguro que me llamas. Han pasado quince largos años desde que nos despedimos en Varadero y todavía tengo tu sonrisa diciéndome adiós. No hay dudas de que te quiero... siempre te he querido. Irene, Irene... Son pocas letras las que cambiaste, Felipe, tres pequeñas letras. ¿Te ríes con ella como te reías conmigo? ¿La tomas de la mano como lo hacías conmigo? ¿La miras igual, la besas igual? Felipe, mi amor... Cuando volvamos a vernos, ¿qué pasará? Nunca quise a Osvaldo como te quise a ti. Si los cubanos en Miami quieren que les devuelvan lo que les robaron, ¡a mí también hay que devolverme lo que me quitaron!»

Roberto está en la casa esperando a Elena, como todas las tardes desde que salió de la cárcel, con el café listo para colar. Su amigo Arturo ha prometido ir a verlo y su casa está abierta para quien, además de amigo, fue su consuegro. Su solicitud para salir de Cuba con su hija, en calidad de ex prisionero político, fue enviada a la Sección de Intereses de los Estados Unidos tan pronto se permitieron esos trámites y piensa que ya ha pasado demasiado tiempo para que no haya habido una respuesta. Ha conversado con otros ex prisioneros y todos están con la misma preocupación. «Quizás Arturo pueda activar algo con el tal Smith que está al frente de los Intereses. Él siempre se las arregla para conocer a alguien».

El Impala no ha tenido ningún fallo mecánico, salvo que han tenido que echarle agua al radiador, ajustarle unas bujías y añadirle otro cuarto de aceite.

—¿Cuáles son los próximos pueblos, Papá?

—Esperanza, Jicotea, Santo Domingo y Manacas —responde Arturo mirando un pequeño mapa que sirve para refrescarle la memoria.

—¿A qué hora estaremos en La Habana?

—Estás como los niños chiquitos. Si mis cálculos no me fallan y este mapa no es comunista y se le puede creer, debemos estar en La Virgen del Camino alrededor de las cinco y media de la tarde. Tenemos reservación para una noche en un «*nosequecoño*» Hotel Tritón, que es lo único que pude conseguir. Se supone que esté en Miramar en la calle 3ra y la avenida 74.

—Debe de ser de los españoles o de los italianos. En mi época no existía.

—El asunto es no hacer mucha ola, no meternos con nadie, hacer lo que nos dicen, tratar de ayudar a esta gente, e irnos de aquí lo más rápido posible.

* * *

Han llegado a la ciudad de La Habana. El reloj marca las cinco y cuarenta y cinco minutos. Aunque no les sorprende, les llama la atención la falta de anuncios comerciales en las vallas que han sido sustituidos por arengas revolucionarias: «*Señores imperialistas: no les tenemos absolutamente ningún miedo*», «*Pioneros comunistas: seremos como el Che*». Felipe recuerda el anuncio lumínico de las trusas *Jantzen*, en el que una bañista se zambullía en el mar mostrando el último modelo, y le comenta a su padre: «Ningún cubano menor de veinte años ha visto una valla que no contenga un mensaje político». El Impala se desvía de la carretera Central, toma la Avenida Dolores, pasa la Calzada de Jesús del Monte que se convierte en General Lacret y al llegar a Goicuría, Felipe dobla a la izquierda y sube loma arriba buscando la calle Libertad, donde viven Roberto y Elena.

—Yo creo que esta nueva ruta no estaba en nuestro plan —dice Arturo sin poder reprimir la risa.

—Está en el camino para el hotel —dice Felipe sonriéndole a su padre.

* * *

La vida es pura ebullición. Nada es estático, a veces ni siquiera los valores universales o los principios naturales. El Santos Suárez del año 1980 no es el mismo de cuando Felipe y Elena noviaban a finales de los cincuenta. El barrio tiene un aspecto sombrío. Todavía no ha caído la tarde, aunque algunas nubes grises ocultan el sol y presagian lluvia. El auto ha tenido que zigzaguear para evitar caer en los profundos baches ocasionados por las abundantes lluvias y la ausencia de mantenimiento y reparación de las calles. En los establecimientos comerciales de las esquinas, los anaqueles se ven vacíos. Las casas tan elegantes en el recuerdo, aparecen ahora despintadas, con paredes descascaradas o pintadas en colores chillones. Los pequeños jardines frente a las casas, antiguamente llenos de rosales, adelfas, mariposas y otras flores tropicales, ahora están desolados o convertidos en huertas para suplementar la escasa alimentación provista por la libreta. La casa de los García, ante los ojos de Felipe, parece más pequeña. Las proporciones son las mismas, pero es la memoria la que transforma y glorifica los escenarios felices preservándolos de la distancia y del olvido.

Felipe parquea el auto enfrente de la casa de Elena y los curiosos del barrio salen a los portales de sus viviendas para observar con detenimiento a los «invasores» de la privacidad de la cuadra. La mayoría de los vecinos forman parte del Comité de Defensa de la Revolución, aunque en estos tiempos no haya mucho que defender. El gobierno le ha dado el visto bueno a la comunidad cubana del exterior y la orientación ha sido de cooperación con ellos. Después de tocar la aldaba varias veces, sienten pasos, y la puerta se abre dejando ver la figura envejecida de Roberto, quien no acaba de comprender cómo puede tener delante a estos dos hombres y exclama con un sonoro: « ¡¡Coñooo!! ¡Qué alegría... no lo puedo creer!».

Elena no había llegado todavía del trabajo. Roberto la excusó aduciendo los problemas del transporte y enfatizando que no los esperaban hasta el día siguiente.

Después de darle el pésame a Arturo por la muerte de doña Rosario y de preguntar Roberto por sus dos hijos, repasaron todos los años de cárcel, la muerte de Sofía, la política, y las circunstancias desesperadas en que se encontraban para salir del país. Roberto le pidió a Arturo que lo ayudara a agilizar su salida de Cuba bajo su condición de ex prisionero político, quizás usando sus antiguas conexiones con diplomáticos extranjeros: «Arturo, esta *mierda* no hay quien la cambie; nosotros aquí sobramos». Arturo ya no conocía a nadie, pero prometió ayudarle en lo que pudiera.

Felipe se muestra impaciente, mirando constantemente a través de la ventana. La ansiedad de volver a ver a Elena lo mantiene ajeno a la conversación con la mente abstraída. Roberto comprende que los dos van a necesitar estar solos para poder conversar libremente y le sugiere a Felipe esperarla en la parada de la guagua a sólo unas cuadras de distancia:

—Yo suelo ir a esperarla cada vez que llueve y sé que ha olvidado el paraguas... o cuando llega tarde en medio de un apagón. Aunque es ya una mujer hecha y derecha, no me gusta que ande sola por las calles oscuras.

La tarde ha ido desapareciendo lentamente ante los ojos de Felipe sin que apenas haya notado cómo las calles se van haciendo más íntimas en la complicidad de la penumbra que comienza a envolver la ciudad. La guagua llega repleta. Los que han llegado a su parada comienzan a descender para darles paso a nuevos pasajeros que se desesperan por subir a ella. Elena está entre el gentío que se apresura a bajarse de la guagua. Felipe la distingue inmediatamente, se le acerca por detrás, la toca ligeramente por el hombro y Elena, temerosa de que sea algún impertinente, vuelve su cabeza con gesto de disgusto y se encuentra con la sonrisa de Felipe.

—¡Felipe! —exclama Elena. No puede pensar. El tiempo se ha detenido en ese instante. En un impulso incontenible lo abraza, lo besa en la mejilla repetidamente y lo vuelve a abrazar con más fuerza. Felipe le huele a clavel, como los hombres de la poesía de Lorca. Cierra y abre sus ojos repetidamente para cerciorarse de que no está soñando. Felipe quiere decirle cuánto la ha extrañado, pero no encuentra palabras apropiadas. Siente que su alma ha sido tomada por tanta ternura y se deja llevar sin atinar a nada más.

Una vez que las emociones comienzan a ceder, Felipe es el primero en hablar:

—Si hubiera sabido que me ibas a dar tantos besos, hubiese venido antes —dice en tono jocoso.

—Y yo me hubiera quedado esperándote en la casa, pero dime, ¿Cuándo llegaste? ¿Cómo te sientes? ¡Qué bien estás! ¡Qué bien luces!

La blusa blanca de seda china que viste, herencia de su madre, deja ver el busto redondeado por la madurez de sus treinta y tantos años y, aunque se conserva delgada, la falda azul ceñida al cuerpo revela las caderas amplias tan típicas en la mujer cubana. Felipe la encuentra más atractiva que antes y aunque no quisiera decírselo, no lo puede evitar:

—Elena, estás más linda que nunca... Llegué hace dos horas y dejé a Papá con el tuyo arreglando el mundo. Íbamos directo al Hotel Tritón, donde tenemos reservación, pero quisimos pasar a verlos antes.

—Gracias por el piropo. Te lo acepto con mucho gusto, pero... de ninguna manera pueden quedarse en ningún hotel. ¿Qué es esa tontería? Se quedan en casa.

Se han tomado de las manos y caminan juntos. La conversación gira en torno a los pormenores de la vida de sus hermanos, la familia, Miami y La Habana. Felipe conoce que Elena enviudó hace algunos años, pero ese es un tema que no desea tratar. Igualmente, Elena sabe que Felipe tiene una relación sentimental con una americana, pero tampoco quiere comentar. Las relaciones posteriores a su «entonces» no forman parte de su ontología en común. Son accidentes, recodos en el largo camino que no alteran la historia, sus propias historias.

Después de conversar por un buen rato con Arturo, Elena se ha montado en el Impala. Lo revisa todo por dentro y no deja de celebrarlo. Arturo le sugiere a su hijo que la lleve a dar una vuelta. Roberto apoya la idea de su consuegro y les dice que se tomen todo el tiempo que quieran, que Arturo y él tienen mucho que conversar. Elena vuelve a entrar a la casa con la excusa de cambiarse los duros zapatos rusos de tacón que le han estado destrozando los pies durante todo el día por unas sandalias que, aunque pasadas de moda, le quedan más cómodas. Reaparece en la sala con una sonrisa pícara. Se ha refrescado el peinado y sus orejas ahora muestran las argollas de oro que Felipe le regaló cuando cumplió los 18 años.

Una vez que el auto desaparece de su vista, los dos amigos se miran con una mirada cargada de complicidad. Arturo, complacido, le pregunta a Roberto:

—¿Qué tú crees? Yo estoy seguro que Felipe nunca ha dejado de quererla y me parece que a tu hija le sucede lo mismo.

—Elena es un cristal transparente. Nunca la he visto más contenta en la vida. Ojalá que Dios nos ayude y volvamos todos a reunirnos. Si llegaran a casarse otra vez, no me cabe duda que serían muy felices. Sofía, que nos está mirando desde allá arriba, se pondría muy contenta —contesta Roberto en un tono optimista.

—La fiesta sería por todo lo alto en nuestro restaurante, no como supongo que fue la boda en la notaría de La Habana Vieja. ¡Qué lejos y distante está todo aquello y al mismo tiempo parece que fue ayer!

—Sí, parece que fue ayer...

Felipe conduce el Impala hacia el Malecón, buscando en el mar habanero el eco de conversaciones pasadas en que se juraron mil veces un amor eterno.

* * *

Parecen dos colegiales. Caminan, corren a veces, se toman de las manos, se abrazan. Se sientan en el muro del Malecón aprovechando un tramo en que no encuentran muchos transeúntes y contemplan la inmensidad del mar, ese mar que los separa y que siempre los ha unido. Dejan que algunas olas impetuosas, al saltar el muro, los impregnen del salitre, el cual Felipe comenta ha estado siempre esperando por ellos. Respiran luna, mariscos, trópico, boleros, espuma. Tienen la ciudad de La Habana en un puño. Elena tararea una canción que cantaba Fernando Álvarez: «*Si es el mismo mar el que nos baña...*» y Felipe continúa: «*Si es el mismo sol que nos alumbra...*» Los labios dejan de cantar el bolero y se acercan susurrando las frases sencillas y devastadoras que han construido a la humanidad:

—Te quiero, Elena —dice Felipe emocionado.

—Yo nunca he dejado de quererte —responde Elena estremecida.

—¿Sabes cómo llegar al Tritón? —pregunta Felipe al mismo tiempo que la besa apasionadamente en la boca.

Ha sido un beso largo y profundo como si buscaran las voces internas de su historia. Elena no había vuelto a sentir la belleza del deseo carnal con la intensidad que la ha experimentado en estos momentos. Su noviazgo y matrimonio con Osvaldo pasaron como eventos circunstanciales unidos a las vueltas de la vida. Es cierto que quiso a Osvaldo, pero es que la amistad, cuando llega a niveles profundos de lealtad y agradecimiento, es capaz de cruzar esa tenue línea que la separa de los primeros rasgos del amor, pero en sus raíces, sigue siendo solamente el vuelo de dos almas compañeras que viajan juntas. Felipe, en cambio, es su alma gemela. Siempre lo supo, pero ahora, al volver a besarlo en la boca, esas dos salivas confundidas le han despertado todas las fibras de su mente y todas las hormonas de su cuerpo en una explosión de éxtasis que sólo la puede conducir a la entrega total de su existencia.

Felipe no puede evitar un remordimiento, un sentido de deslealtad hacia Irene, la compañera que tanto le ha ayudado y ha compartido su vida en estos últimos años. Irene lo está esperando, extrañándolo, rezando para que las cosas salgan bien y pueda regresar sin tropiezos. «Irene cree que estoy en Camagüey, no sabe que estoy en La Habana, con Elena en el Malecón, que la tengo entre mis brazos y me está ofreciendo su corazón». Recuerda las palabras sabias de su padre: «La vida está llena de ambigüedades, dualidades, paradojas...». No puede descifrar con exactitud sus sentimientos, pero sí sabe que en estos momentos no hay nadie ni nada más importante que Elena.

* * *

Se han tomado unas cervezas en el bar del Tritón. Felipe ya tiene la llave del cuarto en el bolsillo. No están seguros de las regulaciones del hotel en cuanto a los invitados y han acordado que Elena vaya al baño de señoras mientras él sube al segundo piso, a la habitación 206 que le ha sido asignada. Elena deberá esperar por un tiempo prudencial y, sin llamar la atención, tomar el elevador hasta dicha habitación donde la estará aguardando Felipe.

El plan está saliendo perfecto. Felipe la está esperando con la puerta de la habitación entreabierta. Elena toma el elevador, aprieta el botón del número 2, se abre la puerta eléctrica, camina hacia la derecha, y va contando los números de los cuartos que se suceden uno a otro: 202, 203, 204. Descubre el 206 y se dispone a entrar, cuando un muchacho joven saliendo de otra habitación la sorprende y le guiña un ojo con malicia. Elena, sumamente turbada, se sonroja y tropieza con una de las macetas de flores que adornan el pasillo.

—Lo que me acaba de suceder ha sido peor que tu experiencia con los perros y el embajador —le dice Elena a Felipe echándose en sus brazos.

* * *

Amanece el jueves con los ruidos cotidianos de la mañana en la cocina de los García. El reloj no acaba de marcar las seis de la mañana y ya Roberto y Arturo están sentados a la mesa, saboreando el café que Roberto acaba de colar. Todos se habían acostado tarde conversando sobre la situación política de Cuba y la vida de los exiliados en Miami. Felipe y Elena regresaron después de haber cenado en el hotel y se quedaron a dormir todos en la casa. Roberto, como hombre de tradiciones y bastante chapado a la antigua, estaba seguro que su hija lo ayudaría a preparar el cuarto para los invitados. Elena, consciente de esto, le pidió a Felipe abandonar la habitación del hotel a una hora prudente para compartir con sus padres la alegría del encuentro familiar y guardar así la sensatez de las buenas costumbres. Elena había decidido la noche anterior no regresar al trabajo hasta el lunes para dedicarse por entero a Felipe, y hace un rato largo que está en la cama con la mirada fija en el techo, tratando de convencerse de que al lado de su cuarto está Felipe acostado en otra cama que ella misma ha preparado.

Felipe se levanta y camina al lavabo. Necesita dejar correr el agua por su cabeza para cerciorarse que está en casa de Elena, que no es un infiltrado, que no va a ser arrestado, que vive en Miami, y que es bienvenido en este país socialista. Observa su rostro en el espejo del cuarto. «¿Cómo me verá Elena? ¿Será cierto que luzco bien? Cada día estoy más calvo y estoy pasado de peso; pero es cierto que aún no tengo canas y me siento lleno de vida». Con este último pensamiento positivo, Felipe se escuda para no dejar que los años lo afecten en este salto al pasado.

Elena se está vistiendo y ha sacado una trusa de la gaveta. «Por si nos vamos a la playa.» Se la prueba y nota que le queda perfecta. Ha sabido mantener el mismo peso de hace veinte años. Sin darse cuenta está cantando una canción de su juventud: «*En el mar, la vida es más sabrosa / En el mar, te quiero mucho más / Con el sol, la luna y las estrellas...*». Elena está contenta. Conoce que la americana se llama Irene, que es medio española, microbióloga, bonita e inteligente. Sabe que no se han casado pero viven juntos. Felipe no la ha mencionado ni ha dado ninguna pista que conduzca a su existencia. Cuando ha hablado del Bohío, nunca se ha referido a ella. Varias veces Elena ha estado por romper el silen-

cio y confrontarlo, pero ha preferido dejar que los acontecimientos se desarrollen por sí mismos. Ella va a defender lo
que siempre ha considerado suyo y le fue arrebatado. Lo va
hacer en buena lid. Confía en que Felipe acabará con esa relación que es un producto de las circunstancias y nada más.
«Cuando llegue a Miami, porque llegaré este año, voy a recuperar todos estos años perdidos. La vida está allá y no en
este infierno».

Felipe no ha vuelto a pensar en Irene desde que besó a
Elena en el Malecón. Sintió por un instante la insoportable
incomodidad del remordimiento, pero logró sobreponerse.
«Si hubiera hecho el amor con Elena en Ohio, o aún en Miami, hubiera sido distinto: esos son los territorios de Irene. La
Habana, en cambio, le pertenece a Elena», piensa Felipe jus-
tificándose una vez más. «¿Qué pasará cuando Elena llegue
a Miami...?»

* * *

Irene ha recibido una llamada telefónica de Frank, su antiguo pretendiente, diciéndole que Ohio State University le
está ofreciendo una ayudantía para terminar su doctorado.
La oferta de la Universidad ha de llegarle en cualquier momento. El decano de la Facultad de Microbiología, Dr. John
Backock, ha conversado con Frank sobre la oferta que ha decidido hacerle a Irene, y el profesor de Hematología se ha
apresurado a darle la noticia y confirmar su dirección.
Cuando Irene y Felipe se marcharon para Miami, Frank
pensó que podría reponerse del mal de amor que experi-
mentaba todas las mañanas al ver el carro de Felipe aparca-

do al lado del de Irene. Todas las mañanas de invierno, cuando empleaba media hora raspando el hielo del parabrisas y paleando la nieve para poder salir de los apartamentos, miraba el automóvil de Felipe y no podía evitar los deseos de que se quedara sepultado en ella. Al desaparecer los carros de la pareja, Frank comenzó a integrarse más en sus clases, en sus investigaciones y en el tenis, y dio por terminada la obsesión que sentía por la microbióloga. Para su sorpresa, bastó que su amigo el Dr. Babcock se la mencionara y le pidiera información sobre su paradero, para que reanudase su fijación con ella.

Irene ha conversado largamente con Frank sobre las amistades en común, la universidad, el clima, el equipo de *football*, la familia, y el crecimiento sostenido de la ciudad de Columbus que está sobrepasando en todos los niveles a Cleveland y a Cincinnati, las otras dos ciudades de importancia en el estado de Ohio. De Miami, Irene ha dicho poco, pero le ha contado que no está contenta con su trabajo en el laboratorio de la universidad, que ve poco a Felipe a causa del trabajo abrumador del restaurante, y ha enfatizado el violento choque cultural de vivir en una ciudad que funciona a veces como otra provincia de Cuba. Para alegría de Frank, le ha manifestado también sus deseos de reiniciar sus estudios académicos y regresar a sus raíces por un tiempo. Dependiendo de la oferta que le haga Babcock, tomará una decisión.

Irene está segura de que Felipe no la va a seguir en estos momentos, o quizás nunca. Cuba se ha convertido en una obsesión para él. El tema político está en todas partes. Los cubanos en Miami se aferran a sus tradiciones, a sus comidas, a su música, a sus guayaberas, y Felipe no es la excepción de la regla. Al principio se sentía equidistante del «cubaneo», término despectivo con el que a veces calificaba a los malos modales, como hablar alto y echar las cenizas del tabaco por todas partes, pero con la apertura del restaurante todo había quedado en el olvido, y se confundía con sus amigos y parroquianos, hablando tan alto como ellos y sin importarle donde caían las cenizas de sus tabacos. En cuanto a su trato con ella, muchas veces se sentía ignorada. Le parecía que estorbaba, que no pertenecía a su mundo. Un día llegó a enterarse por una compañera de trabajo que los amigos de su novio la apodaban «la americanita de los microbios».

Dos días después de su conversación con Frank, recibió por entrega especial la oferta de la ayudantía de Ohio State. Le ofrecían una beca para el doctorado, con sueldo y garantía de una plaza en el Centro de Investigaciones de la universidad tan pronto terminara sus estudios. Era de tarde cuando recibió el correo y después de leer la oferta hasta aprendérsela de memoria, abrió una botella de champán, encendió el estereofónico y al ritmo de la canción «*Celebration*» estuvo bailando sola y cantando el estribillo «*Celebrate good times, come on...*» hasta que se desplomó agotada en el sofá a terminar la última copa y a pensar cómo sería su vida sin el cubanito. El jueves 3 de abril finalizó en el cuarto de Irene con una copa de champán a la mitad y la carta de Ohio State sobre la mesa de noche.

* * *

En la casa de Elena y su padre, en Santos Suárez, esa noche terminó con una botella de ron Havana Club casi vacía. Roberto, Arturo, Elena y Felipe brindaron por la amistad, el amor y la libertad. El viernes, Felipe y Arturo regresarían a Camagüey con la intención de pasar la noche en el hotel asignado, para proseguir a la mañana siguiente su viaje de regreso a Miami.

Temprano por la mañana, Roberto lee el *Granma* y sus ojos no pueden creer lo que dice el editorial. El gobierno cubano ha decidido no proteger por más tiempo la Embajada del Perú, aduciendo la falta de cooperación de los diplomáticos peruanos en el incidente. «Esto puede ser el inicio de una crisis mayor», piensa Roberto y se apresura a despertar a todos en la casa para comunicarles la noticia.

Todos leen una y otra vez el editorial y Felipe sugiere llevarlos en el automóvil por las inmediaciones de la embajada para ver cómo está la situación, ya que tienen que ir al Hotel Tritón a entregar la llave y cerrar la cuenta.

—A la vuelta del Tritón, los dejamos en la casa y seguimos viaje a Camagüey. Mientras podamos dormir allá, cosa de descansar un poco y estar listos para el autobús del aeropuerto, no tendremos problema —dice Arturo, mirando el reloj.

—Tenemos tiempo de sobra. Son las nueve de la mañana. Si tomamos la carretera a las dos de la tarde, estaremos en Camagüey a las diez de la noche —comenta Felipe, confirmando la hora en su reloj.

—¿No creen que pudiéramos bajarnos en la embajada y tratar de entrar? —dice Elena buscando la reacción de Felipe.

—Eso es otra trampa del comandante para ver quién cae y meterlo preso. Habría que ser muy ingenuo para creerlo —contesta Felipe de inmediato.

—Por favor, no se te ocurra, Elena. Yo pienso igual. Eso es una trampa —le reitera Roberto, preocupado.

—Es verdad, pero sería bueno pasar por allí a ver que lo que está pasando —añade Arturo.

Han subido los dos pequeños maletines de viaje al maletero del auto, y los cuatro se dirigen al Hotel Tritón. Toman la calle Lacret a buscar la avenida de Agua Dulce que los conducirá a la de Rancho Boyeros. Felipe y Arturo quieren pasar por la Plaza Cívica, ahora llamada Plaza de la Revolución, donde uno de sus edificios ostenta una gran imagen del rostro del Che, y toman el camino más largo. Felipe recuerda que a unas cuadras estaba el Sherezada, un bar situado en los bajos del Hotel Bruzón, en el que varias veces se citaba con Elena después de largas horas de estudio de Derecho Romano con un compañero bayamés que se hospedaba en dicho hotel. Era un sitio muy acogedor, con luces opacas, música indirecta y aspecto elegante. Felipe cursaba entonces el primer año de Derecho y ya se creía todo un señor abogado que ejercería la carrera para defender a los pobres de la injusticia social. Lejos de ampararse en la penumbra para avanzar en sus amores, Felipe utilizaba esa intimidad para contarle a Elena de sus sueños y sus proyectos quijotescos. Ella lo escuchaba abstraída sin ocultar en sus ojos la admiración que sentía por su novio. «¿Estará el bar ahí todavía?», se pregunta Felipe. El automóvil sigue su marcha y se discute el tema recurrente de los sucesos de la embajada. Abstraído de las conversaciones, Felipe recibe con nostalgia la caricia del viento que le va tirando encima los lugares transitados en su juventud. Los cristales reflejan la Avenida de los Presidentes y finalmente aparece frente a ellos la Quinta Avenida.

Ahora es Roberto quien se estremece ante el recuerdo del lugar donde hace años lo llevaron para interrogarlo y donde sufrió los primeros maltratos del presidio político: la estación de policía de Quinta y 14.

—¡Hijos de puta! —exclama Roberto —. ¿Cómo se puede vivir en un país que te ha reprimido, en una ciudad que te ha virado la cara?

Un poco antes de llegar a la calle 70 observan un desfile silencioso de hombres, mujeres, niños y ancianos.

—Parece una procesión sin imágenes, sin Virgen y sin Cristo. Se dirigen a la embajada. Esa es la calle donde está situada —observa Elena.

—No se ven policías, pero están todos cayendo en una gigantesca trampa —asevera Roberto.

—Vámonos al hotel a liquidar la cuenta y a la vuelta nos acercamos lo más posible —aconseja Felipe.

Al llegar a la entrada del hotel, Arturo le pregunta al que funge como recepcionista si tiene información sobre un desfile que acaban de ver a pocas cuadras. El empleado le contesta lacónicamente que no conoce nada. Arturo insiste en haber visto un desfile por la calle 70, y el recepcionista le explica con cara de disgusto que muchas veces hay diferentes actividades por esa zona.

Antes de cancelar la cuenta en el hotel, almuerzan los

cuatro y cambian impresiones sobre lo que acaban de ver. Felipe le hace prometer a Roberto y a Elena que no van a cometer la locura de entrar a la embajada. Le recuerda a Roberto que, como ex prisionero político, tiene una buena posibilidad de conseguir el permiso de salida. Al regreso, como estaba planeado, vuelven a pasar cerca de la embajada y calculan en varios cientos los que silenciosamente caminan hacia la embajada, con los rostros impregnados de incertidumbre y temor, cargando jabas, bolsos y todo tipo de maletas o maletines que logran llevar consigo.

Despedirse una vez más de Elena, volver a tenerla entre los brazos, sentir el palpitar de su pecho, oler la fragancia de su piel y secar sus lágrimas con sus besos es otra prueba que Felipe sabe tendrá que afrontar en el momento de la despedida. La historia de ambos ha sido marcada por el permiso de salida: un simple papel, una firma que autoriza un traslado, un pequeño cuño, una simple tarjeta...

Mientras en el portal de la casa, Roberto y Arturo discuten la mejor ruta para llegar a la Carretera Central o a la Vía Blanca, Elena toma de la mano a Felipe y lo lleva despaciosamente a la mesita de la cocina donde se sientan uno frente al otro. Ha decidido que tiene una vez más que abrir su corazón, hablarle de sus dudas, de su gran amor, del futuro de ambos. Lo mira fijamente a sus ojos y llenándose de valor le dice:

—¿Qué va a ser de nosotros, Felipe? Yo te quiero mucho, mi vida, y no quiero volver a perderte. Tú estás hecho para mí, tú eres mi destino...

—Ele, esa es la canción de Los Cinco Latinos, pero te la

acepto —le dice Felipe interrumpiéndola, sonriendo y besándola en la mejilla, en un esfuerzo por restarle solemnidad y drama a la situación. —Tú siempre serás mi amiga, mi novia y mi esposa. Esta vez tengo la seguridad que le hemos ganado la partida a los comunistas y estaremos juntos muy pronto para no separarnos jamás.

Al oír estas frases, Elena deja llevarse por la emoción y unas lágrimas escapan por debajo de sus ojos negros. Felipe se apresura a secarlas con su pañuelo susurrándole al oído: «No llores... el momento es de alegría, de esperanza, es un paso más de afirmación de nuestro amor; falta poco, tienes que tener fe; tu Papá es ex preso político y el gobierno americano les está dando preferencia a las solicitudes de salida de ellos y de sus familiares más allegados... Nos vamos a ver pronto».

* * *

La Habana ha desaparecido a ambos lados de la carretera y otros pueblos pequeños van surgiendo: San Francisco de Paula, Cotorro, San José de las Lajas, Catalina de Güines, Madruga, Ceiba Mocha. Arturo ha cerrado los ojos tratando de descansar un rato. Felipe conduce el auto dejando volar los recuerdos y tratando de analizar lo sucedido: «¿He traicionado a Irene? ¿He engañado a Elena? Sí, ha habido traición, pero si hubiera rechazado a Elena, me habría traicionado a mí mismo. No, no ha habido engaño, no le he dicho nada a Elena que no me saliera del alma. Nunca me preguntó por Irene... ¿Por qué? Sabe que vivimos juntos. A lo mejor debí habérselo dicho, haberme franqueado con ella.

No me habló de su matrimonio, no encontré una foto de ellos... ¿Por qué? Los dos congelamos el tiempo. Tenemos derecho a reclamar lo nuestro, apartar lo ajeno, lo que no nos pertenece... Voy a tener que hablar con Irene, decirle que la quiero mucho, pero que también quiero a Elena... Decirle que la vi, que sale de Cuba en cualquier momento, que estoy en una encrucijada, repleto de dudas, que estoy confuso, que me dé tiempo para saber lo que quiero. ¿Cuál será su reacción? Es posible que me deje... A lo mejor no le digo nada».

Es de noche. Camagüey está en medio de un apagón. A duras penas encuentran el hotel. Antes de ir a la habitación, deciden comer algo, pero encuentran el restaurante cerrado. El gerente les dice que va ir a la cocina y les conseguirá algo. Regresa al rato con una pequeña fuente de arroz con carne de cerdo que, para sorpresa de los dos, está bien sazonado y les resulta delicioso. «Todo está resuelto para su salida mañana. El autobús los recogerá a las nueve; pueden cancelar la cuenta cuando se levanten. Espero que duerman bien, y recuerden que nos tienen a su disposición si deciden regresar a Cuba en otra oportunidad. Buenas noches, compañeros», dice el gerente como un actor de teatro que repite las líneas muchas veces ensayadas.

Felipe y Arturo no llegarían a enterarse hasta su arribo a Miami en la tarde del sábado que, a esa hora, la procesión silente que habían visto desfilar por la Quinta Avenida ya se había convertido en una masa compacta de miles de cubanos que llegaban de todos los rincones de la isla, dispuestos a acogerse a la oferta del gobierno. El número seguiría en aumento y finalmente, el domingo 6 de mayo, cuando el

Comandante en Jefe decidió enviar de nuevo a los guardias
y estacionar barricadas para impedir el acceso a la muchedumbre que aún continuaba llegando, ya 10,856 cubanos, en
unas 38 horas, habían logrado penetrar la sede diplomática.

LIBRES

Otra vez Miami que, vista desde la altura de un avión, parece una extensión del mar con canales como tentáculos que la aprisionan y la defienden de los pantanos de los *Everglades*. Tan pronto caminan por el Aeropuerto Internacional de Miami, Felipe y su padre aprecian como nunca antes el orden y la limpieza que caracteriza el sistema americano. El piso de los baños está reluciente, los inodoros limpios, y la abundancia y la fuerza del agua en los grifos de los lavamanos les hace recordar con tristeza las penurias que sufre el pueblo cubano ante la inmensa escasez de agua. Los contrastes son bien marcados. Encuentran estantes de libros, revistas y periódicos con todo tipo de información, y televisores en todos los restaurantes y cafetines, con locutores que ofrecen más noticias. Los sucesos de la Embajada del Perú están en todos los estanquillos. Arturo despide felicidad. El poder caminar sin temor de encontrar una mirada inquisidora le restaura las ansias de vivir; pero Felipe, en cambio, todavía se encuentra en La Habana paseando con Elena por el Malecón.

Irene los está esperando en el aeropuerto. Felipe la ve agitando las manos. Viste un vestido rojo ceñido al cuerpo

Eduardo F. Peláez

que hace resaltar la simetría de su cuerpo. Es un vestido en el cual se puede apreciar a simple vista el corte cuidadosamente diseñado por algún modisto de fama. Felipe piensa en Elena y en sus vestidos de mala calidad y se imagina cómo luciría dentro de ese vestido.

Irene es toda alegría. Lo toca por todas partes, preguntándole con sorna si les dejó algo a los comunistas.

—No me han quitado nada, no tienes por qué preocuparte.

—Sólo para estar segura, no vaya ser que me hayan cambiado a Felipito. ʼ

Una vez en el auto, Felipe no puede quitarse de la mente las palabras proféticas que acaba de pronunciar Irene: «...no vaya a ser que me hayan cambiado a Felipito». Piensa que es el momento de encarar la situación y contarle que ha ido a La Habana, que ha visto a Elena y que, efectivamente, ha cambiado. No encuentra cómo iniciar su confesión. La risa y los mimos de Irene se lo impiden. No tiene el valor. Necesita reflexionar más y esperar por el momento adecuado para encontrar a la Irene sensata, pragmática, analítica, a la Irene que sabe discutir los más intrincados problemas emocionales con serenidad e inteligencia. No es el momento. ¿Cómo decirle que todavía quiere a Elena, en medio de los besos, abrazos y miradas tiernas de las que está siendo objeto?

Irene, por su parte, tampoco encuentra apropiado el momento para decirle que ha comprado pasaje para Ohio porque ha aceptado la oferta de la universidad. Sabe perfectamente que Felipe no la seguiría en estos momentos, pero confía en el futuro. Planearían verse frecuentemente y a lo mejor su relación cambiaría favorablemente. «Esta noche hablamos, cuando estemos solos en casa».

* * *

Dejemos a Felipe y a Irene llegando a su casa y regresemos a La Habana. El gobierno revolucionario ha prometido otorgar permiso de salida a los que entraron en la embajada después del martes pasado cuando se decidió retirar la guardia. Roberto ha estado conversando con varios ex prisioneros políticos y todos piensan que, si los Estados Unidos les conceden las visas, el gobierno cubano no va a ofrecer reparo en permitirles la salida: «Si les están otorgando permisos a los que se asilaron, cómo nos los van a negar a nosotros que cumplimos sentencia. Hay que hacer presión en la Sección de Intereses. Ahí es donde se puede trabar la cuestión.»

El lunes 7 de abril, el gobierno prometió salvoconductos a todas las personas que regresaran a sus casas. El gobierno sólo repartió raciones de comida para dos mil quinientas personas, creando un verdadero caos al dejar a ocho mil sin ellas. Esto llevó a muchas familias a correr el riesgo de aceptar el salvoconducto y abandonar la seguridad de la embajada. Poco a poco, cabizbajos y aprensivos, algunos asilados comenzaron a retirarse a sus hogares. Elena y Roberto se enteraron, en conversaciones con amigos que tenían familiares en la embajada, de los increíbles «actos de repudio», orquestados por la Seguridad del Estado, que tuvieron que sufrir los que se acogieron a los salvoconductos. No solamente las turbas organizadas los vejaron de palabra y les pintaron la casa con letreros insultantes como «lumpen, escoria, que se vayan...», sino que aún los agredieron físicamente.

Elena se reprocha por no haber tomado la determinación de asilarse en la embajada. ¿Qué le importa a ella que la repudien, que la vejen, si ese sufrimiento conlleva poder salir del país? Ya ha sufrido mucho sin esperanza alguna; ahora la hay. Perdió esta oportunidad, pero no la esperanza. Sabe que saldrán en cualquier momento. Su principal problema no es ése. Sus preocupaciones se concentran en Felipe: «¿Cómo le afectará el regreso a Miami?, ¿cómo se sentirá cuando se encuentre con Irene?, ¿qué será del futuro de los dos?»

* * *

Irene y Felipe discutieron toda la noche del sábado sobre el *fellowship* de Ohio State y la importancia de ese ofrecimiento para la carrera profesional de Irene. En ningún momento le preguntó ella si había ido a La Habana o si había sabido de Elena. Estaba tan absorta en su propia agenda que no se detuvo un instante a pensar en esas posibilidades. Los sucesos de la Embajada del Perú le importaban bien poco. A la «americanita de los microbios» sólo le preocupaba que Felipe se disgustara y le impusiera rechazar la oferta de la universidad. Para su sorpresa, Felipe lo tomó todo fríamente, con la serenidad y el pragmatismo quizás aprendidos de ella.

—Esta decisión es sobre tu carrera profesional, lo que

siempre has querido hacer. No puedes dejar pasar esta oportunidad, porque si la rechazas por temor a dejarme, a la larga sé que te vas a arrepentir y me lo vas a echar en cara —dice Felipe abrazándola con delicadeza.

—No sabes cuánto te agradezco que lo hayas tomado de esta manera, pero no hay que preocuparse, esta situación es temporal y gracias a Dios existen aviones que en tres o cuatro horas nos permitirán vernos, y hay vacaciones y hay fines de semanas, y hay mucho amor entre nosotros —replica Irene un tanto aliviada.

—Sí, hay mucho amor... —suspira Felipe pensando en Elena mientras apaga la luz de la pequeña lámpara que está sobre la mesa de noche y la abraza hasta quedarse dormido.

* * *

El 16 de abril empezaron los vuelos a San José, Costa Rica, por invitación de Rodrigo Carazo, presidente de ese país, para iniciar la evacuación de los refugiados. Dos días después fueron detenidos los vuelos por el gobierno cubano, y comenzó a organizarse la primera flotilla de 42 embarcaciones que partió desde Miami con destino al Puerto del Mariel, lugar asignado por el gobierno cubano como «el nuevo Camarioca».

En el periódico *Granma* se ha convocado a una gran marcha ante la Embajada del Perú para mostrarle al mundo el repudio del pueblo a los elementos contrarrevolucionarios y su solidaridad con la revolución. Elena lee angustiada el editorial del periódico:

«[...]Con el mismo espíritu de Girón llamamos hoy a nuestros

heroicos trabajadores y campesinos que, en alianza indestructible laboran tesoneramente por la construcción del socialismo; a los miembros de los Comités de Defensa de la Revolución..., a nuestras abnegadas federadas..., a nuestros estudiantes..., a nuestros admirables pioneros..., a toda la población de las provincias habaneras, a la «Marcha del Pueblo Combatiente...».

Elena sabe que no hay manera de excusarse. El gobierno ha dispuesto camiones para recoger a todos los trabajadores en sus centros de trabajo. Van a pasar listas y todos tienen que asistir. Negarse sería señalarse, entorpecer el permiso de salida, perder el trabajo y quizás hasta la cárcel. No puede echarlo todo por la borda cuando está tan cerca su salida de Cuba. Tiene que desfilar.

El 19 de abril tiene lugar la marcha. Elena es transportada junto con el personal de la Biblioteca Nacional a una esquina de la Quinta Avenida. Le han dado varias pancartas a escoger entre cientos que circulan por toda la avenida. Hay de todos tipos, desde las que proclaman la fidelidad al gobierno como, «*Comandante en Jefe, Ordene*», «*¡Viva la Revolución Socialista!*»..., las de repudio a los asilados: «*Pin, Pon, Fuera, ¡Abajo la Gusanera!*», «*¡Que se vaya la escoria!*»...; las que ridiculizan al Presidente de los Estados Unidos: «*¡Carter, lechuza!, los cambiaste por pitusas*», «*Carter, cretino, ¡acuérdate de Bahía de Cochinos!*»... hasta las más soeces como «*Arriba, abajo, los yanquis ¡p'al carajo!*», «*¡Me orino en el Pacto Andino!*» y «*Perú, recuerda, ¡te llevas toda la mierda!*». Elena ha tomado una que le produce risa en medio de la tragedia: «*¡Llévatelos, viento de agua!*»

El cubano se divierte, grita, insulta, baila y canta las consignas como una gran pachanga revolucionaria. Elena observa cómo las botellas de ron que algunos llevan escondidas se vacían en las bocas sedientas de cualquier motivo de expansión y piensa, «Si volvieran a quitar a los guardias de la posta, ¿cuántos de entre esta muchedumbre se asilarían? Posiblemente muchos».

A la semana de la «Marcha del Pueblo Combatiente» aparece en el periódico esta nota sobre la Embajada del Perú:

«En los días 23, 24 y 25 de abril, salieron de la embajada del Perú hacia sus domicilios 390 elementos antisociales. Quedan allí alrededor de 800. El globo se desinfló. Se le otorgará pasaporte y salvoconducto definitivo no solo al lumpen que se alojó en la embajada del Perú, sino también a todo lumpen que lo solicite. Todos son «disidentes» y tienen los mismos derechos. Cualquier discriminación sería injusta e inconstitucional».

Elena le lleva el periódico a su padre y le repite la última frase varias veces: *«cualquier discriminación sería injusta e inconstitucional».*

—Esto es el colmo del descaro y el cinismo —dice Roberto indignado—. ¿A qué constitución se refieren? Eso no cabe ni en la mente del propio Lenin.

—Lo que nos está diciendo a las claras es que no hay que perder tiempo. Hay que moverse, hay que activar las visas de los ex prisioneros en la Sección de Intereses de los Estados Unidos.

—Tienes razón hija, hay que volver a la oficina de los americanos y reclamar nuestras visas.

El 2 de mayo, Roberto y dos de sus ex compañeros de prisión se dirigen a la Sección de Intereses de los Estados

Unidos. Cuando llegan a las inmediaciones del edificio encuentran que alrededor de 800 ex prisioneros políticos se han congregado para pedir enfáticamente a los diplomáticos que se les informe del resultado de sus solicitudes de visa. Algunos funcionarios han salido varias veces a pedirles que tengan paciencia y que se retiren a sus casas. Los ex presos continúan demandando más información y concentrándose en la puerta. De repente, dos autobuses se parquean en frente del edificio. De su interior salen apresuradamente docenas de hombres vestidos de civil pero armados con bates de pelota, cadenas y machetes. La confrontación no se hace esperar. A gritos de «escorias», «lumpen», «gusanos», «indeseables», «maricones», «hijos de puta» y de cuanto calificativo denigrante pueden encontrar, la emprenden a golpes contra los ex prisioneros. La situación es caótica. Los *marines* que custodian la entrada dejan pasar a más de la mitad de los sorprendidos ex prisioneros. El resto que no pudo entrar a tiempo, es apaleado ante las miradas impasibles de los muchos policías que merodean el edificio.

Roberto sufrió empujones y un batazo en el brazo derecho que no llegó a partirle el hueso pero le produjo un gran hematoma. Pudo entrar a la Sección de Intereses sudoroso y temblando de rabia y dolor. Afuera, después de unos minutos de conflagración, se llevaron detenidos a varios de los ex prisioneros acusándoles de desorden público mientras que otros lograron huir adoloridos y aterrados.

Los empleados fueron todos trasladados a otros pisos como medida de seguridad. Cuando el gobierno americano decidió aumentar su empleomanía por motivo del éxodo hacia su país, no les permitieron escoger el personal. El gobierno cubano les impuso el suyo dejando un saldo de menos de un 20% de empleados de confianza. Cuando los empleados nuevos vieron a través de los cristales la paliza que sufrían los ex prisioneros, muchos de ellos se desmayaron o protestaron. Curiosamente, al día siguiente, al retornar al trabajo, ninguno de ellos se acordaba de lo que había visto. Obviamente la memoria revolucionaria estaba supeditada a los intereses del Partido Comunista. Todos los empleados se quedaron a dormir esa noche en la Sección de Intereses junto con los 450 ex prisioneros que lograron entrar. Esa noche pudo repartirse café con leche para todos ellos. Las raciones de comida en lata que existían en la cocina para casos de emergencia (*k-rations*) fueron sacadas de inmediato y distribuidas solamente entre los empleados.

La situación no tardó mucho tiempo en normalizarse, y poco a poco, tanto los empleados antiguos como los ex presos, fueron regresando a sus hogares. Roberto se había comunicado con su hija desde el primer momento y Elena le aconsejó que no saliera hasta recibir garantía de regresar a salvo a la casa y la promesa de la visa estadounidense en un futuro inmediato. Después de cinco meses de espera e incertidumbre, les llegó la ansiada visa y el gobierno cubano finalmente les otorgó el permiso de salida. La fecha de partida fue fijada para finales de septiembre.

* * *

Esta vez Elena no fue a despedirse del mar. Padre e hija empacaron en dos bultos lo que consideraron indispensable, recorrieron la casa sin detenerse en los recuerdos y, antes de que llegara el taxi a recogerlos para llevarlos al aeropuerto de Rancho Boyeros, fueron a despedirse de su vecina Onelia, una señora gorda con cinco hijos, a quien conocían desde que se mudaron a La Habana en los años cincuenta y que, fungiendo ahora como Presidenta del Comité de Defensa de la cuadra, había intercedido valientemente para impedir que las turbas del gobierno cometieran actos de repudio en contra de ellos. La familia García era altamente respetada en el vecindario y aún cuando Roberto fue llevado a prisión, siempre Elena pudo contar con el apoyo de Onelia.

—Ustedes han sufrido mucho y, aunque no sean revolucionarios, han sido muy buenas personas —dice Onelia—. Elenita, muchacha, cuida de tu padre como siempre lo has hecho. Roberto, de verdad que los voy a extrañar.

—Gracias por todo lo que hiciste. Jamás lo voy a olvidar —replica Roberto.

Elena la abraza, le da un beso y le dice al oído: «Onelia, no tenemos con qué pagarte».

El taxi ha llegado a buscarlos. Roberto y Elena les dicen el último adiós a sus vecinos, a su casa, a su cuadra, a los lugares que por muchos años formaron parte importante de su vida.

Han iniciado el viaje tan anhelado a una tierra que no conocen, donde se habla otro idioma y se practican otras costumbres, pero se vive en libertad. Van a reunirse con Robertico y David, ya dos hombres hechos y derechos. Robertico tiene 30 años y hoy en día ocupa un importante cargo de ejecutivo en la Western Electric. Se ha casado con una portorriqueña y tienen dos hijos varones de tres y dos años. David tiene 28 años y está de *Chief Resident of Pediatrics,* terminando su último año en la Universidad de Ohio State. Está soltero pero vive con una muchacha de origen colombiano que cursa el primer año de Pediatría.

Hay toda una dinámica que se ha movido aceleradamente fuera de ellos. Roberto perdió más de diez años de su vida encerrado entre rejas. Elena, aunque pudo terminar su carrera universitaria, perdió su juventud entre consignas y absurdas tareas revolucionarias que inmovilizaron al país. La falta de apertura, la desinformación constante, y las locuras del Comandante en Jefe convirtieron a Cuba en un verdadero caos surrealista.

En sólo cuarenta y cinco minutos de vuelo aparecen ya las luces de la ciudad de Miami. Al viajero que vuela de noche y acerca su rostro a la ventanilla, lo primero que le llama la atención es la claridad de esta ciudad esparcida como una gran alfombra dorada. El capitán del avión ordena abrocharse los cinturones de seguridad para el aterrizaje y les da la bienvenida a Miami. Elena está deslumbrada con la intensidad de las luces. Nunca había viajado en avión fuera de Cuba, y el espectáculo maravilloso de miles de automóviles moviéndose como un enjambre de luciérnagas por carreteras y puentes la deja sin aliento. Es como si el cielo se hubiera invertido y los astros se movieran a su antojo debajo de ella.

Todos han ido a esperarlos. Ricardo y Pili han llegado de Ohio junto con su hijo Ricardito que ya ha cumplido los dieciséis años. Robertico, David, Arturo, Mercedes y Felipe se han reunido con ellos en el salón de espera y, tan pronto los ven aparecer por el pasillo de la aduana, los rodean en medio de lágrimas, abrazos y besos. ·Todos hablan al mismo tiempo y nadie se entiende. Elena no sabe a quién mirar entre sus hermanos, sus tíos, sus primos, sus suegros y, por supuesto, su Felipe. Los besa a todos y es besada por todos en un frenesí de alegría y de calor humano. Ha llegado a los Estados Unidos, es libre, tiene a su familia con ella. ¡Aún no es tarde! No ha cumplido todavía los treinta y seis años y tiene todo un futuro por delante.

—¡Bienvenida a la vida! — le dice Felipe abriéndole sus brazos.

FUERA DEL INFIERNO

La primera semana de Elena en Miami fue el equivalente de *Alicia en el País de las Maravillas*. Le asustaba y le fascinaba el tráfico de automóviles. Pensaba que todos andaban de prisa. No sabía cómo podría conducir en medio de ese tumulto de autos tan complicado. Pili le hizo saber que el servicio de autobuses de la ciudad era escaso y lento, y lo primero que tenía que hacer era quitarse el miedo de encima y solicitar la licencia de conducir. El primer día la llevaron a Sedano, un *supermarket* cubano, y tuvo que salir casi de inmediato porque sintió nauseas y le parecía que se desmayaba. Su mente no podía asimilar lo que veían sus ojos: tanta abundancia de legumbres, de carnes, de leche, de todo tipo de alimentos que venían en latas, en plásticos, en bolsas congeladas, semicongeladas, listos para comer... le produjo angustia y deseos de llorar. Pili la sacó a la calle para que respirara y se calmara. Al cabo de unos minutos se tranquilizó y adquirió fuerzas para adentrarse en la vorágine del consumerismo, la cual, después de tantos años de escasez, había olvidado.

Ricardo y Pili tenían un apartamento en Collins Avenue con vista al mar, tres cuartos y dos baños, que compraron

hace unos años con idea de alquilarlo en el invierno y disfru-
tarlo en los meses de verano. Felipe se encargaba de los con-
tratos con los inquilinos y de velar que todo marchara bien.
Por un acuerdo de familia se dispuso que Roberto y Elena se
mudaran para el apartamento por un tiempo provisional
hasta que determinaran lo que iban a hacer. Robertico y David estaban hospedados en un hotel de la playa a unas cuatro cuadras del apartamento, y eran de visita diaria.
Robertico había insistido en llevarse a su padre para Ohio
para poder disfrutar de su compañía, al menos por un tiempo, pero todos estaban a la expectativa del futuro de Elena y
Felipe. Les parecía que iban a casarse otra vez, pero todavía
nadie había mencionado la palabra «boda». No se separa-
ban un solo día, caminaban de manos cogidas, se reían de
cualquier cosa y se miraban con ternura. A los ojos de los
amigos seguían siendo la misma pareja de siempre. Las comidas en El Bohío se sucedían entre brindis de champán,
música y el calor de las amistades de la juventud. Los amigos conversaban de la infancia, se remontaban a los años escolares de las Teresianas, los Maristas, los Escolapios, a la
vida social del club, las fiestas, a todo cuanto formaba parte
de su micromundo, de esa intrahistoria individual de los
pueblos pequeños. La vida se había congelado en los sitios
de la memoria en el momento en que cada uno dejó de verse.
No se hablaba de los años de sufrimiento, de las penurias de
Elena con su padre preso, ni del trauma de su divorcio. Nadie preguntaba por Osvaldo ni por el trabajo de Elena como
bibliotecaria. Elena tampoco preguntaba por las vicisitudes
del exilio, por la tristeza de haber dejado la Patria, ni por el

sacrificio de tener dos trabajos y estudiar por las noches para lograr el «sueño americano». «Te acuerdas de...» era la frase que iniciaba cualquier conversación. Todos eran felices. Era tiempo de recordar; ya llegaría el de llorar.

* * *

La relación de Irene y Felipe había pasado de ser un proyecto para toda la vida a sólo un recuerdo hermoso de los años de *college*. Tan pronto Felipe supo con certeza la inminente llegada de Elena, tomó un avión para Ohio y le contó a Irene personalmente de su viaje a La Habana y de su encuentro con su ex esposa. Le habló con el corazón en la mano, como si estuviera en un confesionario, y le hizo partícipe de sus dudas y tribulaciones. Hubo llantos, abrazos y risas, entre tragos amargos y copas de vino. Caminaron por los jardines familiares de Ohio Dominican, se sentaron en el mismo banco donde se enamoraron, y esa noche en el apartamento de Irene brindaron *«for the good times!»*, como solían hacer durante su noviazgo. Irene le aseguró que había vuelto a ser feliz en Columbus, con su carrera, su familia, sus amigos, y hasta le confesó que estaba desesperada porque llegara el invierno. Cuando lo vio perderse con su maleta por los pasillos del aeropuerto, pensó: «Es lo mejor para los dos. Ni yo podía adaptarme a su cubanía, ni él hubiera podido soportar por mucho tiempo a la "americanita de los microbios" con su cultura del *Midwest*».

* * *

Elena siempre tuvo plena confianza en Felipe. Sabía que

era un hombre cabal e incapaz de jugar con los sentimientos de nadie. Tan pronto pudo conversar con Pili, se enteró del rompimiento de las relaciones con Irene. El alma se le llenó de alegría, pero decidió no hacer preguntas hasta que pudiera encontrar la ocasión de sentarse con él a liberar a los ángeles que vinieron en la ayuda de ambos cuando más falta les hacía.

Una tarde, Felipe la va a buscar y la convida a ver el ocaso desde un bar muy acogedor y pintoresco en Cayo Largo. Elena presiente que ha llegado el momento y se encomienda al Espíritu Santo, como le había enseñado su madre. No está equivocada. Felipe le cuenta, sin omitir detalles, su relación con Irene: que había tratado por todos los medios de ser feliz a su lado, pero que el recuerdo de Elena aparecía en todo momento; que cada vez que creía estar dispuesto a formalizar esa unión, le surgía una voz interior que se lo impedía; que el viaje a Camagüey fue un peregrinaje hacia un encuentro consigo mismo; que allí logró descubrir la fuerza atávica del terruño y que, a fuerza de escarbarse dentro de las paredes y los ladrillos de la infancia, encontró la razón de ese llamado y corrió a La Habana para buscarla; que tan pronto la vio bajarse del autobús, se dijo a sí mismo: «Elena, te he querido toda mi vida».

Elena lo abraza, sintiendo en la brisa que le acaricia el rostro la tranquilidad de saber que siempre fue suyo. Están un buen rato contemplando los últimos colores del atardecer hasta que ella comprende que le ha llegado su turno. Su testimonio no es fácil. No es la simple historia de unos amores separados por la distancia, es mucho más: el mundo se le había derrumbado ante sus pies; su país había dejado de reconocerla; su padre estaba preso, acusado de atentar contra la estabilidad del estado; su madre se había postrado en la cama; ella no era nadie: no podía estudiar, no podía conseguir un trabajo, su marido era un *gusano* que había huido del país para evitar la justicia revolucionaria; había tenido que divorciarse y aceptar el rostro de la doble moralidad...

Mientras Elena cuenta sus penurias, Felipe la mira con compasión y se reprocha en silencio el contraste con su cómoda vida. Elena llora y se excusa para ir al baño a retocarse. Felipe aprovecha la oportunidad para caminar por el muelle del restaurante y dejar que la vista lo lleve hasta la línea del horizonte donde los azules se confunden hasta devolverle la calma que necesita. Sabe que la narración de Elena es sólo el preámbulo para que aparezca Osvaldo, esa figura misteriosa que nunca pudo conocer.

Elena es generosa con Osvaldo. Le cuenta de su honestidad, de su inmensa bondad y de su sentido de lealtad. Describe lo mucho que la ayudó a soportar la cárcel de su padre y los cuidados que tuvo con su madre enferma. Piensa comentarle de su terquedad por la revolución y su incomprensible ceguera ante los males que sufría el pueblo cubano, pero prefiere callar. Osvaldo ha muerto y los muertos no pueden defenderse. Se casó con él por motivo de las circunstancias, quizás por agradecimiento, quizás por protección. Su muerte tan inesperada la dejó aturdida, desorientada por largo tiempo, hasta que pudo sobreponerse y continuar con su vida. «Fue un buen compañero, un gran amigo, un hombre honesto», dice Elena, poniéndole punto final a su testimonio.

Están regresando a Miami desde Cayo Largo por la carretera US1. No se ha hablado de boda, no hay planes futuros. Los dos permanecen callados y en la radio se escucha un melancólico *jazz* en la estación *Love 94*.

* * *

Han pasado dos meses. El llamado «Año del Segundo Congreso» en Cuba está terminando y Elena va a pasar su primera Navidad en los Estados Unidos. Está manejando un automóvil pequeño, un Nissan Sentra que le regalaron sus hermanos antes de regresar a Ohio. No ha perdido tiempo. Gracias al dominio que tiene del inglés, ha podido desenvolverse satisfactoriamente desde su llegada. Está tomando unos cursos en la Universidad de Miami para revalidar su título de bibliotecaria, y ha comenzado a trabajar a tiempo parcial en dicha institución. Allí se ha hecho amiga de Susan Burton, una señora americana que nació y vivió en Filadelfia hasta que se trasladó a Miami hace un año para trabajar en la biblioteca.

Felipe les ha ofrecido su casa de Coral Gables aduciendo la cercanía a la universidad y le ha pedido a Roberto que lo ayude en el restaurante, pero Elena y su padre han mantenido el apartamento en la playa como garantía de su independencia. No se ha hablado de boda, aunque Felipe y Elena se siguen viendo todos los días y comen juntos en el restaurante casi todas las noches. Felipe se refiere a ella, a veces como su novia, otras veces como su prometida, y recientemente como su esposa. No tiene dudas de que es la mujer de su vida, pero le preocupan los catorce años de separación: «Elena no es la misma, pero es que nadie es el mismo. Todos evolucionamos, nuestros defectos se acentúan con los años, pero... ¿es que Elena tiene defectos? Es increíble cómo se ha podido adaptar en tan poco tiempo a este país. A mí me costó mucho trabajo; en realidad, todavía no estoy adaptado. No tengo amigos norteamericanos; los que conozco son compañeros de estudio o de trabajo, vecinos, o amistades de negocios, pero ¿amigos... alguien a quien abrirse, en quien confiar, alguien que pueda comprenderme sin darle muchas explicaciones? No, no los tengo. ¿Cómo se puede vivir en este país por casi veinte años y no tener un amigo americano? Elena en tan sólo unos meses se ha hecho amiga de Susan, una americana con pecas en la cara. Son amigas. Almuerzan juntas todos los días, se van de compras y se llaman por teléfono, y yo... yo no tengo un solo amigo americano...».

* * *

Elena no conocía la nieve. Nunca había visitado New York. «No se puede estar en los Estados Unidos sin ver la isla de Manhattan», le había dicho Felipe en varias ocasiones. Sin ella saberlo, Felipe compró dos pasajes para New York; habló con Susan para asegurarse que no había conflicto con las clases o el trabajo; y le compró un anillo de compromiso con un diamante incrustado para dárselo en el Parque Central.

Elena prepara las maletas llena de felicidad. La ciudad más importante de la primera potencia mundial los aguarda con los brazos abiertos.

Nueva York se «endiciembra» de guirnaldas. Los rascacielos con sus adornos y sus luces, vistos desde el aire, asemejan árboles de Navidad que se empinan al cielo. «La Gran Manzana», la ciudad de Woody Allen, de Spike Lee, de los Yankees y los Nicks, del Metropolitan, de los *musicals*, de las grandes tiendas, la sede de Las Naciones Unidas, la moderna Babel de Hierro donde se escuchan en cada esquina diferentes idiomas y transitan por sus calles representantes de todas las culturas del planeta, está esperando por ellos.

El Parque Central está recibiendo la nieve. Un cartel iluminado por luces de neón, en el cual se lee: «*I love New York*», contempla mudo la escena:

Felipe y Elena están sentados en un banco mirando el espectáculo maravilloso de la naturaleza y de la ingeniería humana. Felipe se arrodilla, le toma las manos, y le pide que se case con él. Elena lo mira y no puede evitar trasladarse a aquella oficinita en La Habana Vieja donde hace muchos años intercambiaron anillos.

—La respuesta es: «Sí» y la pregunta es: «¿Cuándo?» —exclama Elena, abrazándolo plena de alegría y ansiedad.

Felipe saca de un bolsillo del sobretodo una cajita blanca, la abre, y ante los ojos asombrados de Elena aparece un anillo con un diamante precioso.

—¡Qué belleza, mi amor! ¡Te has vuelto loco de remate! ¿Tú te crees millonario? —exclama Elena llena de emoción mientras se deja colocar el anillo en el dedo.

—En estos momentos me siento como si lo fuera. Al fin vamos a terminar lo que empezamos cuando éramos adoles centes, a cumplir con nuestro destino.

—¿No será esto una fantasía? Dime que no estoy soñando. Júrame que esto no es mentira.

—Todo es cierto, mi amor. Es la historia que se repite. Las variantes son pocas: nuestro físico ha cambiado, pero somos los mismos personajes; la boda por la iglesia como habíamos planeado entonces, va a ser en los Estados Unidos, pero en otro tiempo. Si fuera por mí, me casaría hoy mismo, pero quiero reunir a toda la familia y a nuestros amigos, y celebrar por todo lo alto. Creo que nos lo merecemos. ¡Le ganamos la partida a todas las trampas que nos puso la vida!

* * *

La boda se celebró en la Iglesia de *St. Augustine* el 13 de abril de 1981. Elena vistió un sencillo vestido de novia con encajes blancos. Felipe lució un esmoquin con camisa blanca de alforzas y lazo negro. El círculo se cerraba. Lo que había comenzado en el balneario de San Jacinto como intercambio romántico de miradas y gestos entre dos adolescentes y se había convertido luego en una inmensa pasión tronchada por la separación injusta, llegaba a su término felizmente. Esta vez era para siempre. El amor se había impuesto sobre la adversidad, los cambios sociales y las diferencias culturales. Elena y Felipe seguían siendo los mismos de aquel entonces, de cuando caminaban con las manos cogidas por la Plaza Cadenas, de cuando la vida les sonreía y los llenaba de jardines. La gran sorpresa para Elena fue cuando Felipe sacó del bolsillo, en lugar de la tradicional banda de matrimonio, el antiguo anillo de platino y diamantes de su abuela y se lo colocó en el dedo junto a la sortija de compromiso. La ceremonia tuvo que cesar por unos minutos porque Elena no pudo contener el llanto y se abrazó de Felipe. El cura explicó lo que sucedía y todos aplaudieron. Hasta hubo alguien que gritó: «¡Viva el amor!».

El *best man* se había elegido en un partido de pata entre sus mejores amigos de la infancia en la barra del Bohío. La suerte de los dados decidió que fuera Horacio y de esa manera salomónica se impidió que tuviera lugar una batalla de celos entre sus amigos. Pili fue nombrada primera y única Dama de Honor. El «Ave María» fue cantada por Susan quien se reveló como una gran soprano. Después de un sin fin de fotografías, posando primero solos y después con Roberto, con Arturo y Mercedes, con Robertico y David, y finalmente con Pili y Horacio, todos partieron a celebrar al Bohío.

Horacio había preparado un discurso para leerlo antes del brindis, pero se le quedó en la iglesia y no tuvo más remedio que improvisar sobre lo que recordaba haber escrito. Haciendo uso de sus dotes histriónicas, bromeó con ellos diciendo que conocía a la pareja desde que patinaban en el Parque Agramonte y que, de niño, había estado enamorado de Elena, pero que, al darse cuenta que Felipe también estaba interesado en ella, prefirió retirarse de la contienda para no hacer sufrir a su amigo. Le preguntó a Elena si ella pensaba que todavía tenía chance y todos rieron a más no poder. Continuó narrando anécdotas de San Jacinto y de la constante persecución de Felipe tras Elena. Contó que, cada vez que le preguntaban si estaba enamorado de ella, contestaba que nadie se enamoraba de su mejor amiga ya que *Ele* era como si fuera su hermana aunque, por supuesto, nadie se lo creía. Elena lo interrumpió, diciendo entre risas que demandaba más explicaciones pues se desayunaba con esa noticia, ya que siempre había pensado que la perseguidora era ella. Horacio siguió hablando del noviazgo en La Habana, de la huída heroica de Felipe ante los mastines del embajador, y de las proezas del «almirante» Felipe con Silvera y Mitch en su fallida labor de rescate en alta mar, pero tuvo mucho cuidado de no mencionar la prisión de Roberto, ni los demás sucesos que los llevaron por distintos rumbos. Era un momento de alegría. Finalizó su discurso mencionando las vueltas que da la vida y la victoria del amor. Todos alzaron las copas y brindaron por los novios y por el amor eterno.

Pasaron la luna de miel en España, mayormente en Andalucía. Tomaron un avión que los llevó a Madrid, donde pasaron tres días maravillosos. Viajaron por tren a Sevilla donde disfrutaron de la belleza del río Guadalquivir, de la Plaza de Doña Elvira, y del Parque de la María Luisa donde pasearon en coche de caballos y contemplaron la estatua del ilustre sevillano Gustavo Adolfo Bécquer, al que dieron las gracias por las famosas *Rimas* que Felipe le leía a Elena en aquellos veranos de vientos alisios perdidos en la memoria.

De Sevilla pasaron por Cádiz y se hospedaron en un hotel desde donde se podía ver el malecón gaditano, recordándoles tanto el de su querida Habana.

Visitaron Córdoba con su Mezquita y sus patios floridos, y la Granada de Lorca donde, sentados en un banco entre la Alhambra y el Generalife, recordaron versos del *Romancero*

Gitano que tanto le gustaba a Elena.

Andalucía era todo un sembrado de olivos, casas blancas, arquitectura morisca, y alegría por todas partes, salpicada con la gracia y el salero que tienen los andaluces. No faltaron las corridas de toros, los cantes jondos y los bailes flamencos.

Estando en Sevilla fueron un domingo a la iglesia de La Macarena a darle las gracias a la Virgen por todas las bendiciones recibidas. Estaban en la Madre Patria, no eran extranjeros ni turistas. Se sentían pertenecer al solar de sus bisabuelos. Por el acento, los confundían con canarios. Cuando explicaban que eran cubanos, esto era motivo de regocijo y de bienvenida a los hijos pródigos. Pensaron que podrían vivir en España y adaptarse muy fácilmente a las costumbres y ¿por qué no?... empezar una familia. Todavía eran jóvenes, no habían llegado a los cuarenta años y aún sentían en sus venas correr las golondrinas de la primavera.

Fueron dos semanas de sumersión en la cultura española. Almorzaban potajes, gazpachos, garbanzadas, chorizos, jamón serrano, tortillas, siempre acompañadas de vino tinto, y seguidas por una reconfortante siesta. Caminaban por cuanta callejuela encontraban interesante, visitaban museos, lugares históricos, y sobre todo, extendían sus brazos tratando de abarcar todo su amor y echárselo en el pecho, para que nadie jamás osara arrebatarles ni una migaja de felicidad.

EPÍLOGO

Han pasado diez años. La humanidad comienza la última década del siglo veinte. Lo que conocemos como la Guerra Fría ha terminado. La visita del Papa Juan Pablo II a Polonia en junio del 87 inició el proceso de democratización en ese país al quedar legalizado el sindicato Solidaridad al siguiente año. Alemania le siguió el 9 de noviembre de 1989, con la caída del muro de Berlín. Un mes después, Václav Havel fue nombrado Presidente de Checoslovaquia, y la poderosa Unión Soviética comenzó a desintegrarse.

Cuba decretó el «Período Especial en Tiempos de Paz». Las esperanzas de un cambio se frustraron rápidamente cuando el 13 de julio de 1989 fueron fusilados en Cuba el General de División Arnaldo Ochoa, el Coronel del Ministerio del Interior Antonio de la Guardia, y los oficiales Amado Padrón y Jorge Trujillo. El gobierno los acusó de narcotráfico, pero a las claras se veía que eran considerados como potenciales conspiradores que habían sido influenciados por la *perestroika* y el *glasnost*.

Felipe, como la mayoría de los cubanos en Miami, se dejó arrastrar en un principio por el entusiasmo que se desbordaba por todas partes, hasta que reflexionó sobre unas palabras que oyera de Felipe Pazos, un brillante economista cubano de la era republicana, en una entrevista que sostuvo por la radio: ante la pregunta del periodista sobre cuándo él consideraba se produciría el cambio en la isla, éste respondió que inmediatamente. El periodista se emocionó mucho con tan optimista respuesta, pero enseguida el economista afirmó: «Si no cambia ahora, no lo hará nunca»... y no cambió.

Los verdaderos cambios se producían dentro de la familia. Elena le había dado dos hijos: Felipe Junior nació al segundo año de la boda y Elena María al siguiente.

Las cosas marchan bien alrededor de Felipe. Sus padres gozan de buena salud y están plenamente adaptados a la vida en Miami. Arturo tiene muchas amistades y se reúne con ellos frecuentemente; Mercedes ve sus novelas por televisión, y los dos van todos los días al restaurante de su hijo y ayudan en lo que pueden. El exilio para Arturo y Mercedes es una última aventura. No miraron para atrás cuando salieron de Cuba porque ya habían recorrido el camino de la vida. Cuando les quitaron todo y se vieron solos en un Camagüey que se desfiguraba todos los días, inventaron el suyo propio y se lo llevaron consigo a Miami.

Roberto se operó de la vista y, con ayuda de unos buenos lentes, pudo mejorar la visión en casi un noventa por ciento. No pudo recuperarse del todo de la muerte de su Sofía, pero el solo hecho de no tener que oír más al «Máximo Líder», ni tener que lidiar con sus carceleros dentro y fuera de las rejas, resultó más que suficiente para mantenerlo de buen espíritu. Sus hijos le compraron un apartamento en un lugar céntrico de la ciudad desde donde puede caminar a todas partes, hacer tertulias, y jugar al dominó por las noches con amigos y vecinos. Piensa y habla de Cuba con frecuencia, pero la nostalgia no aparece en sus conversaciones. Fue tanto el sufrimiento en la cárcel y tantas las humillaciones que padeció, que no puede encontrar recuerdos gratos en la memoria. No se ha acostumbrado aún a vivir en libertad y todo lo que observa a su alrededor le sorprende continuamente. Es tanta la abundancia del presente, que no es capaz de contemplar el futuro.

Elena está dedicada a sus hijos, a su esposo y a su padre: esa es su nueva profesión, aprendida de su madre. Logró revalidar su carrera de bibliotecaria, pero la ha dejado temporalmente hasta que sus hijos crezcan. Está sumamente integrada a su parroquia. Cada vez que el tiempo se lo permite, se dedica a hacer obras de caridad en la comunidad. Habla el inglés perfectamente y funciona igual en las dos culturas.

A Felipe le ha sonreído la suerte. Pudo encontrar a Elena y formar su familia. Económicamente, ha sabido invertir su dinero en acciones y propiedades inmobiliarias y el restaurante ha sido una fábrica de producir dinero. No ha cumplido aún los cincuenta años y ya disfruta de una sólida situación financiera. Sus amigos le dicen que debería poner un letrero en el restaurante que dijera «Gracias, Fidel»; sin embargo, Felipe siente que le troncharon su carrera, que le interrumpieron su continuidad, y que le arrebataron su *yo* existencial y cultural.

Elena no tiene problemas de desarraigo. De pequeña,

vivía enamorada de los Estados Unidos a través de las películas de Hollywood. Doris Day y Pat Boone eran sus ídolos. Siempre que iba al cine solía dibujar los vestidos que les veía lucir en la pantalla grande a las estrellas del celuloide, y su madre, que era una excelente costurera, se los reproducía en un santiamén. Los recuerdos gratos de la infancia la ayudaron a soportar los angustiosos años vividos en el comunismo. Cada vez que podía, se montaba en una guagua y se iba a Guanabo. Solía tirarse a las olas y se imaginaba que era Esther Williams girando y sumergiéndose en un ballet acuático. Mientras nadaba con mucho estilo se repetía: «El mar no es comunista; él me llevará a la libertad». Ahora, que al fin goza de ella en el país de sus sueños, no le hace falta refugiarse ni perseguir quimeras. Está casada con Felipe, quien le ha dado dos hijos; tiene a su padre y a sus hermanos, a sus amigos; tiene su profesión, buena salud y solidez económica. Lo ha logrado todo.

En términos generales, al menos así lo cree Felipe, la generación que tuvo que abandonar Cuba en contra de su voluntad, a principio de los años sesenta, son los más desarraigados. Ellos son los que no pudieron terminar o empezar sus carreras universitarias en su país, los que fueron cortados por la tijera del comunismo, los que perdieron su continuidad. Los integrantes de generaciones posteriores no tuvieron muchos problemas de adaptación. Inmediatamente aprendieron la lengua en las escuelas primarias y pudieron integrarse al *melting pot* sin muchas complicaciones. Los de generaciones más viejas, como Arturo y Mercedes, ya habían cumplido su vivencia y supieron cerrar con dignidad sus casas y emprender el camino a su «segunda vida», como decía siempre Arturo cuando se refería al exilio. Los que tuvieron que padecer el comunismo por veinte años antes de abandonar el país, no sienten el desarraigo porque nunca formaron parte del sistema, porque vivieron con la máscara en el rostro, porque les modificaron su continuidad pero no se la cortaron y porque, al final, vieron cumplida su ilusión cuando le dieron el último adiós al espanto comunista.

* * *

No siempre ha habido armonía y felicidad en el matrimonio de Felipe y Elena. Inexplicablemente, los atributos que más le habían atraído en Irene, como su fuerza de carácter, su independencia y su agresividad, le resultaron incómodos a Felipe cuando, a los pocos meses de casados, comenzaron a manifestarse en su esposa. Al principio trató de no darles importancia, pero con el tiempo llegaron a molestarle grandemente. Elena, sin lugar a dudas, no era ya la ingenua jovencita que se quedaba extasiada mirándole cuando él disertaba, con aires de intelectual, sobre las películas de Antonioni o de Fellini que había visto en el Cine Club. Elena llevaba ahora una vida activa, muy de acuerdo con la rapidez de los tiempos. Se ocupaba de sus hijos, de los quehaceres de la casa, y sacaba tiempo para involucrarse en los proyectos de la iglesia o de la comunidad. No existían ratos para la contemplación del hombre de negocios que llegaba a la casa esperando atención ilimitada; además, su marido no tenía nada interesante que contar. Felipe debió haber intuido esta faceta de su mujer cuando la vio en Varadero duran-

te su viaje a Camarioca, firme en su decisión de quedarse
con su padre, y más tarde en su afán de estudiar en la universidad que la llevó eventualmente a tener que pedirle el
divorcio; pero no lo intuyó, y creyó casarse con la Elena mo-
dosa de la alegría perenne. Para Elena, Felipe tampoco era
ya aquel muchacho atlético y romántico que jugaba baloncesto y le escribía poemas cuando menos lo esperaba. El
estrés de los negocios, los vaivenes de la economía, las noches largas trabajando en el restaurante le habían quitado su
sonrisa inocente y lo habían vuelto analítico y pragmático.
Las discusiones subidas de tono sustituyeron al diálogo inteligente y los calificativos derogatorios aparecieron inespera-
damente.

Estuvieron separados por un tiempo, aunque viviendo
en la misma casa por respeto a sus hijos. Acudieron a ayuda
profesional y, mediante una «terapia de meta», lograron
eliminar de sus respectivos vocabularios los adjetivos ofen-
sivos, concentrándose únicamente en mirar hacia el futuro,
partiendo de una base que ellos mismos lograron construir
con respeto mutuo y amor. Esto dio resultado porque había
un derroche de comprensión humana entre ellos y pudieron
llegar a entenderse. Los huecos de vivencias divergentes
fueron vistos y analizados con caridad y generosidad. Irene
y Osvaldo fueron reconstruidos dentro de los respectivos
marcos históricos y sociopolíticos de Ohio State University y
de La Universidad de La Habana. Parte de la terapia fue
procurar en todo momento buscar tiempo para los dos, y
desde entonces se les ve cualquier tarde paseando de manos
cogidas por un parque o conversando en un café al aire libre

ante dos copas de vino. Elena comenzó a involucrarse en la administración del Bohío, y Felipe le dedicó un tiempo a las caridades de la Iglesia.

La pareja ideal que formaban Ricardo y Pili se desintegró para sorpresa de todos. Resultó que Ricardo sostenía amores con una enfermera americana desde los tiempos de su residencia en el hospital. Ricardo llegó a ponerle casa y a llevar una doble vida, hasta que la enfermera quedó embarazada y se presentó un día en casa de Pili con la prueba de la infidelidad. Pili quedó devastada y se negó a perdonarlo, pese a que Ricardo se lo pidió de rodillas por su hijo, le aseguró haber roto la relación y juró que siempre la había querido. Pili le envió los papeles del divorcio a través de un abogado recomendado por Irene, quien desde el primer momento se puso a su lado para ayudarla.

Al principio de su separación de Felipe, Irene solía visitar a Pili con mucha frecuencia y siempre encontró en ella a la amiga sensata que supo confortarla cuando lo necesitaba. Ahora era el turno de Irene, su oportunidad de pagarle a Pili todo lo que había hecho por ella cuando se sintió sola y abandonada. Con el tiempo, Irene logró llenar su vida con su carrera, su familia y sus amistades. Frank supo esperar pacientemente y, de ser sólo un buen amigo, pasó a ser su compañero sentimental. Eventualmente, Irene y Frank se casaron, manteniendo los lazos de amistad con Pili.

Felipe y Elena viajaron a Columbus y trataron de disuadir a Pili del divorcio, pero todo resultó inútil. La traición y el engaño sostenido por tantos años marcaron el alma de Pili. Un día se levantó de la cama, se miró al espejo y se en-

contró vieja. No reconocía sus facciones. De tanto haber llo-
rado y de haberse olvidado de presumir, se encontró con
una extraña del otro lado del espejo. Ese día fue el inicio de
otra Pili. Lo primero que hizo fue matricularse en la Escuela
de Farmacia de la Universidad del estado de Ohio, se hizo
miembro de un gimnasio, e hizo una cita con un cirujano
plástico, compañero de Frank, para eliminar las insolentes
arrugas que había descubierto en esa mañana decisiva ante
el espejo del baño.

A la vuelta de un tiempo, Pili era otra persona. Había
podido calmar su corazón; sin embargo, por primera vez en
el exilio sintió el aire seco del desarraigo. No pudo evitar
regresar a sus años del Instituto de Camagüey cuando se
caminaba por la acera de la sombra, se comían «discos vola-
dores» o bocaditos de jamón y fresa en la Cafetería Lavernia,
a la salida del cine Casablanca, se iba a la calle Comercio a
ver a la «pepillería» estacionada por los alrededores de la
esquina del Gallo o en el Gran Hotel. Sin embargo, decidió
cerrar en un cofre los recuerdos dorados de su juventud, su-
peró la destrucción de su familia, y pudo recuperar la alegría
de vivir. Se sintió más mujer que nunca y dueña absoluta de
su propio destino. Descubrió que había muchas facetas en
su persona que no había explorado, como la de poder escribir, y le aseguró a Elena que algún día escribiría una novela.

Silvera sigue siendo el incansable guerrero. Pudo infiltrarse en Cuba varias veces después de su viaje con Felipe a
Camarioca, y estuvo ayudando a los alzados del Escambray,
llevándoles armas y municiones. Más tarde, peleó con las
tropas norteamericanas en Vietnam y después ayudó a los

«Contras» en Nicaragua. Aunque, al fin de muchos desengaños, supo guardar a regañadientes en el armario su uniforme de combatiente para dedicarse a su familia, todavía siente el desasosiego de la misión no cumplida y la tristeza del guerrero derrotado. Silvera ha mantenido su amistad con Felipe a través de los años y fue uno de los primeros en abrazarlo cuando bajó del altar con Elena.

Robertico y David, aunque se consideran cubanos, están integrados plenamente en la cultura norteamericana. Fundaron familia en Ohio y tratan de mantener el idioma español que los traiciona con bastante frecuencia. La comida y la música cubana no faltan en sus casas, así como algunos afiches y *memorabilia* de la Cuba que poco conocieron en su infancia pero que idealizaron a través de las historias de su padre.

Miguel obtuvo un doctorado en sociología y consiguió una cátedra en una universidad de Nueva York. Vive dedicado a su familia, a su carrera, y a ayudar a la iglesia de Cuba porque considera que ésta es la única organización independiente que podría formar a las nuevas generaciones en una Cuba futura. Ha escrito varios ensayos importantes sobre el proceso comunista en la isla. Ha sido uno de los organizadores del nuevo Partido Social Cristiano de Cuba, siempre tratando de mantener un perfil adecuado que lo ayude a mantener un diálogo de respeto mutuo con los dirigentes comunistas, con la esperanza de crear aperturas hacia la democracia.

Los íntimos amigos de Felipe se han mantenido unidos en el cariño a pesar de ciertas diferencias políticas. Todos han alcanzado buena posición económica a base de grandes privaciones y de los sacrificios que realizaron para terminar los estudios. Casi todos se quedaron en Miami, aunque algunos por motivo de trabajo tuvieron que vivir temporalmente en otros estados, en Puerto Rico, en Venezuela o en otros países latinos. Son triunfadores, pero todos hubieran preferido haber continuado el camino trazado por sus abuelos en el suelo que los vio nacer.

*   *   *

Felipe y Elena están de paseo en Cayo Hueso. Han ido a cenar a su restaurante preferido, Louie's Backyard, en donde, desde la terraza al aire libre, se siente con fuerza el salitre del mar y se escucha el ruido de las olas rompiendo en una pequeña playa a poca distancia de ellos. A unas noventa millas de distancia reposa, acostada en las verdiazules aguas del Caribe, la isla Juana, así llamada por Cristóbal Colón en honor del príncipe Juan, hijo de la Reina Isabel la Católica de España, a la cual los indios llamaban «Cubanacán» y a quien los propios españoles, al poco tiempo, le cambiaron el nombre por el más corto de «Cuba».

Después de haber tomado un café, Felipe enciende un tabaco y mirando abstraídamente cómo los anillos de humo van desapareciendo en la noche, le dice a su esposa:

—Ele, voy a vender el restaurante. He perdido el entusiasmo por conversar con los clientes todos los días. He llegado al punto de la saturación. Se me ha convertido este negocio en un sacrificio, en una carga. Ha dejado de ilusionarme.

—¿Y qué vas a hacer, mi amor? ¿Qué vas a hacer con tus padres? Tú sabes que les encanta trabajar allí —le pregunta Elena preocupada.

—A mis padres los puedo hacer parte de las negociaciones y dejarlos en el restaurante si así lo desean. Eso no es problema —replica Felipe convencido. He decidido volver a la literatura. Quizás vuelva a enseñar o a escribir.

—¿Por qué no escribes una novela como lo está haciendo Pili?

—¿Pili? No lo sabía, pero me alegro mucho. Siempre supe que le gustaría escribir. La verdad es que no me extraña porque después del divorcio ha adquirido unas energías que encuentra tiempo para todo. ¿Sabes de qué trata su novela?

—Me ha dicho que es un testimonio de las experiencias de un grupo de cubanos, donde las futuras generaciones podrán ver cómo cruzaron, sin hacer mucho ruido, por los últimos años de la república, la revolución y el exilio.

—Heroico no suena.

—Precisamente, me dijo que no habría héroes, ni heroínas, ni personajes complicados, que todos serían hombres y mujeres comunes con sus pequeños triunfos y probablemente con sus grandes fracasos. Me dijo también que trataría de explicar cómo se adaptaron a vivir fuera de Cuba; según sus propias palabras: «cómo llevaron la mochila del destierro sobre sus hombros»...

—Wow! Nice metaphor!

—Sí... cómo lucharon con el desarraigo y cómo aprendieron a aceptar su participación en la historia.

—Me luce muy ambicioso el proyecto, pero creo que a muy pocas personas les interesarían las andanzas de un puñado de cubanos en el exilio. Bueno… si necesita sacárselo del pecho, aunque acabemos leyéndolo sólo cuatro gatos, creo que vale la pena. ¿Y qué título llevaría la novela?

—Permiso de Salida.

ISBN 1425147b0-7

9 781425 147600